Rosie M. Clark

Das Salzmädchen

TINTE & FEDER

Das Buch

»Deine Mutter ... Mallorca ...« Um den rätselhaften Worten ihrer sterbenden Großmutter auf den Grund zu gehen, fliegt Ella auf die Balearen. Sie ist entschlossen, das Geheimnis um ihre Familie zu lüften und endlich zu erfahren, wer ihre leiblichen Eltern waren. Doch im Rathaus von Palma finden sich keine Unterlagen zu ihrer Herkunft. Entmutigt will Ella schon den Rückflug buchen, als es auf einem malerischen Markt zu einem Zwischenfall kommt. Eine alte Frau ruft: »Sie lebt! Das Salzmädchen lebt!«

Gemeinsam mit dem attraktiven und einfühlsamen Olivenbauer Miguel, der sie aus der Not rettet und auf die zauberhafte Finca seiner Familie mitnimmt, kommt Ella einer lange verborgenen Wahrheit auf die Spur, nicht ahnend, dass sie in großer Gefahr schwebt.

Die Autorin

Rosie M. Clark hat mit »Das Salzmädchen« ihren ersten Roman veröffentlicht. Ihre innige Beziehung zu Mallorca hat sie früh entdeckt und besucht die Insel seitdem jedes Jahr mehrfach mit ihrem Mann. Die Liebe zu den Buchten, den Menschen, der salzigen Luft und ihre Leidenschaft für das Schreiben inspirieren sie zu zauberhaften Romanen über sympathische Protagonistinnen und attraktive Helden, die auf der Sonneninsel ihr Glück suchen.

ROSIE
M. CLARK

Das SALZ-MÄDCHEN

ROMAN

TINTE
&
FEDER

Die Originalausgabe erschien 2017 unter dem Titel »Das Salzmädchen« im Selbstverlag.

Veröffentlicht bei
Tinte & Feder, Amazon Media EU S.à r.l.
38, avenue John F. Kennedy, L-1855 Luxembourg
Januar 2019

Umschlaggestaltung: zero-media.net, München
Umschlagmotiv: © Hauke Dressler / LOOK-foto / Getty; © Plateresca / Shutterstock; © italianestro / Shutterstock
Lektorat: Ute Köhler
Korrektorat: Verlag Lutz Garnies, Haar bei München, www.vlg.de
Gedruckt durch:
Amazon Distribution GmbH, Amazonstraße 1, 04347 Leipzig /
Canon Deutschland Business Services GmbH, Ferdinand-Jühlke-Str. 7, 99095 Erfurt /
CPI books GmbH, Birkstraße 10, 25917 Leck

ISBN 978-2-91980-729-1

www.tinte-feder.de

Für Mum & Dad, die mir ihre Liebe zu unserer Insel weitergegeben haben.

1

Ein lauwarmer Wind wehte Ella entgegen, als sie in der Mitte des kleinen Strandes saß und der Tag sich langsam zur Nacht verwandelte. Endlich konnte sie loslassen, endlich liefen Tränen ihr schmales, zartes Gesicht entlang. Sie fühlte sich genauso leer und verlassen, wie der Strand war, an dem sich normalerweise Menschen dicht aneinandergedrängt sonnten. Jetzt hörte sie nur den Wind, das Meeresrauschen und ihren eigenen Atem. Mit dem Handrücken wischte Ella sich die Tränen aus den Augen und blickte zum Horizont, an dem die Sonne längst untergegangen war. Die Weite des Meeres machte ihr plötzlich Angst. Sie fühlte sich einsam und verloren. »Was mache ich eigentlich hier?«, hörte sie sich selber flüstern.

* * *

Es war erst vier Tage her, dass ihr Leben noch ganz normal verlaufen war.

Ella war vierundzwanzig Jahre alt, hatte einen Job, ein paar Bekannte und eine liebevolle Adoptivoma, der sie eine Menge verdankte.

Mit frischen Einkäufen beladen hatte sie die quietschende Tür des alten Hauses geöffnet, in dem sie mit ihrer Oma Margret wohnte. Sie mochte dieses Haus, in dem sich schon so viele Momente ihres Lebens abgespielt hatten. Die alte geflieste Treppe, auf der sie früher ihre ausgemusterten Spielsachen zum Verkauf angeboten hatte, das mit Holz beplankte Vordach, in dem die Spatzen nisteten, oder der verwilderte Garten, in dem sie ihre ersten Schritte gemacht hatte. Ella konnte sich an jeden Moment genau erinnern. Und jeder davon wurde begleitet von ihrer Oma Margret, die ihre Adoptivenkelin wie eine Tochter aufgezogen hatte.

Wie gewohnt streifte sie sich die Schuhe ab, legte den Schlüssel auf die geschnitzte Kommode im Flur und betrat die Küche, um die Einkäufe einzusortieren.

»Hallo, Oma, ich bin's«, rief sie flüchtig Richtung Wohnzimmer.

Nachdem die Einkäufe verstaut waren, blieb ihr Blick an dem Fotokalender neben dem Kühlschrank hängen. Das Bild zeigte Oma Margret, Ella und ihren Adoptivvater an einem schönen Tag im Juli, Ellas fünftem Geburtstag. Es war das letzte Foto von Paul Wagner, den Ella für immer als ihren Vater in Erinnerung behalten würde, und so wurde der Kalender schon seit neunzehn Jahren nicht weitergeblättert.

Ella ging in das Wohnzimmer, in dem der Fernseher leise lief. Der mit Fell gepolsterte Fernsehsessel stand verlassen. Lediglich ein Paar Füße schaute waagerecht neben dem großen hölzernen Wohnzimmertisch hervor. Die fein bestickte Tischdecke lag auf dem Teppich, auf dem sich eine kleine rote Pfütze ausbreitete.

Ella hatte den Boden unter den Füßen verloren und ihr war schwarz vor Augen geworden.

Sie konnte sich an nichts erinnern, was anschließend geschehen war. Wie sie panisch zu Oma Margret eilte, den

Krankenwagen rief, die Wunde am Kopf notdürftig verband und zitternd neben ihr kauerte, bis die Sanitäter endlich eintrafen. Sie wusste nichts mehr von der Fahrt im Krankenwagen, dem grellen Licht der Notaufnahme oder wie sie die Nacht auf der harten Krankenhausbank verbrachte, während ihre Oma operiert wurde.

Am nächsten Morgen war Ella von einer jungen Ärztin geweckt worden. Es dürfte höchstens sieben Uhr gewesen sein, als sie in ein Krankenhauszimmer geführt wurde. Oma Margret lag reglos da, die Augen leicht geöffnet. Ella setzte sich auf den Stuhl neben dem Bett, als die Ärztin ihr von der Hirnblutung erzählte, die durch den Sturz entstanden war, davon, dass die nächsten vierundzwanzig Stunden darüber entscheiden würden, ob sie noch eine Chance hätte.

Ella umfasste Margrets weiche, faltige Hand. Sie wollte am liebsten losweinen, doch ihre Augen blieben trocken. Zu tief saß der Schock. Sie hatte gewusst, dass der Tag kommen würde und trotzdem war sie nicht darauf vorbereitet. Margret war ihre ganze Familie, alles, was sie noch hatte. Was sollte sie jetzt bloß tun?

In den nächsten sieben Stunden kauerte Ella reglos neben dem Krankenhausbett und kämpfte mit ihren Gedanken. Sie fühlte sich an jenen Tag zurückversetzt, an dem ihr Adoptivvater gestorben war. Die nur noch blasse Erinnerung an eine Fünfjährige, die lediglich verstand, dass Papa auf einer langen Reise war, einer Reise, die niemals endete und die ihr ganzes Leben verändern würde. Würde sie erneut einen geliebten Menschen verlieren?

Ella nickte langsam auf dem Stuhl ein – erschöpft und kraftlos. Die Gedanken verloren sich, als sie ihre Augenlider schloss und die Müdigkeit sie übermannte. Sie musste tief und fest geschlafen haben, bis sie plötzlich einen leichten Druck an ihrer Hand spürte. Erst beim zweiten Mal realisierte sie, dass es Oma Margrets Hand war, die sie berührte. Sofort war Ella hellwach, setzte sich auf und sah in diese liebevoll vertrauten Augen. Augen, die immer sofort erkannt hatten, was sie dachte.

»Oma, du bist wach! Oh Gott, du bist wach!«

Margret bewegte ihre trockenen Lippen.

Ella verstand die Geste und hob das Wasserglas vorsichtig an Margrets Mund.

»Mein Kind, du siehst müde aus«, flüsterte sie und ein schwaches Lächeln umspielte ihren Mund.

»Oma, ich bin so froh, dass es dir besser geht. Brauchst du etwas? Ich hole sofort die Ärztin.« Ella wollte aufstehen, doch Margrets Hand, die eben noch schlaff dagelegen hatte, spannte sich fest um ihre.

»Bleib hier, meine Ella. Meine Kräfte verlassen mich, ich spüre das.«

»Sag so was nicht!«, entgegnete Ella. »Du wirst wieder gesund und dann fahren wir nach Hause!«

»Weißt du noch, als dein Vater von uns gegangen ist?«, fragte Margret.

»Ja, aber dieses Mal passiert das nicht«, erwiderte Ella verzweifelt.

»Paul hat es auch gewusst. Das habe ich in seinen Augen gesehen.« Margret versuchte, sich ein wenig mehr Richtung Ella zu drehen, doch sie war zu schwach. Sie verschluckte sich und der Husten raubte ihr weitere Kräfte.

»Ella, ich möchte, dass du glücklich wirst«, flüsterte sie nun immer leiser. »Du sollst etwas wissen. Deine Mutter hat dich sehr geliebt.«

Verwundert zog Ella die dunklen Augenbrauen nach oben. Vielleicht hatte der Sturz Margret verwirrt.

»Du musst dich ausruhen, Oma. Du kanntest meine Mutter doch gar nicht.« Jetzt legte Ella die Hand ihrer Oma zur Seite und stand auf, um die Ärztin zu holen. Sie ging Richtung Tür.

»Doch, Ella. Es tut mir leid.«

Ella blieb mitten im Raum stehen und sah ihrer Oma in die Augen. Was hatte sie da gerade gesagt?

Margret hielt ihrem Blick stand.

»Was sagst …« Ella wurde durch einen Hustenanfall ihrer Oma unterbrochen. Sie stürzte zum Bett, machte kehrt, lief wieder zurück zur Tür, riss diese auf und schrie nach Hilfe. Margrets Husten wurde mit jedem Mal leiser. Ella eilte erneut zu ihr, griff ihre Hand und beugte sich über sie.

»Komm näher«, hauchte Margret mit letzter Kraft.

Ella musste ihr Ohr fast an Margrets Mund senken, um zu verstehen, was sie sagte.

»Du musst nach Mallorca.« Erneut ein leises Husten.

»Deine Mama …« Ein leises Röcheln. »Mallorca …«

Ärzte stürmten zur Tür herein und schoben Ella zur Seite. Blut tropfte aus Margrets rechtem Ohr. Mit dem letzten Atemzug blieb ein geheimnisvolles, sanftes Lächeln auf Margrets Gesicht zurück. Sie bewegte sich nicht mehr.

Die nächsten Tage zogen an Ella vorbei. Das Krankenhaus unterstützte sie bei der Organisation der Beerdigung. Nur wenige Bekannte meldeten sich bei Ella, offenbar nicht, um ihr Beileid auszudrücken, sondern lediglich, um selbst von ihr getröstet zu werden. Bereits drei Tage später stand Ella mit einem Dutzend Menschen am frischen Grab ihrer Großmutter, blickte auf den dunklen Sarg hinab und ließ eine weiße Rose darauf fallen. Sie waren beide Einzelgänger gewesen. Ella und Margret gegen den Rest der Welt. Sie hatten nie darüber nachgedacht, wie traurig es sein würde, nur mit Bekannten und nicht mit Freunden am Grab zu stehen. Ella konnte keine klaren Gedanken fassen. Sie war regungslos stehen geblieben, bis alle Gäste verschwunden waren.

Selbst als die Erde den Sarg vollständig bedeckte, gingen ihr immer noch die gleichen Fragen durch den Kopf. Was hatte ihre Oma gemeint? Hatte sie ihre Mutter tatsächlich gekannt oder waren ihre Äußerungen die wirren Folgen des schweren Sturzes? Und was hatte das alles mit Mallorca zu tun? Ella fühlte sich, als wäre ihr ganzes Leben infrage gestellt worden und es gab niemanden, der ihr hätte helfen können.

Sie saß in der Küche und starrte auf das Foto auf dem Kühlschrank. Die Beerdigung war erst zwei Stunden her, aber sie fühlte sich so allein, als wären schon Jahre vergangen, ohne dass sie ihre Oma ansehen, anfassen oder mit ihr lachen konnte. Margret hatte sie mit nichts als unendlicher Trauer und einem bruchstückhaften Rätsel zurückgelassen.

Gegen Mittag stand sie auf und wie fremdgesteuert packte sie den Reiserucksack, nahm die Schatulle mit dem Bargeld aus dem Wohnzimmer, entfernte das Foto vom Kühlschrank, steckte es in ihre Jackentasche und stieg wortlos in ein Taxi.

Als sie das nächste Mal zu sich kam, saß sie in einem Flugzeug. Das aufgesetzte Lächeln der Stewardess, der Geruch nach aufgewärmter Lasagne, die verrauschte Lautsprecherdurchsage – sie wollte sofort zurück, um sich zu Hause im Bett zu verkriechen. Lediglich der Gurt gab ihr den nötigen Halt, um nicht panisch zu werden. Eine harte Landung, der sich schlängelnde Weg zum Gepäckband und sie war da, der Wunsch, umzukehren, verschwunden. Sie ging durch die automatische Glasschiebetür nach draußen, atmete einmal tief durch und hatte keine Ahnung, was sie da tat.

Ella musste in den erstbesten Bus gestiegen sein, bevor dieser eine gute Stunde später an einer verlassenen Haltestelle anhielt.

»Señora?«, fragte der Busfahrer auffordernd.

Sie war ausgestiegen, ohne zurückzublicken, und der Bus wieder in die Richtung gefahren, aus der er gekommen war. Ella hatte zu einem abgelegenen Strand gefunden und ihre Sachen abgelegt. Nachdem sie endlich alle Tränen vergossen hatte, schlief sie ein, ohne darüber nachzudenken, was der Morgen bringen würde.

2

Der Morgen war kühl und windig. Als Ella aufwachte, brauchte sie einen Moment, um zu begreifen, wo sie war. Ihr Rücken schmerzte und ihre Kleidung war klamm und sandig. Sie richtete sich auf und sah die Sonne hinter sich gerade über dem dichten Wald aufsteigen. Sofort wurde es wärmer. Der Strand dieser kleinen Bucht sah aus wie auf einer Postkartenidylle. Ein verlassenes Fischerhäuschen lag etwas erhöht mit Blick auf das endlose Meer. Ein Weg führte die Felsküste entlang und ließ eine zweite Bucht um die Ecke erahnen. Sie setzte den Rucksack auf und ging den Weg zurück zur Bushaltestelle. Für einen kurzen Moment genoss sie die Mischung aus Kiefernwald und salziger Meeresluft. An einem anderen Tag hätte Ella hier wohl wunschlos glücklich sein können, doch die letzten vier Tage machten es ihr unmöglich. Der kühle Januarmorgen war zwar kein Vergleich zu deutschen Temperaturen, dennoch sehnte sich Ella nach einer heißen Dusche und frischer Kleidung. Sie wollte so lange Wasser über sich rieseln lassen, bis alles wieder so war wie vorher. Aber zuerst musste sie wissen, ob ihre Großmutter die Wahrheit gesprochen hatte, ob sie ihre Mutter gekannt und was das alles mit der Insel zu tun hatte. Ella sah ihre einzige Chance darin, bei einer öffentlichen Stelle nachzuforschen. Falls Oma Margret oder Ellas Mutter irgendwo länger auf Mallorca gewesen sein sollten, musste es Aufzeichnungen dazu geben. Ella entschloss sich, ihr Glück in Palma zu versuchen.

Ohne auch nur an Kaffee oder Frühstück zu denken, bestieg sie den ersten Bus Richtung Palma. Sie verstand kein Spanisch, aber die melodischen Durchsagen und Gespräche der Einheimischen gaben ihr ein wenig innere Ruhe. Eine kleine Ablenkung von der Leere, die sie ausfüllte. Während der sechzigminütigen Fahrt, anfangs durch kleinere Örtchen und später entlang der Autobahn, gingen ihr alle Ereignisse der letzten Tage durch den Kopf. Sie vermisste ihre Oma so sehr. Sie hätte ihr jetzt gut zugeredet, wie sie es immer getan hatte, hätte Kakao gekocht, das Leben vor sich gesehen und nicht zurückgeblickt. Doch Ella hatte nicht nur den Menschen verloren, den sie am meisten liebte, sie hatte möglicherweise auch Hinweise auf ihre Herkunft erhalten. Sie verstand nach wie vor nicht, warum ihre Oma sie all die Jahre hätte belügen sollen, aber ihre letzten Worte hatten so ehrlich geklungen, so dringend, dass Ella ihnen Glauben schenken wollte.

Ein atemberaubender Blick öffnete sich, als der Bus von Osten in die lang gezogene Bucht von Palma einfuhr. Im Hintergrund das Bergpanorama, im Vordergrund das Meer und in der Mitte eine Stadt, über die sie bereits viel gelesen, die sie aber noch nie gesehen hatte. Überhaupt war Ella noch nie auf Mallorca gewesen. Die Insel hatte den Ruf, seit den Siebzigerjahren von deutschen Ballermanntouristen überlaufen worden zu sein. Aber sie wusste, dass das nur ein kleiner Teil der Wahrheit war. Schon ihre erste Nacht hier ließ vermuten, wie viele geheimnisvolle Strände, Dörfer und Menschen es geben musste, wie viel Schönheit hier verborgen lag.

Die Bushaltestelle lag an der Uferstraße in Hafennähe. Die letzten Minuten hatte Ella wie gebannt ihren Blick auf das Meer gerichtet, und erst als sie ausstieg und sich umsah, fiel ihr Blick auf die wundervolle Kathedrale, die nun fast direkt über ihr auf einer kleinen Anhöhe thronte. Der Sandstein schimmerte durch die Sonne rötlich und die vielen spitzen Türmchen verliehen dem Gebäude eine imposante Erscheinung. Sie nahm sich vor, eines Tages einen Blick hineinzuwerfen.

Ella ging entlang der Kathedrale, vorbei an einem davor künstlich angelegten See und anschließend hindurch zwischen einheimischen Künstlern, Souvenirläden und dem Duft von heißen Maroni. An der Ecke fand sie, was sie jetzt zuallererst brauchte – ein Internetcafé. Die Schilder dort waren touristenfreundlich und so konnte sie sich trotz fehlender Spanischkenntnisse einen Computer mit Internetzugang sichern. Wäre sie nicht so überstürzt abgereist, hätte sie noch von zu Hause aus in aller Ruhe im Internet suchen können. Doch das Gefühl, sofort abreisen zu müssen, war stärker als alles Nachdenken gewesen.

Wonach sollte sie eigentlich suchen? Ella wusste nichts über ihre leiblichen Eltern, kannte nicht einmal deren Vor- oder Nachnamen. Sobald sie alt genug gewesen war, zu verstehen, dass Kinder eine Mutter haben, hatten Paul und Margret ihr von der anonymen Adoption erzählt. Ellas Mutter sei nach der schweren Geburt verstorben, der tatsächliche Vater unbekannt. Paul habe von dem Schicksal der kleinen Ella erfahren und sie bereits im Babyalter adoptiert. Zusammen mit seiner Mutter Margret hatte er sie großgezogen und wie ein eigenes Kind geliebt, ohne Einschränkungen.

Obwohl Ella manchmal nachts wach gelegen und sich ausgemalt hatte, wie ihre Mutter und ihr echter Vater wohl gewesen sein mussten – sie wusste um die tiefe Verbindung zu ihrem Adoptivvater und ihrer Adoptivoma. Die beiden waren immer ihre Familie gewesen, Papa und Oma.

Ella öffnete die Suchmaske des Browsers. Sie tippte als Erstes den Namen ihres Adoptivvaters in Verbindung mit allen möglichen Suchbegriffen ein, die sich auf »Mallorca«, »wohnen auf Mallorca«, »Reisen«, »Krankenhäuser«, »Geburten« und Ähnliches bezogen. Das Gleiche wiederholte sie mit ihrem Namen und dem Namen ihrer Großmutter. Keine Treffer.

»Das wäre auch zu einfach gewesen …«, murmelte sie vor sich hin. Vielleicht war ja doch alles nur die wirre Geschichte einer Frau mit einer schweren Hirnblutung. Bei dem Gedankenspiel kam sich Ella furchtbar schlecht vor. Oh Gott, was machte sie nur hier? Sie sollte zu Hause sein und um ihre geliebte Oma trauern. Aber jetzt war es zu spät. Sie war hier. Also recherchierte sie ein wenig weiter, bevor sie die Adresse des Rathauses vor sich hatte. Eine bessere Idee hatte sie nicht und dort würde man ihr vielleicht weiterhelfen können. Sie notierte sich die Straße, suchte den überraschend kurzen Weg heraus und marschierte los, ohne weiter nachzudenken. Während sie einige steinerne Treppenstufen hinaufstieg, erblickte sie erneut die mächtige Kathedrale zu ihrer Rechten. Sie musste sich zwingen, sich auf ihr Ziel zu konzentrieren, also bog sie links ab auf die *Carrer del Palau Reial*. Palma faszinierte sie jetzt schon. Das Gewirr aus Menschen, das Rascheln in den Wedeln der Palmen, die mitten in der Stadt wuchsen, das Klappern von alten Pferdekutschen auf den Pflastersteinen, junge Pärchen, die im Café saßen, oder ältere Damen, die schwatzend durch die Stadt flanierten. Palma war laut, bunt und voller Leben. Ella ging die Straße weiter über von Bögen überdachte Bürgersteige, vorbei an kleinen Plätzen, bewucherten Hinterhöfen und liebevollen Läden bis zur *Plaça de Cort*. Gegenüber einem großen, alten Olivenbaum stand ein herrschaftliches, historisches Gebäude. Spanische und europäische Fahnen zierten die Fassade, den ersten Stock säumte ein kleiner Balkon und in der Mitte war eine große Uhr eingelassen. Der Schriftzug *Ajuntament de Palma* deutete darauf hin, dass sie angekommen war.

Ella beschloss, im Café auf der anderen Seite des Platzes etwas zu frühstücken, bevor sie das Rathaus betrat. Ihr Magen knurrte. Der junge Kellner hatte schwarze, zurückgegelte Haare, lächelte sie an und verstand kein einziges Wort Englisch oder Deutsch. Also zeigte Ella auf ein Croissant in der Auslage und deutete mit dem Finger die gewünschte Anzahl. Sie verschlang das Croissant mit wenigen Bissen, als ihr auffiel, dass sie seit mindestens zwei Tagen nichts mehr gegessen hatte.

Anschließend ging sie zu dem Olivenbaum, legte den großen Rucksack ab, setzte sich in den Baumschatten und dachte nach. Was würde sie gleich fragen? Wie sollte sie vorgehen? Was wäre, wenn man sie nicht verstand? Zwar gab es auf der Website des Rathauses auch die Auswahl einer deutschen Spracheinstellung, doch rechnete sie nicht damit, dort auf deutschsprachige Mitarbeiter zu treffen. Aber da musste sie jetzt durch, sie wollte da durch. Die Fragen in ihrem Kopf zermürbten sie langsam, das spürte sie.

Ella nahm all ihren Mut zusammen, wechselte die Straßenseite und drückte gegen den metallenen Türknauf. Die Tür öffnete sich quietschend. Ein großer, kühler Flur lag vor ihr. Links und rechts führten halbrunde Treppen zum ersten Stock hinauf. Neben der Treppe sah sie eine kleine verglaste Anmeldung, allerdings verwaist.

Ella steuerte darauf zu und versuchte, sich anhand der Beschilderung einen Überblick zu verschaffen – erfolglos. Aus den hinteren Büros kamen laute Frauenstimmen. Es mussten mindestens zwei Frauen da sein, die salvenartig Worte abfeuerten, bevor die jeweils andere anfing, lauthals zu lachen. Es dauerte fünf Minuten, bis Ella ein erstes Gesicht zu den Stimmen sah. Die Frau war Mitte vierzig, trug eine weiße Bluse und hatte einen streng zurückgekämmten Pferdeschwanz.

»Buenos días Señora. ¿Cómo puedo ayudarle?«

Ella verstand nicht, was sie sagte, vermutete aber die Frage, was sie hier wollte. »Äh, *do you speak English*? Oder sprechen Sie Deutsch?«, stammelte Ella unsicher.

Wieder feuerte die Dame einen spanischen Satz nach dem anderen ab und Ella wurde dabei ganz schwindelig. Die zweite Frau kam hinzu und die beiden tauschten sich aus. Dann lachten sie.

Was hatte sich Ella bloß gedacht, hier einfach aufzukreuzen, ohne ein Wort Spanisch zu sprechen, und eine Frau zu suchen, deren Namen sie nicht einmal kannte? Den Tränen nahe, wollte sie sich umdrehen und den großen, kalten Raum verlassen. Sie kam sich blöd vor und wollte einfach nach Hause, aber die Dame mit der Bluse griff zum Telefon und deutete ihr mit der Hand, zu bleiben.

»*Por favor, espere.*«

Es dauerte mehrere Telefonate, bis sie schließlich zufrieden grinste. »*Un minuto, Señora*«, sagte sie und verschwand wieder plaudernd im Hinterzimmer.

Ella atmete tief durch. Nach fünf Minuten hörte sie Schritte auf der Treppe. Sie sah einen freundlich wirkenden Herrn um die sechzig Jahre die Stufen herunterkommen. Er trug einen schlecht sitzenden grauen Anzug, ein weißes Hemd und seine kurzen grauen Haare waren leicht zurückgekämmt. Ein schwarzgrauer Bart verdeckte zur Hälfte sein braun gebranntes Gesicht. Seinen Mund umspielte ein Lächeln.

»*Hola, Señora*, mein Name Pablo. Kommen Sie?«

Ella war erleichtert über Pablos freundliche Art. Er schien nur gebrochen Deutsch zu sprechen, aber das war mehr, als sie erwartet hatte. Sie versuchte, sich einen Moment zu sammeln, und nahm all ihren Mut zusammen.

»Hallo, ich bin Ella Wagner«, sagte sie, als sie Pablo die Treppe hoch folgte. Sie gingen über einen weiteren Flur, bogen links ab und landeten in einem chaotischen Büro voller Aktenstapel und loser Blätter. An einer Wand hing ein scheinbar uraltes Bild von König Juan Carlos I., die restlichen Wände waren kahl. Das Schild an der Tür war mit »Pablo Garcia«

beschriftet. Pablo deutete auf einen leeren Stuhl. Er selbst nahm auf der anderen Seite des Schreibtisches Platz.

»So, Señora, was kann Pablo machen für Sie?«

Ella überlegte kurz. »Ich suche jemanden.«

»Wen Sie suchen Señora? Suchen Freund?«

Pablo grinste und Ella spürte, wie sie errötete. »Ähm, nein, ich suche meine Mutter«, entgegnete sie unsicher.

Nachdem Pablo nicht recht verstand, was Ella wollte, erzählte sie die ganze Geschichte vom Tod ihrer Adoptivoma und ihren letzten Worten, vom Adoptivvater und der vierundzwanzig Jahre zurückliegenden Adoption. Tränen liefen über ihre Wangen. Sie war froh darüber, endlich jemandem ihre Sorgen erzählen zu können, und Pablo war ein guter Zuhörer. Ella beendete ihre Geschichte damit, dass sie unbedingt herausfinden müsse, was es mit ihrer Mutter auf sich hatte und ob es irgendwelche Hinweise auf ihre Anwesenheit hier auf der Insel gab.

Pablo schlürfte an seinem Kaffee. »Das nicht einfach Señora Ella, aber Pablo kennt viele Leute auf Insel und Name Oma und Papa hilfreich. Kennt Leute von Meldeamt, Krankenhaus und Waisenhaus. Wenn jemand findet heraus über Mutter, dann Pablo.«

Erleichtert strahlte Ella ihn an. Sie war völlig planlos auf die Insel gekommen, ohne jegliche Spanischkenntnisse in ein öffentliches Gebäude marschiert und schien die einzige Person auf der Insel getroffen zu haben, die ihr helfen konnte.

Pablo versprach Ella, sich innerhalb von drei Tagen zu melden. Bis dahin habe er entweder Hinweise auf ihre Mutter gefunden oder sie sei nie auf der Insel gewesen.

Ella schloss freudig die Tür des Büros, ging die Treppenstufen hinunter, drückte die schwere Tür auf und wurde von warmen Sonnenstrahlen empfangen. Sie war erleichtert.

Sie sah sich nun mit wesentlich mehr Ruhe noch einmal den Rathausplatz an und genoss das typisch südländische Flair.

Während sie noch ihre nächsten Schritte überlegte, sah sie, wie Pablo mit einem Handy am Ohr wild gestikulierend das Rathaus verließ. Er schien Ärger zu haben. Hoffentlich nicht wegen ihrer Anfrage.

Er kam auf den Baum in der Mitte des Platzes zu und Ella ging auf die andere Seite des Stammes. Obwohl sie den Redeschwall nicht verstand, hörte sie etwas heraus, was wie ihr Name klang.

Als Pablo, ohne sie zu sehen, an ihr vorübergegangen war, schlug Ella in ihrem kleinen Wörterbuch nach. Tatsächlich gab es das Wort *ella*, natürlich etwas anders ausgesprochen. Sie musste sich geirrt haben und hoffte, dass der Ärger nichts mit der Suche nach ihrer Mutter zu tun hatte.

3

Frohen Mutes bestieg Ella den Bus, der sie zurück in den Osten der Insel bringen sollte. Sie hatte Gefallen an dem kleinen Strand gefunden, an dem sie die erste Nacht verbracht hatte. Da sie keine Ahnung hatte, was sie sonst hätte unternehmen können, wollte sie die Tage des Wartens auf Pablos Anruf nutzen, um sich diesen Teil der Insel etwas genauer anzuschauen. So lange konnte sich Ella mit der Schönheit der Insel ablenken.

Erst im Bus merkte sie, wie ein Teil ihrer Anspannung abfiel. Sie spürte jetzt, wie müde und ausgelaugt sie eigentlich war. Es war später Nachmittag, als der Bus bei der ihr bekannten Endstation anhielt. Erneut setzte sie den großen Rucksack auf und ging den Weg zur Bucht. Heute Nacht wollte Ella allerdings nicht wieder auf dem kühlen Sand verbringen. Überhaupt hatte sie vor der letzten Nacht noch nie unter freiem Himmel geschlafen – so spontan war sie normalerweise nicht. Sie wollte weitergehen, bis sie ein Hotel oder eine Pension fand. Also nahm sie den Weg entlang der Felsküste. Die vereinzelten Schilder deuteten darauf hin, dass die Bucht Teil eines kleinen Nationalparks sein musste. Bei genauerem Hinsehen war dieser Ort sogar noch schöner, als sie es am Morgen wahrgenommen hatte. Die Brandung klatschte gegen die Felsen, der salzige Meeresduft vermischte sich erneut mit dem des Kiefernwaldes, der die Bucht oberhalb der Felsen umrandete. Die Sonne glitzerte auf den seichten Wellen. Ella ging weiter und umrundete gerade die erste Kurve, als sie tatsächlich eine zweite Bucht entdeckte. Diese war ein wenig kleiner als die erste, jedoch genauso schön. In der Mitte des Strandes stand eine vernagelte Hütte. Die Wintermonate hatten dem alten Holz zugesetzt. Dennoch würde hier wahrscheinlich bald wieder Eis an die Badegäste verkauft werden. Dahinter entdeckte sie eine kleine Pension mit Blick auf das Meer. Ella steuerte darauf zu, in der Hoffnung, dass das Haus nicht so verlassen war, wie es aussah. Die Tür stand offen, die Tische und Stühle davor waren nahe aneinander gestellt und zusammengekettet. Im Eingangsbereich lag jede Menge Putzzeug. Trotzdem hatte der mit Teppichen ausgelegte Raum einen muffigen Eigengeruch. Eine laute Spanierin kam die Treppe heruntergestapft.

»*¡Hola!*«, begrüßte sie Ella freudig.

»*¡Hola!*«, antwortete Ella.

Mit Händen und Füßen erklärte Ella, dass sie ein Zimmer für zwei Nächte brauche. Es war offensichtlich, dass die Pension eigentlich geschlossen war. Doch die pausbäckige kleine Spanierin freute sich über den unerwarteten Gast und nahm Ella herzlich auf. Sie führte sie in den ersten Stock und zeigte ihr ein Zimmer mit alter, aber funktionaler Möblierung. Der Ausblick war allerdings traumhaft. Der kleine Balkon hatte eine Schiebetür, durch die man direkt auf das Meer blicken konnte. Als die Frau plappernd verschwand, setzte Ella den Rucksack ab und nahm auf dem weichen Bett Platz. Ihre Schulter schmerzte von der Last und sie war müde und erschöpft.

Nur einmal kurz die Augen schließen, sagte sie sich, lehnte sich nach hinten auf das Bett und schlief wenig später ein.

Erst am späten Morgen wachte sie wieder auf. Zufrieden schob sie den Vorhang zur Seite und sah nach draußen. Es mochte vielleicht elf Uhr sein. Sie schaute auf ihr Handy – noch kein Anruf von Pablo. Dann steckte sie es an ihr Ladekabel und kramte ein paar unbenutzte Sachen aus dem Rucksack. Sie freute sich auf die heiße Dusche. Sobald Ella sich wieder frisch fühlte, machte sie sich fertig, um die Gegend ein wenig zu erkunden. Im Flur wurde sie bereits von der Dame des Hauses abgefangen und zu einem Tisch geführt.

»Usted tiene que comer algo«, plapperte sie los. *»Esta demasiada delgada!«* Sie lachte.

Ella verstand kein Wort. Der Geruch jedoch deutete auf ein spätes Frühstück hin, was sie dankbar annahm. Erst jetzt merkte sie, wie ihr Magen knurrte und sich auf das Essen freute. Das Omelette mit Käse, Schinken und Champignons war perfekt. Dazu trank sie einen Milchkaffee. Es war komisch, völlig alleine im Speisesaal einer Pension zu sitzen. Aber an das Alleinsein musste sie sich wohl gewöhnen. Heute wollte sie allerdings nicht über irgendetwas nachdenken. Vielmehr stand ihr der Sinn nach Ablenkung: spazieren gehen, die Insel erkunden und den Kopf abschalten. Sie griff nach ihrer Wasserflasche, nahm noch ihr Handy vom Ladekabel, verabschiedete sich von der Hausdame und ging los.

Der lockere Boden des Kiefernwaldes gab bei jedem Schritt leicht nach. Sie konnte die Brandung hören, die hinter dem Hügel gegen die Felsen donnerte, und die Möwen, die wahrscheinlich einen kleinen Fischkutter verfolgten. Ella hielt sich links des Hügels, bis sie auf eine Straße traf. Sie folgte der Straße, die von hüfthohen Natursteinmauern umgeben war. Hinter den Mauern lagen bewirtschaftete Felder. Manche glühten vor roter Erde, andere waren mit saftigem Gras bewachsen und wieder andere mit scheinbar uralten Oliven- und Mandelbäumen bestellt. Ein paar Schritte weiter hörte sie das leise Läuten von Glocken. Als sich die abenteuerlichen Kurven der Straße weiterschlängelten, entdeckte Ella eine Herde Schafe. Sie wirkten gut genährt und ihre Wolle machte sie dick und rund. Nur an den kleinen Beinchen konnte man ihre wahre Statur erahnen. Ein paar Kilometer weiter erhob sich ein Berg. Ella ging bis zum Ende der Straße, die hier zu einem groben Kiesweg wurde. Kurz darauf fand sie sich erneut in einem Waldstück wieder. Die erfrischende und klare Luft ließ sie die Anstrengung des Anstiegs vergessen. Sie genoss das leise Rascheln der Bäume und die absolute Ruhe, die sie umgab.

Nachdem Ella dem Weg eine weitere halbe Stunde gefolgt war, öffnete sich eine Lichtung vor ihr. Sie steuerte auf den höchsten Punkt zu. Es erstreckte sich eine Weite, die sie hier nicht erwartet hätte. Sie erkannte in der Ebene schmale, sich schlängelnde Wege, saftig grüne Waldstücke, Bauernhöfe mit Schafen, Ziegen und Schweinen und in Reihen stehende Olivenbäume. Zwischendrin lagen vereinzelte Dörfer, deren Kirchtürme sich meist aus der Mitte des Ortes erhoben. Links konnte sie einen kleinen Streifen Meer erkennen. Ella setzte sich auf einen Stein und war ergriffen von der Schönheit dieser Insel.

Die Sonne schickte gerade einige Strahlen durch den leicht bewölkten Himmel, als ihr Handy in der Hosentasche piepte. Eine, zwei, drei, …, sieben Nachrichten. Aufgeregt kramte sie das Handy hervor und blickte auf das Display.

»So ein Mist.« Es sah so aus, als wäre die Verbindung erst hier auf diesem Berg gut genug, um Nachrichten und Anrufe empfangen zu können. Sie tippte auf das Nachrichtensymbol ihres Handys. Sieben verpasste Anrufe von … Pablo.

* * *

Eine leichte Panik ergriff Ella. Einerseits ärgerte sie sich schwarz über die verpassten Anrufe, andererseits wusste sie nicht, was Pablo ihr überhaupt mitteilen wollte. Sieben Anrufe! Anscheinend etwas Dringendes? Hatte er tatsächlich etwas über ihre Mutter herausgefunden? Oder wollte er ihr nur schnellstmöglich Bescheid geben, dass seine Suche nichts erbracht hatte?

Eben noch hatte Ella ein bisschen Ruhe in der Schönheit der Insel gefunden, jetzt überschlugen sich ihre Gedanken wieder und Angst stieg in ihr auf. Wenn Pablo Hinweise auf die Existenz ihrer Mutter hätte, was würde das eigentlich bedeuten? Hieß es, dass Oma Margret ihre Mutter gekannt hatte? Dass ihr Vater gewusst hatte, wer sie war? Lebte sie vielleicht gar noch? Oder bedeutete es nur, dass Ella aus Mallorca und nicht aus Deutschland adoptiert worden war? Aber wieso hätte ihre Oma ihr so etwas verschweigen sollen? Sie wusste doch, dass Ella sich tief im Inneren immer gewissermaßen entwurzelt gefühlt hatte.

Laut Oma Margret starb ihre Mutter direkt nach der Geburt, der Vater sei unbekannt gewesen. Das war alles, was sie über ihre Herkunft wusste. Ella hatte ihre Adoptivoma geliebt und ebenso ihren Adoptivvater. Aber die Menschen, deren Gene sie zu dem Menschen gemacht hatten, der sie war, die kannte sie nicht. Welche Eigenschaften waren vielleicht nicht erlernt, sondern vererbt? Stammte womöglich ihre zarte Nase von ihrer Mutter oder die dunkelbraune Haarfarbe von ihrem leiblichen Vater? Aber war das wirklich wichtig? Warum musste sie das überhaupt wissen?

Ella merkte jetzt erst, dass sie vor Aufregung zitterte. Nervös spielte sie an ihrem Ring, wie sie es immer tat, wenn sie nicht weiterwusste. Sie atmete zwei Mal tief ein und aus, ließ den Blick kurz über die Landschaft gleiten und tippte dann auf *Diese Nummer zurückrufen*. Der Freiton erklang. Ellas Herz schien für einen Moment auszusetzen.

»¿Sí?«, sagte eine dunkle Männerstimme am anderen Ende der Leitung.

»Äh, hallo. Pablo?«

»¿Sí, ahhh, Señora Ella?«, erwiderte er.

»Ja, genau, hier ist Ella.« Wie beginnt man ein Gespräch, bei dem man Informationen über seine tot geglaubte und unbekannte Mutter erfahren möchte?

»Ich habe versucht, Sie öfter schon anzurufen«, erklärte Pablo. »Ich habe mit Kontakten gesprochen, aus allen Behörden.« Pablo machte eine längere Pause.

Er schien nachzudenken. Ella platzte fast vor Anspannung. Ihre zittrigen Hände krallten sich um ihr Handy. *Jetzt sag mir schon, was du herausgefunden hast!*, wollte sie rufen. Ihr ganzer Körper verkrampfte sich und ihr wurde schlecht.

»Also …«, begann Pablo. »In zentralen Register gibt es keine Informationen über Ihre Mutter oder Oma. Auch in Register über Geburten nichts gefunden. Und Stelle für Adoption nicht kennen Fall von Adoption nach Deutschland aus diese Zeit.«

Wieder eine längere Pause.

»Tut mir leid, Señora Ella, aber Mutter nie auf Mallorca gewesen sein kann«, flüsterte Pablo entschuldigend.

Ella war wie versteinert. Die einzigen Hinweise auf ihre Mutter waren soeben für nichtig erklärt worden. Tränen sammelten sich in ihren Augen, fanden aber nicht den Weg bis auf ihre Wangen. Sie wollte den Schmerz und die Enttäuschung unterdrücken, sich einreden, dass alles in Ordnung war und sich nichts für sie veränderte, mit dem sie nicht auch die letzten vierundzwanzig Jahre klargekommen wäre.

»Hallo, noch da?«, fragte Pablo, nachdem die Leitung für einen Moment totenstill geblieben war.

Ella riss sich zusammen. »Haben Sie auch nach meinem Namen und dem meines Adoptivvaters gesucht?«, vergewisserte sich Ella noch einmal.

»Ja, Señora, keine Treffer.«

»Und …« Sie wollte weiter fragen, nicht aufgeben. Aber ihr fiel nichts ein, was sie hätte weiterbringen können.

»Danke, Pablo«, sagte Ella stattdessen gefasst. »Danke für Ihre Mühe. Dann hat sich das wohl erledigt und ich werde wieder nach Deutschland fliegen.«

»Okay, Señora Ella, *no problema*. Ich habe geholfen sehr gerne! Bitte besuchen Pablo, wenn wieder auf Insel.«

»Das mache ich. Bis bald«, verabschiedete sich Ella und legte auf.

»Das war's dann also«, hauchte sie und blieb einige Minuten bewegungslos auf dem Stein sitzen, bevor sie in Richtung Pension aufbrach, um ihre Sachen zu packen.

Auf dem Rückweg ließ Ella die ganze Situation noch einmal Revue passieren. Je mehr sie versuchte, die Dinge objektiv zu betrachten, desto eher war sie davon überzeugt, dass ihre Oma also doch nicht mehr klar hatte denken können, als sie im Sterben gelegen hatte. Vielleicht hatte sie auch gedacht, es sei für Ella eine schöne Vorstellung, eine liebende Mutter auf Mallorca zu haben. Sie würde es wohl nie herausfinden. Jedenfalls musste sie sich keinen Vorwurf machen, es nicht versucht zu haben. Sie konnte sogar ein wenig stolz auf sich sein, diese ungewisse Reise einfach so angetreten zu haben. Tatsächlich die richtige Person gefunden zu haben, die ihr weiterhelfen konnte, war schon mehr, als sie erwartet hatte.

Nachdem Ella ihren Rucksack verschnürt und sich von der über die plötzliche Abreise enttäuschten Hausdame verabschiedet hatte, ging sie Richtung Bushaltestelle. Da es noch absolute Nebensaison war, hoffte Ella, direkt an einem der Schalter im Flughafen ein Ticket für den Rückflug zu bekommen. Schlimmstenfalls musste sie sich in Palma für eine Nacht ein Hotel suchen. Sie wollte den kurzen Ausflug als ein Abenteuer ansehen, das sie so schnell nicht vergessen würde. Es würde wohl keine besonders schöne Erinnerung sein, aber das Abenteuer war ja sowieso schon wieder vorbei. In Gedanken sah sie sich bereits morgen wieder zur Arbeit gehen, um die Ablenkung im Alltag zu suchen. Sie bestieg den Bus zum Flughafen, verstaute ihren Rucksack auf dem Nebensitz und dachte über ihr Leben nach. Hatte sie eigentlich Träume? Hatte sie irgendwelche Ziele für ihr Leben? Wie würde es ab morgen weitergehen? Sie wusste es nicht.

Als kleines Kind war alles noch so unbeschwert gewesen. Ellas Adoptivvater war Architekt und viel unterwegs, aber zu Hause immer für sie da gewesen. Sie bauten Zeltlager und er erzählte ihr ausgedachte Geschichten von fernen Welten und Menschen, die auf Walen über die Weltmeere ritten. Ein positiver Mensch, den nur in seltenen Momenten eine plötzliche Traurigkeit erfasste. Eine Traurigkeit, von der Ella nie herausgefunden hatte, woher sie gekommen war. Als Ella fünf war, verlor sie ihren Adoptivvater bei einem Autounfall. Auf dem Heimweg von einer Baustelle fiel er einem Raser zum Opfer. Oma Margret und Ella wurden damals noch mitten in der Nacht benachrichtigt und fuhren sofort zu ihm ins Krankenhaus, aber er schaffte es nicht. Nach zwei Stunden am Krankenbett war ihr Vater gestorben.

Für Ella verschwammen die Erinnerungen, sie war einfach zu jung gewesen, um so etwas zu verstehen. Oma Margret hatte gesagt, dass er noch mit Ella gesprochen habe. Er habe ihr gesagt, dass er stolz auf sie sei und sie zu einer tollen Frau heranwachsen werde. Danach waren Ella und ihre Oma allein. Ella begriff zwar nicht, warum ihr Vater nicht mehr da war, konnte dies auch nicht richtig einordnen, sodass sich für sie alles nach kurzer Zeit wieder normalisierte. Kein anderes Kind verbrachte so viel Zeit mit seiner Oma. Das genoss Ella sehr. Um zu verhindern, dass Ella sich eines Tages enttäuscht von ihr abwenden würde, erzählte Margret ihr schon sehr früh von ihrer verstorbenen Mutter, dem Waisenhaus und davon, dass sie und ihr Sohn nicht anders gekonnt hatten, als dieses kleine Wesen bei sich aufzunehmen. Ella akzeptierte die Situation und so kam es, dass auch im jugendlichen Alter das Band zwischen Ella und ihrer Oma nie zerriss.

Ella war eine durchschnittliche Schülerin. Das lag nicht an mangelnder Intelligenz, sondern daran, dass sie sich meist nur für praktische Dinge begeisterte, die im Unterricht oft ausblieben. Trotzdem schaffte sie ihr Abitur problemlos. Als sie den Abschluss in der Tasche hatte, war Ella gerade neunzehn geworden. Oma Margret ermutigte sie, zu studieren, doch Ella wollte nicht von zu Hause weg, nicht den wichtigsten Menschen in ihrem Leben verlassen, um etwas zu studieren, von dem sie sowieso keine Ahnung hatte, ob es das Richtige wäre. Sie mochte das alte Haus, das gemeinsame Honigbrot am Morgen und war zufrieden mit dem, was sie hatte. Die Tatsache, dass ihre Oma bereits Anfang siebzig war und das Leben nicht für immer so weitergehen konnte, verdrängte sie. Kurz nach dem Abitur fing Ella an, in einem kleinen Feinkostladen zu jobben. Ihr gefiel die Arbeit, die exotischen Speisen, Gewürze und Weine, aber auch der Umgang mit Kunden, die meist sehr dankbar für die schön dargebotenen Leckereien waren. Deshalb begann sie dort wenig später eine Ausbildung zur Verkäuferin. Margret war zwar nicht besonders erfreut darüber, da sie sich immer *etwas Besseres* für Ella vorgestellt hatte, wie sie ihr sagte, aber solange sie damit glücklich wurde, sollte es ihr recht sein. Sosehr Ella die Ausbildung auch Spaß machte, hasste sie doch die damit verbundene Berufsschule. Immer hatte sie das Gefühl, bei der Arbeit ein Vielfaches von dem zu lernen, was in der Schule abgefragt wurde. Der Besitzer des Ladens war ein netter Mann in den Vierzigern und führte die Geschäfte zusammen mit seiner Frau. Nachdem sich Ella als zuverlässige und selbstständige

Arbeitskraft erwiesen hatte, waren ihr Chef und seine Frau oft in der ganzen Welt unterwegs, um neue Spezialitäten und Lieferanten ausfindig zu machen. Währenddessen probierte Ella häufiger heimlich einige der Köstlichkeiten. Gewürze aus dem Fernen Osten, Würste aus Tirol oder Feigen aus Nordafrika. Sie stellte sich vor, wo die Speisen hergestellt wurden, und wollte eines Tages auch die Produktionsstätten besuchen. Außerdem fand Ella Gefallen daran, das Schaufenster regelmäßig mit Hingabe neu zu dekorieren. Deshalb wurde der kleine Laden, der in einer mit Pflastersteinen bedeckten Seitenstraße lag, nach und nach bekannter. Dadurch lernte Ella auch Mimi kennen, die im Laden nebenan arbeitete. Sie kam immer öfter vorbei, um sich die neue Dekoration anzusehen, und teilte Ellas Leidenschaft für Schönes und liebevoll Hergerichtetes. Die beiden waren keine richtigen Freundinnen, doch es kam dem sehr nah. Mimi war noch etwas jünger als Ella. Eine kleine, zierliche Person, die aber im Gegensatz zu Ella genau wusste, was sie wollte – einen eigenen Laden.

Mit zweiundzwanzig schloss Ella die Ausbildung erfolgreich ab. Es war eine Zeit, in der sie ein leichtes Bedürfnis entwickelte, mehr vom Leben zu sehen. Sie wollte auch reisen und neue Delikatessen entdecken, genau wie ihr Chef es tat. Ella fand sogar einige interessante Studiengänge, konnte es aber nie übers Herz bringen, ihre Oma alleine zu lassen. Besonders als Oma Margret sichtlich schwächer wurde, stellte Ella ihre Träume erst einmal zurück. Sie versuchte, so viel Zeit wie möglich zu Hause zu verbringen, doch das Altern ließ sich nicht aufhalten und so kam eins zum anderen.

Jetzt war Oma Margret nicht mehr da.

Ellas Chef hatte ihr gesagt, sie könne sich eine Auszeit nehmen, solange sie wollte. Anschließend würde er sich freuen, sie wieder im Laden willkommen zu heißen. Aber Ella wollte nicht lange warten. Alles was sie hatte und kannte, war zu Hause. Sie brauchte Stabilität, eine Konstante, an der sie sich orientieren konnte. Dann wäre immer noch Gelegenheit, in Ruhe nachzudenken und zu entscheiden, was sie mit ihrem Leben anfangen wollte. Sie nahm sich vor, auch mehr Zeit mit Mimi zu verbringen, das würde ihr guttun.

Oh nein, sie hatte ihr nicht mal erzählt, was in den letzten Tagen alles vorgefallen war!

Gerade als Ella gedankenverloren in die Landschaft schaute und sich wunderte, wo sie in diesem Moment entlangfuhr, sackte der Bus auf einer Seite ab. Der Busfahrer schien einige spanische Schimpfwörter zu rufen, und ließ das Fahrzeug ausrollen, bis es kurz vor einer Ortseinfahrt zum Stehen kam. Wütend stapfte er nach draußen und sah sich den Schlamassel an. Bei einem Blick aus dem Fenster erkannte Ella die Überreste eines geplatzten Reifens, der den Straßenrand zierte. Bis auf eine ältere Dame war Ella der einzige Fahrgast. Die Dame schien es gelassen zu nehmen, griff nach ihrem geflochtenen Korb, verließ den Bus und ging in Richtung des Dorfes. Der Busfahrer stieg wieder ein, sprach ein paar Sätze und versuchte wohl, Ella damit zu erklären, dass die Reise hier vorerst zu Ende war. Er drehte sich sofort wieder um, ging nach draußen und zündete sich eine Zigarette an. Nachdem er hektisch den ersten Zug inhaliert hatte, nahm er sein Handy und telefonierte. Ella wusste nicht recht, was sie nun machen sollte. Warten, bis der Bus repariert war? Der Busfahrer schaute zu Ella und gestikulierte wild mit den Händen.

»*¡Terminado!*«, rief er.

»*Shit*«, fluchte Ella und nickte ihm genervt zu. Das konnte sie jetzt gar nicht gebrauchen. Sie nahm ihre Sachen, verließ den Bus und ging ebenfalls in Richtung des Dorfes. Falls das nicht der einzige Bus war, der diese Strecke abfuhr, würde es bis zur nächsten Abfahrt noch eine Stunde dauern. Ella schaute sich um. Für ein so winziges Dorf parkten verhältnismäßig viele Autos an der Straße. Trotzdem sahen die Häuser verlassen aus. Sogar die Türen waren mit den typisch spanischen Klappläden verschlossen. Sie folgte der Straße. Die Autos standen immer dichter und Menschen mit Einkaufstüten kamen ihr entgegen. Die Erklärung für den Trubel war also einfach – es war Markttag. Ella hatte von den bunten mallorquinischen Märkten gehört, die auf der ganzen Insel stattfanden. Für einen Moment vergaß sie den kaputten Bus und war von duftenden Gewürz- und Obstständen, dem Trubel und laut schreienden Verkäufern gefangen. Menschen schoben sich aneinander vorbei, um sich zum jeweils nächsten Stand zu kämpfen. Es wurden handgefertigter Schmuck, Körbe und Lederwaren direkt neben aromatischen Orangen, Bananen, Zitronen, Käse oder Wurst angeboten. So hatte sich Ella die Märkte vorgestellt, auf denen ihr Chef nach neuen Köstlichkeiten für seinen Laden suchte. Da es um diese Jahreszeit noch wenige Touristen nach Mallorca verschlug, wimmelte der Markt von Einheimischen, die wild gestikulierend um ihre Einkäufe feilschten. Ella fühlte sich lebendig in dem Trubel und versuchte, alle Eindrücke, Gerüche und Wörter in sich aufzusaugen. Sie stand gerade vor einer riesigen Auslage an herrlich riechenden Käsesorten, als sie eine Frau schreien hörte, als hätte sie den Teufel höchstpersönlich gesehen. Der Schrei zog ihr durch Mark und Bein. Die Menge wurde still, alle Augen richteten sich auf Ella. Sie war irritiert und erstarrte. Sie verstand nicht, was da vor sich ging. Hilflos blickte sie sich um.

Etwa zwanzig Meter weiter sah sie eine gebückte alte Frau. Sie zeigte mit dem Finger in Ellas Richtung und schrie:

»¡Vive! La niña de sal está viva!«

Sie wiederholte den Satz, bevor eine Hand sie zur Seite zog und die Frau plötzlich verschwand.

Die Menge kam wieder in Bewegung, als wäre nichts geschehen und Ella bekam einen Stoß von der Seite. Sie schaute sich um, aber alle Menschen folgten wieder dem Treiben. Mit der rechten Hand griff sie hinter sich an den Rucksack. Der Reißverschluss stand offen. Sofort nahm Ella ihn ab und betastete den Inhalt.

»Verdammte Scheiße!«

Ihr Portemonnaie war weg. Panisch blickte sie sich um. Nichts. Da war nichts Auffälliges. Das konnte doch nicht wahr sein! Sie setzte den Rucksack hastig auf und kämpfte sich durch die Menge. Sie sah niemanden davonlaufen, sah nichts außer dem normalen Marktgeschehen. Tränen schossen ihr in die Augen. Mithilfe ihrer Ellbogen arbeitete sie sich zu einem kleinen Platz vor, in dessen Mitte ein alter Brunnen stand. Völlig aufgelöst blieb sie stehen und setzte sich auf den Rand des Brunnens. Um sicherzugehen, legte sie den Rucksack erneut ab und durchwühlte den kompletten Innenraum sowie alle Seitentaschen. Das Portemonnaie war weg. Und mit ihm ihr ganzes Bargeld, EC-Karte und der Ausweis. Erst jetzt begriff sie, dass sie ohne Ausweis nicht mal mehr ein Flugzeug besteigen konnte.

»Verdammt, auch noch das Handy!«, stieß sie wütend aus.

Sie saß fest. Tränen sammelten sich in ihren Augenwinkeln.

Ein Schatten bedeckte ihren Rucksack. Erschrocken blickte sie auf und sah einen braun gebrannten jungen Mann um die dreißig, drahtig und doch muskulös. Er schaute ihr direkt in die Augen.

»Ich habe gesehen, was passiert ist. Kann ich dir helfen?«, fragte er mitfühlend.

Verdutzt stammelte Ella etwas vor sich hin. Sie hatte nicht damit gerechnet, dass hier jemand Deutsch sprach.

»Ich wurde beklaut!«, brachte sie irgendwann hervor. »Und überhaupt, was wollte diese komische Frau von mir? Ich weiß nicht mal, was sie gesagt hat! So ein verdammter Mist! Hast du sie gehört oder gesehen? Weißt du, was die Frau wollte?«, stammelte sie hilflos, während ihr die Tränen von der Lippe tropften.

Der junge Mann kratzte sich nachdenklich an der Seite seines dunkelbraunen Bartes. »Sie lebt, das Salzmädchen lebt«, antwortete er schließlich.

4

Ella schaute verdutzt, als der Mann den Satz wiederholte.

»Sie lebt, das Salzmädchen lebt?«

»Aber was soll das heißen?«, fragte Ella halblaut.

Der Mann blickte sie an. »Ich habe keine Ahnung. Aber ich bin Miguel«, sagte er, während er seine große, raue Hand ausstreckte.

Ella griff vorsichtig danach. »Ella. Ich bin Ella.«

Er setzte sich neben sie auf den Rand des alten Brunnens. Seine dunkelbraunen Augen blitzten im Sonnenlicht. Das abgewetzte karierte Hemd hatte feuchte Stellen, die nach Olivenöl dufteten. Trotzdem wirkte Miguel sehr gepflegt. Sein volles, dunkles Haar war an den Seiten erst kürzlich rasiert worden.

»Wie kann ich dir helfen, Ella?«, fragte er mit diesem lieblichen spanischen Akzent.

Es klang ehrlich und aufrichtig. Er setzte dabei ein charmantes Lächeln auf, was ihren Eindruck bestätigte. Ella war froh über sein Angebot und berichtete ihm, dass sie eigentlich auf dem Weg zum Flughafen gewesen war, als die Buspanne sie zu dem schönen Markt gebracht hatte und jemand die Situation ausgenutzt haben musste, als diese Frau schrie, um unbemerkt ihre Wertsachen zu stehlen. Als sie die Geschichte erzählte, fragte sie sich erneut, was die alte Frau wohl gemeint hatte. Hatte sie

Ella verwechselt oder war es nur ein Ablenkungsmanöver für den Dieb gewesen? Egal, jetzt hatte sie andere Probleme: Kein Geld, keinen Ausweis und kein Handy mehr, und irgendwie musste sie nach Hause kommen.

Miguel lächelte sie immer noch an. »Du kannst froh sein«, sagte er verschmitzt.

Ella verstand nicht, warum in aller Welt sie über all das froh sein sollte. Wollte er sie hier veräppeln? Darauf konnte sie jetzt wirklich verzichten. Sie stand auf.

»Du bist auf der schönsten Insel der Welt gestrandet. Und zufällig auch noch im schönsten Dorf der Insel. Komm mit!«, forderte er sie freundlich auf und ging in Richtung eines der Marktstände.

Ella sah ihm verdutzt hinterher. Fassungslos schüttelte sie den Kopf und musste dabei unfreiwillig lächeln.

Hatte er ihr nicht richtig zugehört?, fragte sie sich, packte dennoch ihre Sachen und folgte ihm zu dem Marktstand.

»Setz dich, ich bin gleich fertig«, sagte er unbekümmert und deutete auf eine umgedrehte Obstkiste. Der Stand war klein und duftete herrlich nach Oliven. Vor Miguel waren zwei Klapptische aufgebaut, über denen eine rot-weiß karierte, grobe Tischdecke lag. Darauf standen mit Oliven gefüllte Einmachgläser, Behälter mit Olivenöl, Körbe und zwei Holzfässchen.

Miguel legte sich eine Schürze um und griff nach der Schöpfkelle. Er tauchte sie in eines der Fässchen, hob sie hoch und versuchte, die Leute mit lauten spanischen Rufen anzulocken. Das wirkte bei den Kunden, die an seinem Stand stehen blieben. Er verteilte kleine Kostproben, deren Kerne einfach auf den Boden gespuckt wurden. Anschließend schöpfte er einige Kellen in Plastikbeutel und reichte sie über die Tische. Scheine wechselten den Besitzer. Ella schaute gebannt zu, mit welcher Leichtigkeit dieser charmante Mann seine Kunden um den Finger wickelte. Die prallen Oliven glänzten in sattem Grün und Schwarz. Miguel blickte immer mal wieder hinter sich, wohl um sich zu vergewissern, dass es Ella gut ging. Sie fand es irritierend, dass er sich scheinbar um sie sorgte. Dennoch wusste sie nicht, was sie für Alternativen hatte. Sie war offensichtlich auf seine Hilfe angewiesen. Nach einer halben Stunde wurde der Markt leerer und die anderen Standbesitzer fingen an, ihre Sachen zusammenzupacken. Miguel schloss die Fässchen und begann ebenfalls, seine Waren auf einem kleinen Handkarren zu stapeln.

Wortlos stand Ella auf, um ihm dabei zu helfen. Sie faltete die Tischdecke und klappte die Tische zusammen.

Miguel lächelte, ohne sie dabei anzusehen. Als alles eingepackt war, deutete er auf ihren Rucksack. »Ich nehme den, du nimmst einen der Tische, okay?«

Ella griff nach dem Tisch, der nicht mehr auf den Karren passte. Miguel verabschiedete sich von seinen Standnachbarn und sie gingen los. Hin und wieder winkte er irgendwelchen Leuten zu oder rief etwas. Sie bogen durch einige kleine Gassen und Wege, bis sie an einer größeren Straße ankamen. Dort stand ein alter hellblauer Pick-up, der schon an vielen Stellen vom Rost zerfressen war. Sie luden die Sachen auf, hievten den kleinen Karren und den Rucksack auf die Ladefläche und stiegen wortlos in das Auto.

Plötzlich wurde Ella etwas mulmig. Was machte sie da? Sie war davon ausgegangen, dass Miguel irgendwo im Ort wohnte. Jetzt saß sie im Auto und konnte nicht mehr zurück. Einfach mit einem fremden Mann mitzufahren … Was dachte sie sich dabei? Das war so gar nicht ihre Art. Doch welche Alternative blieb ihr? Sie hatte keine Ahnung, was sie sonst machen sollte.

»Äh, wo fahren wir denn hin?«, fragte sie unsicher.

Miguel hatte wieder dieses Grinsen auf den Lippen, das eigentlich kein böser Mensch auf der Welt haben konnte. »Nach Hause«, sagte er fröhlich und setzte den Wagen in Bewegung.

* * *

Ella kurbelte das Fenster etwas herunter, sodass der Wind durch ihr langes Haar streifte. Sie brauchte die Abkühlung.

Wie konnte in einer Woche so viel Mist passieren?, fragte sie sich. Aber ihre Gedanken wurden von der unglaublich schönen Landschaft unterbrochen, die sich rechts und links erstreckte. Kleine raue Steinmauern fassten die kurvige Straße auf beiden Seiten ein. Dahinter lag unberührte Natur, Sträucher, Bäume, raue Erde. Links erhoben sich einige Hügel, die zu Bergen heranwuchsen. Nach einer Viertelstunde, ohne auch nur ein Haus zu sehen, konnte Ella einige alte Windmühlen am Horizont ausmachen. Miguel bog in einen schmalen Feldweg am rechten Straßenrand ab. Weit und breit gab es nichts. Trotzdem stand in der verwilderten Einfahrt ein Holzpfosten, an dem ein schief sitzender Briefkasten montiert war.

Ella drehte ihren Kopf, um sich zu vergewissern, dass sie sich nicht verguckt hatte. Ja, hier schienen irgendwo Menschen zu wohnen. Der Weg bestand aus roter Erde und einigen felsigen Abschnitten. Bei starkem Regen würde man definitiv ein Allrad-Fahrzeug brauchen, um hier weiterzukommen.

Miguel steuerte den Pick-up unbeirrt zwischen großen Zypressen und Kakteen hindurch.

Je weiter die beiden fuhren, desto unruhiger wurde Ella. Sie wollte sich das aber keinesfalls anmerken lassen und biss die Zähne zusammen. Es war ohnehin zu spät, um etwas zu sagen. Nach weiteren zehn Minuten atmete sie erleichtert auf. Am Ende des Weges erkannte sie die Umrisse eines Hauses. Daneben stand eine dieser alten Windmühlen, ihre Flügel drehten sich langsam.

Miguel lächelte zu ihr herüber. »Wir sind gleich da.«

Eine weitere Kurve später machte Ella große Augen. Hinter dem kleinen Hügel erhob sich eine wunderschöne Allee aus riesigen Palmen links und rechts des Weges.

Miguel verlangsamte den Wagen.

»Willkommen in der Casa Emilia«, sagte er stolz.

So etwas Schönes hatte Ella hier draußen nicht erwartet. Die Allee zog sich über etwa fünfzig Meter. Danach öffnete sich ein stattlicher, gepflasterter Hof. In der Mitte stand ein überdachter Brunnen neben einigen Orangenbäumen. Ein großer Holztisch mit Bänken fand ebenfalls Platz unter dem geräumigen Dach aus stabilen Holzbalken und Strohmatten. Links spannte sich eine weitläufige Scheune. Rechts erblickte Ella das rechteckige Wohnhaus aus grobem Sandstein mit zwei Stockwerken. Die Fenster waren klein, wahrscheinlich um während der heißen Sommermonate die Räume schön kühl zu halten. Schräg hinter dem Haus stand die knarrende Windmühle, die sie bereits von Weitem gesehen hatte. Ella war überwältigt.

Als Miguel den Wagen auf den Hof lenkte und vor dem Haus abstellte, traute Ella ihren Augen nicht. Dahinter erstreckten sich lange, gepflegte Felder. Die Erde leuchtete feuerrot und Ella blickte auf hunderte von Olivenbäumen. Sie mussten vor einer Ewigkeit in weitläufigen Reihen gepflanzt worden sein.

»Sind das alles eure Felder?«, fragte Ella.

»Ja«, antwortete Miguel. »So weit das Auge reicht.«

Ella und Miguel stiegen aus dem Wagen.

»Willst du das Haus sehen?«, fragte er, wohlwissend, dass sie ja sagen würde.

»Sehr gerne«, antwortete sie abwesend, da ihr Blick immer noch auf den Olivenfeldern ruhte.

Miguel öffnete die massive Holztür, die das Haus schon seit einer Ewigkeit schützen musste. Ella hatte sich bereits die ganze Zeit gefragt, wie die mallorquinischen Häuser, an denen sie vorbeigefahren waren, wohl von innen aussahen. Als sie den Eingangsbereich betraten, wusste Ella bereits, dass sie dieses Haus lieben würde. Es gab keinen Flur, sondern man stand direkt in einem sehr großen Esszimmer, in das rechts die Küche integriert war. Links dominierte ein großer, alter Holztisch mit

Bänken, an dem mindestens zehn Personen Platz fanden. Die Tischplatte setzte sich aus drei breiten Holzbohlen zusammen und in seiner Mitte stand eine riesige weiße Tonschale, in welcher frisch duftende Orangen lagen. Daneben kleine Schränke und Kommoden mit liebevoll geschnitzten Ornamenten. Auf dem Boden waren zwei übergroße Kuhfelle ausgelegt. An jeder der drei Seiten gingen Türen ab, hinter denen sich bestimmt noch weitere Zimmer versteckten. Die gepflegte Küche bestand aus zwei langen Arbeitsflächen. In der rechten Ecke sah Ella einen uralten weißen Küchenherd, der mit Holz befeuert werden musste. An der Wand hingen schlichte Regale, die mit Töpfen, Pfannen, Geschirr, Tonkrügen und Karaffen vollgestellt waren. Diesen Raum hätte Ella problemlos fotografieren und bei einer Wohnzeitschrift einreichen können. Trotzdem war sie ziemlich überzeugt, dass sich Miguels Familie nichts aus Wohntrends machte. Dieses Haus musste seit Generationen so aussehen.

»Möchtest du was trinken?«, fragte Miguel.

»Ja, gerne.«

Miguel nahm Ella den Rucksack ab, stellte ihn neben die Eingangstür und öffnete den Kühlschrank. Er griff nach einer Karaffe, holte zwei Gläser aus einem Regal und stellte alles auf den Tisch.

»Setz dich doch«, forderte er sie auf und ließ sich selbst auf einer der Bänke nieder. Er füllte beide Gläser mit Wasser und Ella sah, dass Zitronenstücke in der Karaffe schwammen.

»Das ist ein wunderschönes Haus«, sagte Ella bewundernd. »Wohnt deine ganze Familie hier?«

»Danke«, erwiderte Miguel stolz. »Ja, ich wohne hier mit meinen Eltern, meiner Schwester und meiner Großmutter.«

»Und ihr arbeitet alle zusammen auf den Olivenfeldern?«, fragte Ella.

»Genau, meine Familie bestellt die Plantage schon seit vielen Generationen.«

Ella war absolut fasziniert von diesem paradiesischen Hof mitten im Nirgendwo, von Miguel, für den das Leben so schwerelos leicht schien, und von den Oliven, über die sie unbedingt mehr erfahren musste. Am liebsten wollte Ella sofort auf die Felder laufen, um die Bäume anzusehen und zu schauen, wie die Oliven daran reiften. Sie interessierte alles, welche Sorten hier wuchsen, wie sie verarbeitet wurden und wohin Miguels Familie die Steinfrüchte und Öle verkaufte.

Ella hörte Schritte vor der Tür, kurz bevor sie sich knarrend öffnete. Ein Paar Füße stampfte auf dem Steinboden, um den Schmutz vor der Tür zu lassen, und eine hübsche Frau trat ein. Sie war etwas jünger als Ella, mittelgroß, schlank und hielt ihre langen dunklen Locken in einem Pferdeschwanz zusammen.

Als sie Ella sah, formten ihre schmalen Lippen ein Lächeln. *»¿Hola, cómo estás?«*, fragte sie, als sie auf Ella zukam.

Ella stand hastig auf, stieß dabei gegen den Tisch und brachte die Karaffe zum Wackeln.

Die junge Frau grinste, als sie Ella herzhaft umarmte und ihre rechte und linke Wange küsste.

So leicht ging das also. Und sie hatte sich bisher immer so ungeschickt bei den Begrüßungsküssen angestellt.

»Das ist meine Schwester Rosa«, stellte Miguel sie vor.

»Rosa, esta es Ella. Viene de Alemania.«

Rosa setzte sich sofort neben Ella auf die Bank, griff nach einer Orange aus der Schale und fing an, sie zu schälen. Sie schaute Ella dabei interessiert in die Augen und plapperte los. *»¡Ahhh, Alemania!* Ich auch lernen Deutsch wie Miguel«, stieß sie aus. »*Mucho mejor* für Geschäft auf *mercado*«, erklärte sie aufgeregt. »Du mir lernen?«, fragte sie fröhlich. Sie steckte sich ein saftiges Stück Orange in den Mund, bevor sie und Miguel anfingen, auf Spanisch loszureden.

Ella schloss Rosa sofort in ihr Herz. Sie bewunderte ihre lockere, freundliche Art, die sie genauso unbeschwert wirken ließ wie Miguel. Ella hätte den beiden den ganzen Abend zuhören können. Nicht dass sie ein Wort verstanden hätte, aber diese Sprache hörte sich einfach wundervoll an.

»Ich habe Rosa rasch erklärt, wie du unser Gast geworden bist«, sagte Miguel.

Rosa wischte sich die Hand an ihrer kurzen Hose ab, legte sie auf Ellas Schulter und blickte sie mitfühlend an.

»*Te quedas aquí.* Bleiben da. Morgen *nuevo día*!«, sagte Rosa ermunternd.

Ella hatte schon ganz vergessen, warum sie eigentlich hier war. Sie sah aus dem Fenster und bemerkte, dass die Sonne bereits schwächer geworden war. Heute konnte sie sowieso nichts mehr ausrichten. Sie würde sich also morgen Gedanken darüber machen, wie es weiterginge. Aber konnte sie hier einfach bei fremden Menschen übernachten? Ihr war plötzlich etwas unwohl. Als Ella wieder zu den beiden schaute, war Miguel bereits aufgestanden und zur Küche gegangen.

Wenig später kam er mit einem Holzbrett zurück, auf dem ein halber Laib Brot, zwei große Stücke Käse, eine grobe Wurst und ein scharfes Messer lagen. »Du hast sicher Hunger«, sagte er, als er die Brotzeit auf dem Tisch abstellte.

Rosa griff sofort nach dem Messer, teilte Käse und Wurst mundgerecht und schnitt ein paar dicke Scheiben von dem Brotlaib ab.

Als sie fertig war, hatte Miguel noch eine kleine Glasschale aus der Küche geholt. Darin schimmerte golden Olivenöl und verbreitete seinen Duft. Rosa und Miguel tunkten das Brot in das Öl und bissen hinein. Abwechselnd aßen sie Brot, Käse und Wurst. Ella tat es ihnen gleich. Sie hatte wirklich großen Hunger und es schmeckte herrlich. Der harte Käse war wunderbar würzig, die Wurst schön pfeffrig und das Olivenöl seidig fruchtig.

Sie vermutete, dass man nichts davon so im Supermarkt kaufen konnte.

Rosa holte einige Kerzen und zündete sie an. Sie schien eine Geschichte dabei zu erzählen. Ella bemerkte, wie sie mit ihren Armen gestikulierte, um die Dramatik zu unterstreichen. Am Ende der Geschichte fingen Miguel und Rosa lauthals an zu lachen. Miguels Wangen röteten sich.

Ella musterte ihn, als er ihren Blick auffing und sich ihre Augen trafen. Ein warmes Gefühl zog durch ihre Magengegend und es war ihr furchtbar peinlich. Sofort schaute sie verlegen auf den Holztisch.

Oh Gott, reiß dich zusammen!, forderte ihre innere Stimme.

Rosa bemerkte es glücklicherweise nicht. Sie erklärte gerade radebrechend, dass ihre Eltern und ihre Großmutter auf einer Feier im Dorf seien und erst spät nach Hause kommen würden. Sie freute sich sichtlich über Ellas Anwesenheit und wollte die deutschen Worte für einige Gegenstände wissen.

Die drei saßen noch eine Weile am Tisch und lachten viel. Irgendwann wurden Ellas Augen immer schwerer und die Ereignisse des Tages forderten ihren Tribut.

Miguel bemerkte es offensichtlich und stand als Erster auf. »Ich denke, wir machen Schluss für heute, oder? Du ruhst dich jetzt aus und morgen zeige ich dir den Rest des Hofes.«

Damit war die Übernachtungsfrage wohl geklärt. »Vielen Dank für alles, Miguel. Ich glaube, das habe ich noch gar nicht gesagt«, sagte Ella.

Miguel wollte gerade etwas erwidern, als Rosa ebenfalls aufstand, Ella an der Hand nahm und sie zu einer der Türen zog.

»Te gustaría dormir en mi cuarto?«, fragte sie erwartungsvoll.

»Sie fragt, ob du bei ihr mit im Zimmer schlafen willst«, übersetzte Miguel grinsend, bevor die beiden durch die Tür verschwanden.

Sie gingen durch einen dunklen Flur, dessen Wände wie die im Esszimmer aus groben Sandsteinen bestanden. Anschließend stiegen sie eine Steintreppe hinauf, kamen durch einen weiteren Flur und betraten Rosas Zimmer. Es war schlicht, aber gemütlich, mit weiß gekalkten Wänden, und in der Mitte des Raumes lag ein dünner hellgrauer Teppich. An den Wänden standen das schmale Bett, ein Kleiderschrank, ein kleiner Schreibtisch und ein Sofa.

»Este es mi cuarto«, erklärte Rosa, bevor sie weiter plappernd aus der Tür verschwand.

Wenig später kam sie zurück, beladen mit einer Decke, einem Kissen und einem Betttuch.

Ella bot ihre Hilfe an, aber Rosa lehnte gespielt verärgert ab.

Als das Sofa bezogen war, stand Miguel in der Tür und hielt Ellas Rucksack in der Hand. »Hier, deine Sachen«, sagte er und reichte ihr den Rucksack.

Ihre Hände berührten sich für einen kurzen Moment, was Ella wieder ein Kribbeln im Magen bescherte. »Oh, danke schön!«, erwiderte sie verlegen.

»Dann schlaf gut. Wir stehen alle sehr früh auf, aber du kannst ausschlafen, wenn du möchtest.«

»Danke! Ich bin schon froh, wenn ich überhaupt ein Auge zu bekomme, obwohl ich anderseits total müde bin«, sagte sie unsicher.

»Buenas noches, hermanita«, sagte Miguel liebevoll zu Rosa, bevor er aus dem Zimmer verschwand.

Nachdem Ella und Rosa sich umgezogen und die Zähne geputzt hatten, lag Ella erschöpft auf dem Sofa und Rosa löschte das Licht.

»Buenas noches, Ella.«

»Gute Nacht, Rosa, schlaf gut«, sagte Ella und schloss die Augen.

Was war das denn wieder für ein Tag gewesen? Vor zwei Tagen war sie einfach auf diese Insel gekommen, ohne Plan, ohne jemanden zu kennen. Sie hatte erfahren, dass ihre Mutter nie hier gewesen sein konnte und ihre Großmutter also leider wirres Zeug geredet haben musste. Dann war da diese komische Frau, die sie angeschrien und das Salzmädchen genannt hatte. All ihre Wertsachen wurden gestohlen und jetzt lag sie da, irgendwo in den weiten Feldern Mallorcas, in einem fremden Haus, bei zwei netten, aber dennoch wildfremden Menschen. Es war einfach alles total verrückt. Als sich ihre Gedanken langsam in Träume verwandelten, verspürte Ella nur für einen kurzen Moment, dass sie es tief im Inneren genoss, hier zu sein und so viele neue Menschen und Dinge kennenzulernen. Fast so, als versuchte die Insel, sie hierzubehalten.

5

Ella wurde früh wach und blickte durch das Zimmer. Rosas Bett war leer. Der Wecker auf ihrem Nachttisch zeigte 06:00 Uhr. Sie rieb sich die Augen. Lange hatte sie nicht mehr so gut geschlafen. Ella stand auf und schaute aus dem Fenster. Es war stockfinster, doch sie konnte erkennen, dass der Himmel wolkenlos war. Es würde ein schöner, warmer Januartag werden. Sie stieg in die enge Jeans, die sie gestern Abend über einen Stuhl gehängt hatte, kramte ein frisches weißes T-Shirt aus ihrem Rucksack und schlüpfte in ihre Sandalen.

»Oh Gott, ich bin in einem fremden Haus! Was, wenn Miguel und Rosa gar nicht mehr da sind?«, murmelte sie.

Lautlos schlich sie ins Badezimmer und machte sich fertig. Anschließend wartete sie zögernd draußen im Flur. Sie hörte Stimmen, die aus dem Esszimmer kommen mussten. Ella stieg die Treppe hinunter, durchquerte den Flur und öffnete die Tür zum Esszimmer mit einem mulmigen Gefühl. Sie konnte sich nicht erinnern, jemals bei Fremden übernachtet zu haben und dann morgens einfach locker ins Esszimmer spaziert zu sein.

Als sie den Raum betrat, wurde sie von einem lauten, umherplappernden Durcheinander empfangen, das von dem großen Esstisch kam.

Rosa winkte ihr sofort zu und gab ihr zu verstehen, dass Ella sich zu ihr setzen sollte. Doch sie kam gar nicht so weit.

Als Ella sich dem Tisch näherte, blickten alle in ihre Richtung und eine Frau stand freudig auf, um sie zu begrüßen. Die rundliche Spanierin war wesentlich kleiner als Ella, trug ein einfaches blaues Kleid mit Blümchenmuster und ihre halblangen schwarzen Locken waren von grauen Strähnen durchzogen. Ihr üppiger Busen drückte sich an sie, als sie Ella umarmte und mit Küssen rechts und links begrüßte.

»Buenos días, mi hermosa. Bienvenido en nuestra casa.« Sie hielt Ellas Schultern fest und lächelte ihr direkt ins Gesicht. *»Soy Emilia.«*

Emilia griff nach Ellas Hand und führte sie aufgeregt um den Tisch.

Ellas hilfloser Blick fand Miguel und Rosa, die sich köstlich darüber zu amüsieren schienen. Sie kicherten und lächelten ihr ermutigend zu. Emilia zog sie weiter und blieb vor einer ebenfalls kleinen, aber sehr viel älteren Frau stehen. Sie trug einen dunklen schlichten Rock, eine ärmellose Bluse und ein rot-weiß kariertes Kopftuch, unter dem weiße, gekräuselte Haare herauslugten. Ihr faltiges Gesicht sah ein bisschen mürrisch, aber dennoch gutherzig aus. Neben der Bank, auf der sie saß, lehnte ein geschnitzter Gehstock.

Ella streckte ihre Hand aus, weil sie dachte, dass das die richtige Begrüßung für jemanden im Sitzen sei.

Die alte Frau griff nach der Hand, zog Ella zu sich herunter und küsste sie ebenfalls auf beide Wangen, bevor sie sich wieder ihrem Kaffee widmete. Ella wusste nicht, wie ihr geschah, und kam sich furchtbar unbeholfen vor.

Emilia deutete auf die alte Frau. *»Es la abuela Dolores.«* Ihre Hand fuhr weiter zu dem gegenübersitzenden älteren Mann. Er hatte etwa Ellas Größe, eine kernige Statur und sein freundliches

Gesicht war kantig und mit einigen grauen Bartstoppeln besetzt. Die Definition eines mallorquinischen Olivenbauers!

Er stand auf, nickte ihr mit einem zurückhaltenden Lächeln zu, griff nach ihren Schultern und verteilte die zu erwartenden Küsse.

»*Mi marido José*«, bemerkte Emilia.

Er setzte sich wieder und biss in sein Hörnchen.

Zuletzt drehte Emilia Ella zu einem schüchtern wirkenden Mann Anfang dreißig. Er schaute zu Ella auf und war zu weit weg, als dass er sie auch mit Küssen hätte begrüßen können.

»*Y Carlito*«, erklärte Emilia, bevor sie Ella mit einigen Gesten und vielen schnellen spanischen Sätzen zu verstehen gab, dass sie sich setzen und wie zu Hause fühlen sollte.

Emilias Herzlichkeit ließ Ella keine Zeit, sich fehl am Platz vorzukommen. Als sie Platz nahm, eilte Emilia sofort mit einer Porzellankanne herbei und schenkte ihr frisch duftenden Kaffee ein.

Miguel und Rosa grinsten immer noch schelmisch.

»Du hast es geschafft«, bemerkte Miguel belustigt und meinte wohl das erste Kennenlernen. »Meine Mutter hat uns alle im Griff, wie du merkst.«

Ella schaute noch einmal in die Runde. »Ihr habt eine sehr nette Familie«, sagte sie.

Miguel lächelte.

Rosa griff in den Korb in der Mitte des Tisches, fischte ein Hörnchen heraus und legte es auf Ellas Teller. »*Has dormido bien?* Geschlafen gut?«, fragte sie.

»*Sí*«, antwortete Ella unerwartet locker.

Rosa und Miguel lachten.

»Einen Tag bei uns und schon fängst du an, Spanisch zu sprechen.«

Ella lachte mit den anderen und bemerkte, dass sie sich nach der kurzen Vorstellungsrunde auf einmal sehr wohl fühlte.

Hier schien alles so unkompliziert zu sein und sie spürte, wie sie sich davon anstecken ließ. Emilia, die ständig zwischen Küche und Tisch hin und her lief, kümmerte sich um alle, ohne dabei an sich selbst zu denken, José, der nicht viel redete, aber tatkräftig und zufrieden wirkte, Dolores, die entweder Emilias oder Josés Mutter sein musste, und Carlito, von dem Ella noch nicht wusste, in welcher Beziehung er zu der Familie stand. Nach einer Viertelstunde fing Emilia an, den Tisch abzuräumen. Alle anderen standen auf und gingen durch die Haustür in die Dunkelheit.

Ella nahm zwei Teller und stapelte sie aufeinander.

Sofort griff Emilia ein.

»No, no, nooo, Ella. Hago yo«, sagte sie liebevoll und schob Ella Richtung Haustür.

»Vamos«, fügte sie hinzu, lächelte und räumte weiter auf.

Nun stand Ella draußen bei Miguel und Rosa in der kühlen Morgenluft. In wenigen Minuten musste sich die Sonne über dem Hügel erheben.

»So, dann zeige ich dir mal, wo wir leben«, sagte Miguel und ging los.

»Oh ja, ich bin schon ganz gespannt!«, antwortete Ella und folgte ihm.

Rosa ging in eine andere Richtung und rief irgendetwas.

»Sie geht nach den Schafen sehen«, erklärte Miguel.

»Schafe habt ihr auch noch? Versorgt ihr euch komplett selbst?«

»Nein, nein, wir sind eine *familia de oliva.* Seit sieben Generationen«, sagte er stolz.

Sie standen nun am Rande des Hofes, als sich die Sonne langsam erhob und die ersten Sonnenstrahlen das weite Land trafen.

»Warum bist du eigentlich alleine auf Mallorca?«, fragte er interessiert.

Ella schaute in die Ferne und dachte nach. Für einen Moment herrschte Schweigen.

»Meine Oma ist gestorben, weißt du«, brachte sie noch heraus, bevor wieder Stille einkehrte. Sie war noch nicht bereit, zu reden, und Miguel schien das zu merken.

»Warum auch immer du hier bist Ella, es wird dir gefallen!«, sagte er überzeugt. »Komm mit!«

Ella folgte ihm. Sie gingen einen kleinen Kiesweg entlang, der von den typischen Steinmauern eingefasst war. Aus einiger Entfernung konnte Ella das Blöken von Schafen und das helle Klingeln von Glocken hören. Vor ihr erstreckten sich terrassenartige Felder, die mit Olivenbäumen besetzt waren. Der Anblick ließ Ella alle Sorgen vergessen. Hinter ihnen ertönte das Knattern eines alten Traktors, der wenig später vorbeifuhr. José lenkte das Fahrzeug. Carlito stand auf der Seitenstufe und hielt verschiedene Werkzeuge und Rechen fest, die auf der Rückseite des Traktors aufgestellt waren. Auf dem Anhänger wackelten geflochtene Körbe.

José nickte ihnen freundlich zu, was Miguel erwiderte. Bald verschwand der Traktor in einem der Seitenwege.

»Carlo ist einer unserer Arbeiter und ist das ganze Jahr bei uns. Nur zum Anfang der Erntezeit brauchen wir weitere Verstärkung«, erklärte Miguel. »Aber jetzt ist schon fast alles abgeerntet.«

»Ist Carlito sein richtiger Name?«

»Er heißt Carlo. Meine Eltern nennen ihn Carlito, weil sie ihn schon kennen, seit er ein kleines Kind war. Seine Eltern sind gute Freunde der Familie«, antwortete er.

Miguel öffnete ein geschwungenes Gatter aus verwittertem Olivenholz und betrat eines der Felder.

Ella folgte ihm. Auf dem Feld standen viele alte Olivenbäume mit wild verzweigten Ästen, die noch einige dunkle Früchte trugen. Die Stämme waren gräulich und in sich verdreht. Um sie herum spannte sich ein rotes Netz, in dem die reifen Früchte aufgefangen wurden. Ella griff nach einer Olive aus dem Netz und sog den köstlichen Geruch in sich auf.

»Das sind unsere ältesten Bäume«, erklärte Miguel. »Sie sind wahrscheinlich um die vierhundert Jahre alt und tragen noch immer ausreichend«, fügte er hinzu.

»Olea Europaea«, murmelte Ella abwesend.

Miguel schaute sie verdutzt an. »Das ist richtig. Du kennst dich mit Oliven aus?«, fragte er überrascht.

»Äh, nein«, stotterte Ella verlegen. »Also ja, ein bisschen. Ich kenne ein paar Sorten und weiß, wie sie sich geschmacklich unterscheiden«, erklärte sie.

»Woher kennst du dich so gut aus?«, wollte Miguel wissen.

»Also, ich arbeite in einem Geschäft für Feinkost«, stammelte sie. Es war ihr irgendwie peinlich. Sie stand vor einem Olivenexperten in der siebten Generation und warf einfach einen Fachbegriff in den Raum, den sie mal in einem Buch aufgeschnappt hatte. »Ich weiß ein bisschen was über Oliven und Olivenöl, habe aber keine Ahnung von dem Anbau«, wollte sie richtigstellen.

»Dann bist du ja hier genau richtig«, erwiderte er erfreut. »Komm, ich zeige dir den Rest des Hofes«, forderte er sie dann auf und ging zurück zum Tor.

Die Sonne hatte mittlerweile ihre Kraft entfaltet und kletterte allmählich den wolkenlosen Himmel hinauf. Ella und Miguel gingen weiter entlang des Weges, über den sie zu dem Feld gelangt waren. Durch Miguels aufrichtige Art taute Ella langsam auf und erzählte ihm von dem Laden, in dem sie arbeitete, von ihrem Chef, der diese köstlichen Oliven und das Öl sofort in sein Sortiment aufnehmen würde, und von ihrem Wunsch, auch einmal die Welt nach feinen Köstlichkeiten zu erkunden. Die Felder waren alle nach Alter der Bäume, Art und Verwendung der Früchte aufgeteilt. Miguel erzählte ihr, dass

Olivenbäume mit hohen Temperaturen gut umgehen könnten, jedoch zu viel Regen und zu kalte Nächte die Ernte gefährdeten. Er erzählte Ella auch von Olivenbäumen, die schon über zweitausend Jahre alt seien, und dass die Höhe der Bäume maßgeblich mit der Art und der Beschaffenheit des Bodens zusammenhänge.

Als Ella sich niederkniete und die rote Erde durch ihre Finger rieseln ließ, erklärte Miguel, dass dies sehr tonhaltige Erde sei, die über felsigem Boden lagere. Diese Kombination sei sehr gut für die Früchte.

Ella stellte immer mehr Fragen und wollte alles in sich aufsaugen, als sie das Feld erreichten, auf dem José und Carlo arbeiteten.

Mit einem langen Stock klopften sie vorsichtig an die Äste eines Baumes, bevor sie das darunter gespannte Netz zusammenlegten und die darin gesammelten Oliven in einen der großen Körbe füllten.

»Diese Bäume hier sind ungefähr zwanzig Jahre alt. In dem Alter tragen sie schon gut«, sagte Miguel, während Ella bewundernd die Arbeit der beiden Männer verfolgte.

José winkte Ella zu sich und legte ihr ein paar Oliven in die Hände. Er griff ebenfalls nach einigen Früchten, atmete tief den frischen Duft durch die Nase und bedeutete Ella, es ihm nachzumachen.

Ella tat es und lächelte ihn an. *»Bueno«*, sagte sie grinsend.

José nickte zufrieden.

Als Miguel und Ella am letzten Feld angekommen waren, sah sie kleine Setzlinge in einer Ecke des Feldes stehen. »Und das wird die neuste Generation?«, fragte sie.

»Genau, die werden in den nächsten Tagen eingepflanzt und tragen dann in ungefähr fünf bis sechs Jahren.«

Ella dachte daran, wie ihr Leben wohl in fünf oder sechs Jahren aussehen würde. Würde sie immer noch in dem gleichen

Laden arbeiten? Oder würde sie den Mut aufbringen, noch einmal etwas anderes auszuprobieren? Sie wusste es nicht. Wusste nicht einmal, was in den nächsten fünf Tagen passieren würde. Als sie darüber nachdachte, hatte die Realität sie wieder eingeholt. »Könntest du mich vielleicht zur Polizei fahren, wenn du Zeit hast? Ich denke, ich muss den Diebstahl melden und herausfinden, wie ich an einen neuen Ausweis komme«, sagte sie mit wehmütigem Blick.

Miguel wollte offensichtlich noch nicht daran denken, dass Ella bald wieder fortmusste, denn er lächelte verkniffen, stimmte ihr jedoch zu. »Okay, dann fahren wir gleich los«, sagte er.

Ella hatte gehofft, er werde sagen »Nein, das hat doch noch Zeit« oder »Bleib doch noch ein wenig«, aber sie konnte auch verstehen, dass hier alles wieder seinen Lauf nehmen musste.

Nachdem sie den gleichen Weg zurückgenommen hatten, kam Rosa über den Hof gelaufen. *»A dónde vas?«*, wollte sie wissen.

»*Policía*«, antwortete Miguel kurz.

»Kommen mit!«

Ella war froh darüber. Sie mochte Rosa sehr. Zu Hause hätte sie eine gute Freundin werden können. Sie stiegen in den Pick-up und fuhren los. Miguel lenkte das Auto über die gleiche abenteuerliche Strecke, auf der sie zum Hof gelangt waren. Ella und er blieben sehr still. Nur Rosa plapperte die ganze Fahrt über. Sie erzählte, dass zwei trächtige Schafe bald gebären würden und fragte, ob Ella schon einmal ein Lämmchen im Arm gehabt habe. Sie schien Ella sehr zu mögen und wollte außerdem ihr Deutsch verbessern. Und so redete sie weiter, bis sie die Straße erreicht hatten. Von dort war es noch eine fünfzehnminütige Fahrt bis ins Dorf. Kurz nach der Dorfeinfahrt bog Miguel rechts ab, fuhr einen geschlängelten Weg hinauf und brachte das Auto zum Stehen.

»Wir sind da«, sagte er und deutete auf ein unscheinbares, winziges Haus. Der Schriftzug »Policía local« war etwas zu hoch über der Tür angebracht und fiel erst auf den zweiten Blick ins Auge. Sie stiegen aus und gingen zum Eingang.

Rosa öffnete die grüne Pforte und sie traten ein. Sie standen mitten in einem kleinen Büro, in dem links und rechts jeweils ein Schreibtisch stand. An der hinteren Wand stapelten sich einige einfache Metallstühle. Der Raum war kahl und ungemütlich. Eine kleine, dünne Frau mit dicker Brille schaute hinter einem Schreibtisch hervor.

»Bon día, Miguel y Rosa«, sagte sie, während sie die Finger über die Tastatur eines museumsreifen Computers gleiten ließ.

Alle im Dorf schienen sich irgendwie zu kennen.

Im gleichen Moment betrat ein Polizist den Raum, eine dampfende Espressotasse in der Hand haltend. *»¡Ahh, Miguel!«*, sagte er und schüttelte seine Hand. »Rosa«, fügte er etwas leiser hinzu und küsste sie vorsichtig rechts und links.

»Hola, Rafael«, begrüßte ihn Rosa fröhlich.

Die drei fingen an, sich zu unterhalten, wobei Rafael immer wieder zu Ella schaute.

»Alles okay. Ich erkläre ihm nur, was vorgefallen ist«, sagte Miguel, als er anscheinend bemerkte, wie unwohl sich Ella fühlte.

Der Polizist, der um die sechzig Jahre alt sein musste, bat die drei, sich zu setzen. Sobald er verstand, wie sich alles zugetragen hatte, fing er an, den Vorfall in seinem Computer aufzunehmen.

Dem Büro zufolge war Rafael zwar der einzige Polizist im Ort, aber schien sich oft zu langweilen. Die Kommode hinter seinem Schreibtisch lag voll mit Zeitschriften und Zeitungen. Ella sah auch einige gelöste Kreuzworträtsel darin. Sie schien an den einzigen Dieb weit und breit geraten zu sein.

Nach fünf Minuten druckte Rafael ein Dokument aus, was er Ella vorlegte. Lächelnd vollzog er eine Unterschrift in der Luft und deutete auf ein Kästchen am unteren Ende der Seite.

Ella unterschrieb den Zettel, Rafael machte eine Kopie und händigte sie Ella aus.

»Gracias«, sagte Ella und wendete sich zu Miguel. »Das war's schon? Was ist mit meinem Ausweis?«, fragte sie.

»Erzähle ich dir gleich«, antwortete Miguel etwas bedrückt.

Sie standen auf, verabschiedeten sich und machten sich wieder auf den Heimweg.

»Also?«, fragte Ella ungeduldig.

»Muss nach Palma«, begann Rosa.

»Also, du musst einen neuen Ausweis beim deutschen Konsulat in Palma beantragen. Die haben heute allerdings schon geschlossen. Rafael sagt, sie können den vorläufigen Ausweis normalerweise sofort ausstellen.«

»Okay, vielen Dank«, sagte Ella erleichtert und wehmütig zugleich. »Ohne euch wäre ich total aufgeschmissen gewesen!«

Ella stellte sich vor, sie hätte das alleine regeln müssen. Sie hätte kein Wort verstanden und der Polizist genauso wenig.

Rosa beugte sich nach vorne zum Beifahrersitz und packte Ella an den Schultern. »Ella auch kann bleiben!«, sagte sie hörbar enttäuscht. »Wir haben noch Überraschung!«

Die restliche Heimfahrt saß Ella einfach da, genoss die Landschaft und grübelte. Diese ganze Familie war so nett zu ihr. Und zu Hause hatte sie niemanden mehr, der für sie eine Überraschung planen würde.

6

Bis Miguel, Ella und Rosa wieder auf dem Hof ankamen, war es bereits später Nachmittag. Die Sonne stand tief und warf lange Schatten über die Felder. Als Ella die Wagentür öffnete, sah sie förmlich, wie die Gerüche aus dem Küchenfenster aufstiegen. Es duftete köstlich nach Fleisch und einheimischen Gewürzen. Sofort lief ihr das Wasser im Mund zusammen.

»Jetzt weiß ich, was du eben mit der Überraschung meintest«, sagte sie zu Rosa, die sich über Ellas Reaktion freute.

»Du gehen schauen *puesta del sol*! Wir vorbereiten«, ordnete Rosa an und verschwand im Haus.

»Du sollst dir den Sonnenuntergang anschauen, hat sie gesagt«, erklärte Miguel. »Ich habe leider versprochen, zu helfen«, fügte er sichtlich enttäuscht hinzu.

»Okay, ich setze mich bei den Feldern auf eine Mauer und warte auf euch. Soll ich wirklich nicht helfen?«, vergewisserte sich Ella.

»Nein, nein, Rosa möchte dir unbedingt einen schönen Abend bereiten. Wer weiß, wann du uns wieder verlässt. Wenn du möchtest, fahre ich dich morgen nach Palma«, erklärte er und drehte sich um, ohne auf ihre Antwort zu warten.

Ella freute sich auf die Überraschung, war aber auch etwas traurig bei der Vorstellung, morgen Abend wieder alleine zu Abend zu essen. Rosa war so eine herzliche junge Frau. Und Emilia wirkte wie eine sehr gute Köchin, die alles in der Küche unter Kontrolle hatte. Es würde also trotzdem ein toller Abend werden. Ella ging ein paar Minuten die Felder entlang und setzte sich dann auf einen kleinen Mauervorsprung, wo früher mal ein Törchen gewesen sein musste. Ihr Magen knurrte und sie überlegte, was es wohl gleich zu Essen gäbe. Sie nahm sich vor, diesen Abend in vollen Zügen zu genießen, ohne an morgen zu denken. Ihre Gedanken schweiften trotzdem ab. Morgen … morgen würde sie nach Palma fahren, ihren vorläufigen Ausweis organisieren und den nächsten Flieger besteigen, schoss es ihr durch den Kopf. Und kurz darauf würde sie ihr Leben wieder weiterleben. Das unerwartete Abenteuer wäre vorbei. Die glühende Sonne senkte sich und färbte den Himmel in warme Rot- und Orangetöne. Hier draußen herrschte eine völlige Stille – nur das leise Klingen der Glöckchen und das Zwitschern der Vögel. So etwas hatte sie noch nie zuvor erlebt. Sie saß noch etwa eine halbe Stunde auf der Mauer, als die Stille von Gitarrenmusik unterbrochen wurde, die vom Hof schallte. Rosa stand als Silhouette am Rand des Hofes und winkte.

»Du kommen!«, rief sie.

Ella lächelte. Sie mochte Rosas Akzent, der klang, als wäre sie in einem deutschen Film synchronisiert worden.

Als Ella den Hof erreichte, stellte sie mal wieder fest, dass Schönheit oft in den kleinen Dingen lag. Der Holztisch unter dem Dach war mit weißen Tellern gedeckt. In der Mitte standen einfache Tonschalen, in denen sich Brot, Oliven, einige Soßen und kleine gebratene Paprika befanden. Außerdem stellte Rosa gerade zwei Karaffen mit tiefrotem Wein an das Tischende. Zwischendrin hatte sie überall große, bereits um einen Großteil heruntergebrannte Kerzen aufgestellt, die im lauen Wind flackerten. Über dem Tisch war eine Lichterkette befestigt, die ebenfalls ein warmes Licht gab. Die Musik kam aus einem alten CD-Player, der auf einem unbepflanzten Blumentopf Platz gefunden hatte.

»Wow!«, überkam es Ella. Sie war überwältigt.

»Das sieht so schön aus. *Muy bien!*«, sagte sie zu Rosa, die sofort auf sie zukam und sie drückte.

»Danke«, erwiderte sie unbeholfen.

Rosa trug ein cremefarbenes, kurzes Kleid aus Leinen, das mit kleinen roten Blumen bestickt war. Das Kleid stand ihr hervorragend und betonte nicht nur ihre schlanke Figur, sondern auch ihren bronzefarbenen Teint, an dem sie nicht viel arbeiten musste.

»Und du siehst auch toll aus«, sagte sie zu Rosa und versuchte, es mit einer von oben nach unten gleitenden Handbewegung zu unterstreichen.

Gleichzeitig fühlte sich Ella jetzt jedoch unwohl in ihren einfachen Jeans und wollte sich gerne ebenfalls umziehen. Um die Überraschung in der Küche nicht zu verderben, nahm Ella die Außentreppe hinter dem Haus, die sie am Morgen entdeckt hatte. Im Zimmer angekommen, suchte sie in ihrem Rucksack nach dem einzigen Kleid, das sie dabeihatte, streifte es über und sah sich in einem kleinen Spiegel an. Das kurzärmelige Kleid war dunkelgrün, schlicht, aber figurbetont. Ihr wurde bewusst, dass sie es seit dem Kauf vor einigen Wochen noch nicht getragen hatte.

»Genieß einfach den Abend«, sagte sie ihrem Spiegelbild, als sie ihre langen dunklen Haare bürstete, die sich bei der abendlichen Luftfeuchtigkeit mehr lockten, als ihr lieb war.

Sie nahm wieder die Außentreppe nach unten und betrat den Hof. Doch sie wurde nicht, wie gedacht, nur von Rosa erwartet. Sie zählte zehn Personen, die sich gerade in der Nähe des Tisches begrüßten. Ella rutschte das Herz in die Hose. Sie wusste nicht, wann sie das letzte Mal von einer so großen Runde erwartet worden war. Sie mochte es nicht, im Mittelpunkt zu stehen. Nervös biss sie sich auf die Lippe, nestelte an ihrem Ring und ging vorsichtig auf den Tisch zu. Alle Augenpaare richteten sich auf sie. Ihr Blick blieb bei Miguel hängen, der sie mit großen Augen ansah. Sie spürte die Röte in sich aufsteigen und verlangsamte ihre Schritte.

»*¡Ohh, que belleza!*«, hörte sie Emilia ausrufen.

Als Ella den Tisch erreichte, blickte sie aufgeregt in die Runde. Sie hatte keine Ahnung, was man von ihr erwartete. Bei genauer Betrachtung erkannte sie Rafael, den Polizisten, der eine Weinflasche in der Hand hielt. Neben ihm stand eine schlanke und anmutig wirkende Frau Anfang fünfzig, wahrscheinlich seine Ehefrau. Im Hintergrund sah sie auch Carlo mit einem älteren Paar, vermutlich seinen Eltern. Außerdem waren dort Dolores, José, Miguel und Rosa. Emilia nahm Ella die Anspannung, indem sie auf sie zu kam, sie von oben bis unten musterte, um sie dann bewundernd rechts und links zu küssen. Rosa tat es ihr gleich, bevor Rafael ihr zurückhaltend die Hand gab und seine Frau mit »Alba« vorstellte. Carlo winkte nur kurz von hinten und schob seine Eltern zur Begrüßung vor. Das ältere Ehepaar sah nett und zufrieden aus. Er war ein kleiner, kräftiger Herr, dessen großer Kopf von einem Doppelkinn und einem dunklen Haarkranz eingefasst war. Sie eine ebenso kleine, aber zierliche Frau mit einem gutmütigen Lächeln auf den schmalen Lippen.

»*Buenas tardes. Somos Javier y María*«, stellte er sich und seine Frau vor.

»*Hola, soy Ella*«, hatte sie bereits gelernt.

»*Ahh, habla español?*«, fragte Javier überrascht.

»Ha empezado hoy«, sagte Miguel von der Seite, als er sich der Gruppe näherte.

Beide Männer lachten.

»Ich habe ihm gesagt, dass du gerade Spanisch lernst«, erklärte Miguel und küsste Ella behutsam auf beide Wangen.

Ella spürte, wie sie erneut errötete, hielt Miguels Blick dennoch stand. Sein Lächeln wirkte verlegen. Es fühlte sich an, als ob er in sie hineinschauen würde. Er trug ein weißes Shirt mit V-Ausschnitt, eine eng anliegende blaue Stoffhose und duftete nach frisch gewaschener Wäsche und Aftershave. Sie zupfte sich ihr Kleid zurecht, um sich kurz zu sammeln.

José beendete die Begrüßungsrunde, indem er mit einem kleinen, unbeschrifteten Metallgefäß auf sie zukam und Ella ebenfalls auf die Wangen küsste. Es war ihm sichtlich unangenehm, aber als Hausherr hatte er das Geschenk zu überreichen.

Er drückte Ella den Kanister in die Hand. *»Toma, es un recuerdo de la casa Emilia«*, sagte er mit seiner rauen kräftigen Stimme.

»Unser Olivenöl«, flüsterte ihr Miguel ins Ohr.

»Muchas gracias«, bedankte sich Ella bei José.

Die Gruppe applaudierte und Rosa drehte die Musik ein wenig lauter. Die nächste zu nehmende Hürde war die Sitzordnung. Die Gäste fingen an, es sich bequem zu machen, als Ella überlegte, wie sie einen Platz neben Miguel und Rosa ergattern konnte, ohne aufdringlich zu wirken. Rosa schien jedoch ihre Gedanken lesen zu können und deutete fröhlich auf den Platz neben sich. Kaum hatte Ella sich hingesetzt, stand Emilia hinter ihr und füllte auch schon ihr Glas mit Rotwein. Emilia hob ihr Weinglas in die Höhe und alle anderen taten es ihr gleich.

»Por una noche agradable!«, rief sie und ergänzte: *»Salud!«*

»Salud«, stimmte die Gruppe ein.

Das Eis war gebrochen und direkt ging spanisches Geplapper von allen Seiten los. Ella merkte den ersten Schluck Wein sofort. Generell trank sie wenig Alkohol und nach den letzten Tagen war es kein Wunder, dass ihr Körper leicht empfänglich für den kräftigen Tropfen war.

»Du siehst toll aus«, hörte sie Miguel von der Seite sagen.

»Danke«, erwiderte sie schüchtern.

Solche Komplimente bekam sie nicht oft, fühlte sich meist eher unscheinbar.

»Ihr habt es so schön hier und deine Familie ist so freundlich. Das tut mir gerade richtig gut«, sagte sie.

»Das freut mich, zu hören. Wenn es dir so gut gefällt, dann bleib doch noch ein bisschen«, erwiderte Miguel neckisch.

»Ich habe mir fest vorgenommen, heute nicht an morgen zu denken. Ich will den Abend mit euch einfach genießen und dann überlege ich, wie es weitergeht«, schoss es aus ihr heraus. »Aber danke für das Angebot, das weiß ich sehr zu schätzen«, fügte sie schnell hinzu, als sie bemerkte, wie unhöflich das klingen musste.

Miguel lächelte sie an, als Emilia gerade mit einer großen Holzplatte aus der Küche kam. Es duftete köstlich. Rosa sprang direkt auf und verteilte die vielen Tonschalen auf dem Tisch, die sich eng auf der Platte drängten. Bei jeder Schale schaute sie erwartungsvoll zu Ella und erklärte, worum es sich dabei handelte.

»Dátiles envuelto en tocino, Chorizo escondido, Albondigas, Gambas crujientes, Queso de Mahón, …«

Emilia strahlte Ella an und schien die Bewirtung in vollen Zügen zu genießen. Ella hätte gerne ausgedrückt, wie toll das alles aussah und vor allem roch, brachte aber nur ein »Wow! *Muy bien*« zustande und deutete auf die Schalen.

»Bitte sag ihnen, dass es ganz, ganz lecker aussieht und verdammt gut riecht!«, wendete sie sich hastig an Miguel, der das Lob prompt weitergab.

»*Sí, gracias querida*«, rief Emilia hocherfreut, stellte das Brett zur Seite und setzte sich neben ihren Mann.

»*¿Alguna vez ha comido tapas?*«, wollte Javier wissen, der Ella schräg gegenüber saß.

»Du schon gegessen Tapas?«, übersetzte Rosa.

»Ja, aber noch nie original Tapas aus der Casa Emilia«, antwortete Ella schlagfertig.

Die Übersetzung sorgte für ein lautes Gruppenlachen, das mit einem erneuten Schluck aus dem Weinglas gewürdigt wurde. Jetzt bediente sich jeder herzhaft aus den Schälchen und das Stimmengewirr vermischte sich mit dem Klappern von Besteck. Emilia erwies sich als eine ausgezeichnete Köchin, denn das Essen schmeckte wunderbar. So viele verschiedene Gerichte, die alle anders und auf ihre ganz eigene Art besonders schmeckten. Natürlich hatten die Gäste Interesse daran, zu erfahren, wie Ella die versteckte Casa Emilia gefunden hatte. Miguel übersetzte die spannende Geschichte von der Buspanne und dem anschließenden Diebstahl, was für große Empörung in der Runde sorgte.

»Das kann kein Mallorquiner gewesen sein!«, war Javiers sofortige Reaktion, die ein wenig Beruhigung von seiner Frau Alba erforderte.

Als Miguel jedoch weiter von seiner angebotenen Hilfe erzählte, endete die Geschichte in erneutem Applaus.

»Schön, dass du zu uns gefunden hast«, waren sich alle einig und wieder wurde sich zugeprostet.

Viele Stunden vergingen, in denen sich Ella durch die Gesellschaft und den guten Wein immer wohler fühlte. Sie versuchte sogar, ein Gespräch mit Javier zu führen, in dem sie mit ein wenig Hilfe erfuhr, dass er schwarze Schweine züchtete, die in Pfefferkruste eine fantastische Wurst ergaben. Die Idee sei ihm jedoch erst vor einigen Jahren gekommen und so sei er froh gewesen, dass José und Emilia ihrem Carlo damals eine Arbeit gegeben hatten. Carlo, der an dem Abend wenig in Erscheinung trat, lief puterrot an. Nachdem alle satt und beschwipst waren, verabschiedeten sich Javier, María und Carlo als Erste. Anschließend machten sich auch Rafael und Alba auf den Weg. Es war ein komisches Gefühl für Ella, diese Menschen zu verabschieden, die sie so wenig kannte und zu denen sie doch irgendwie eine enge und vertraute Verbindung spürte. Sie verdrückte sogar ein paar Tränen bei der herzlichen Verabschiedung.

»Komm uns bald wieder hier besuchen«, sagten die Gäste, ebenfalls ein wenig gerührt und wünschten Ella alles Gute.

Miguel drehte sich zu ihr und strich ihr sanft über die Schulter. »Sie mögen dich alle wirklich gerne.«

Miguels Berührung vertrieb die traurigen Gedanken für einen Augenblick. Ihre Schulter schien immer wärmer zu werden und die Wärme breitete sich weiter in ihrem Körper aus.

Das ist doch nur der Alkohol, sagte sich Ella und spürte, dass sie tatsächlich ein bisschen betrunken war.

Emilia lud die letzten Schalen und Gläser auf ein Holzbrett und verabschiedete sich. *»¡Espero, que hayas pasado bien esta noche maravillosa!«*

Es war ihr anzusehen, dass das Fest genau so gelaufen war, wie sie es geplant hatte. Emilia schien zufrieden zu sein. José nickte Ella wortlos aber lächelnd zu, wie er es schon öfter getan hatte, und ging seiner Frau hinterher.

»Wir auch Bett gehen ja?«, sagte Rosa auffordernd und schaltete den CD-Player aus.

Ella sah Miguel an. »Geh ruhig schon ins Bett, Rosa, ich komme gleich nach. Ich brauche nur noch ein bisschen frische Luft.«

»Okay. Wir sehen gleich in Zimmer. Vergessen Tür abschließen nicht.«

Mit einer Handbewegung bedeutete sie Miguel, ihr zu folgen.

»Ich warte auf Ella und bringe sie gleich ins Haus«, sagte er merklich unsicher.

Rosa schien sich nichts dabei zu denken, lief gähnend in Richtung Haus und verschwand hinter der quietschenden Tür.

Ella wurde plötzlich nervös. Jetzt mit Miguel alleine zu sein, war ein komisches Gefühl. Was hatte sie da eigentlich vor? Frische Luft hatte sie den ganzen Abend schon gehabt. Da ihr nichts Besseres einfiel, spielte sie mit ein paar Krümeln, die auf dem Tisch lagen.

»Geht's dir nicht gut?«, fragte Miguel besorgt.

Ella lächelte verlegen. »Nein, nein, alles okay«, stammelte sie.

»Möchtest du ein paar Schritte gehen?«

Erleichterung überkam Ella. Laufen klang gut. Eine Beschäftigung, um das peinliche Schweigen zu umgehen. »Sehr gerne«, antwortete sie kurz.

Als sie aufstand, merkte sie, wie beschwipst sie tatsächlich war. Alles schien sich ein wenig zu drehen. Dennoch ging sie zielstrebig auf den Weg zu, von dem sie einige Stunden zuvor noch den Sonnenuntergang gesehen hatte.

Denk dran, morgen fliegst du wieder nach Hause, sagte sie sich ermahnend.

Weder die gefühlvolle noch die mahnende Seite kannte sie von sich. Miguel schien ebenfalls verunsichert. Wortlos ging er neben Ella entlang.

»Wie viele Schafe habt ihr denn?«, hörte sie sich fragen und biss sich anschließend auf die Lippe. Wie viele Schafe sie haben! Wie blöd war das denn?

»Äh, ungefähr dreißig«, antwortete Miguel zögerlich.

Ella blieb abrupt stehen. »Wow!«, entfuhr es ihr zum dritten Mal an diesem Abend. Er musste sie für vollkommen dämlich halten, wenn sie offensichtlich über eine eher kleine Schafherde so viel Begeisterung zeigte. Verlegen richtete sie ihren Blick auf den Sternenhimmel. Aus dem Augenwinkel bemerkte sie, wie er grinsend ebenfalls nach oben sah. Die Nacht war so klar, dass man jeden einzelnen Stern und sogar die Milchstraße erkennen konnte. Ella hatte noch nie so viele Sterne wie hier gesehen. Es war wirklich beeindruckend und besonders. Der Blick zum Himmel ließ allerdings ihren Gleichgewichtssinn durcheinandergeraten. Sie merkte, wie sich ihr Körper langsam zur Seite neigte, und konnte nichts dagegen tun. Schließlich fiel sie gegen Miguels Schulter. Dieser, immer noch nach oben blickend, war offensichtlich darauf nicht vorbereitet und landete mit Ella zusammen auf dem Boden. Seine Hände umfassten stützend ihre Hüften. Ella fühlte ihre Brust auf seiner. Ein tolles Gefühl. Ihre Blicke hafteten kurz fest ineinander. Ella schloss die Augen und senkte den Kopf. Alle Gedanken waren für einen Moment verschwunden, alle Sorgen, alle Zweifel. Hier auf Miguel zu liegen, unter diesem wunderschönen Sternenhimmel – irgendwie magisch. Sie spürte seinen schnellen Atem, fand seine Lippen und küsste ihn.

* * *

Miguel wirkte überrumpelt, obwohl er den wunderbaren Kuss zart und leidenschaftlich erwidert hatte. Dennoch drückte er sie unvermittelt von sich. Ella war verwirrt.

»Ella … nein. Ella, das geht nicht.«

Oh Gott!, dachte sie. *Oh Gott, was passiert hier gerade?* Was hatte sie sich nur dabei gedacht? Sie rappelte sich auf, blickte noch einmal zu Miguel, der ebenfalls aufstand, und lief davon. Kopfschüttelnd rannte sie den Weg hinauf Richtung Haus.

Miguel eilte ihr hinterher. »Ella. Ella warte doch!«, rief er immer näher kommend.

»Es tut mir leid. Nein, es tut mir sehr leid!«, entgegnete sie.

Ihre Lippen schmeckten salzig. Sie merkte erst jetzt, dass sie weinte. So sollte Miguel sie nicht sehen. So sollte er sie nie mehr sehen. Was für eine peinliche Aktion! Sie rannte zur Eingangstür, den Flur entlang, die Treppe hinauf und in Rosas Zimmer. Rosa schnarchte bereits leise. Ohne das Kleid auszuziehen, stieg Ella unter die Bettdecke, zog sie tief ins Gesicht und schluchzte.

7

Ella fand keinen Schlaf. Sosehr sie es auch versuchte, ihr gingen einfach zu viele Gedanken durch den Kopf. Außerdem hatte der Wein seine volle Kraft entfaltet und es drehte sich alles um sie herum. Sie wollte nur noch weg hier, wusste aber, dass sie alleine nicht weit kommen würde. Der Abend hatte so schön angefangen. Sie hatte sich richtig wohlgefühlt.

Gestern Mittag noch hätte sie nicht damit gerechnet, dass sie sich überhaupt noch einmal so gut fühlen könnte. So lebendig, so frei. Sie hatte sich von den Menschen hier und ihrer Lebensweise anstecken lassen. Die nette Familie, die sie behandelt hatte wie einen langjährigen Freund und nicht wie einen ungebetenen Gast. Emilia, die sich so reizend um sie kümmerte. Rosa, die schon jetzt wie eine Schwester zu ihr war, und José, der fast nie etwas sagte, aber bei dem man spürte, was er meinte. Für eine kurze Zeit hatte sie erfahren dürfen, wie es sein musste, eine echte Familie zu haben. Ein sicheres Netz, was einen auffängt, egal was auch passiert. Genau so etwas hatte Ella sich immer gewünscht. Und dann auch noch Miguel, der sie so charmant aus dieser Notlage befreit und stets ein Lächeln für sie auf den Lippen hatte. Miguel, der jetzt zwei Zimmer weiter lag und denken musste, was für eine komische und durchgeknallte Frau sie sei.

Sie dachte an zu Hause, daran, dass sie nur ein paar kurze Jahre mit ihrem Vater gehabt hatte und ihre geliebte Oma jetzt auch noch tot war. Jetzt wusste Ella, wie es sich anfühlte, niemanden mehr zu haben. Alleine zu sein. Sie musste hier weg, sofort. Die Uhr zeigte 04:20.

Egal, dachte sie, setzte sich auf und tippte die schnarchende Rosa an die Schulter.

»¿Qué hay?«, sagte diese im Halbschlaf.

Ella stieß nun etwas fester, sodass Rosa wach wurde.

Mit verschlafenen Augen sah sie Ella an. »Ella, was los?«, fragte sie sichtlich verwirrt.

»Rosa, ich muss hier weg! Kannst du mich bitte fahren?«

Rosa schaute zur Uhr. »Ist noch früh. Fahren später«, erwiderte sie und drehte sich wieder um.

»Nein, ich muss *jetzt* los!«, hakte Ella nach.

Sichtlich genervt setzte sich Rosa auf und rieb sich die Augen. »Okay, verstehen. Ich wach.«

Beide streiften sich im Halbdunkel Hose und Shirt über und Ella stopfte ihre restlichen Sachen achtlos in den Rucksack.

Rosa sah ihr tief in die Augen und schien zu wissen, dass irgendetwas nicht stimmte. Bestimmt fragte sie sich, was in der kurzen Zeit bloß passiert war, nachdem sie ins Bett gegangen war.

»Du okay, *bonita*?«, fragte sie aufrichtig.

»Ja, ich bin okay.«

»Gut. Dann ich wecken Familie, sagen tschuss.«

»Nein, nein!«, entfuhr es Ella heftiger als geplant. »Lass sie schlafen. Ich werde ihnen einen Brief schreiben, sobald ich zu Hause bin.«

Rosa schien zu verstehen. Sie nickte nur kurz, öffnete vorsichtig die Tür und schlich voraus in die Dunkelheit.

Es war noch sehr frisch draußen. Nur ein leises Rascheln der Orangenbaumblätter, ein dumpfes Klingeln von Schafglocken und ein weit entferntes Krähen eines zu früh aufgestandenen Hahns waren zu hören.

Ella öffnete die Tür des Pick-ups, drehte sich noch einmal um und blickte auf den dunklen Hof. Sie hatte plötzlich ein furchtbar schlechtes Gewissen. José und Emilia hatten sie so herzlich aufgenommen und sie würde nun wortlos und ohne ein *Auf Wiedersehen* verschwinden. In den letzten Tagen hatte Ella viele Dinge zum ersten Mal gemacht. Heute würde ein unhöflicher Abgang dazukommen.

Auf einmal sah sie ein Licht im Haus angehen. Es war Miguels Zimmer. Ihr Magen zog sich zusammen und ihr Hals wurde binnen Sekunden staubtrocken. Wie sollte sie ihm bloß unter die Augen treten? Wie sollte sie diesen peinlichen Moment erklären? Es gab kein Zurück! Hastig stieg Ella in den Wagen, knallte die Tür zu und wies Rosa an, sofort loszufahren. Diese setzte den Wagen in Bewegung und sie rollten langsam vom Hof. Ella bezwang den Wunsch, sich noch einmal umzudrehen. Auf keinen Fall wollte sie Miguel noch einmal sehen, falls er den hektischen Aufbruch mitbekam. Sie wollte die letzte Nacht vergessen, einfach aus dem Gedächtnis streichen und so tun, als wäre sie nie hier gewesen. Dann sah sie doch noch einmal zurück und erkannte eine Silhouette, die mit hängenden Schultern im Hof stand.

* * *

Ella fühlte sich zwar immer noch schlecht, aber auch etwas erleichtert. Nicht nur, dass sie den peinlichen Abschied umgangen hatte, glücklicherweise stellte Rosa keine weiteren Fragen. Still lenkte sie den Wagen durch die dunklen Feldwege, dann durch kleine Dörfer und schließlich über die Autobahn. Ellas Kopf lehnte am leicht geöffneten Seitenfenster und frische, kalte Luft wehte um ihre Stirn. Sie merkte, wie der kurze

Adrenalinstoß bei der Abfahrt ihren Alkoholrausch wieder neutralisiert hatte. Nur ein pochendes Stechen in der linken Schläfe war noch von gestern Abend geblieben.

»Danke, Rosa«, sagte sie, als sie bemerkte, dass es alles andere als selbstverständlich war, dass Rosa sie mitten in der Nacht zum Konsulat brachte.

Rosa antwortete nicht direkt. Sie wartete einige Sekunden und deutete dann mit einer Handbewegung nach vorne. »Schau. Du wirklich verlassen wollen?«

In der Ferne vor ihnen lag die Bucht von Palma. Der Schein der Straßenlaternen bildete ein Netz aus orangefarbenem Licht, das sich über die gesamte Stadt legte. Und ganz klein, aber deutlich erkennbar, ragte die von außen angestrahlte, mächtige Kathedrale heraus. In wenigen Stunden würde der Zauber sogar noch größer werden, wenn die ersten Sonnenstrahlen ein Spiel aus Licht und lang gezogenen Schatten zutage bringen würden. Rosa brauchte offensichtlich keine Antwort. Es genügte ihr wohl, Ellas traurige Augen zu sehen, und sie wusste, dass Ella tief im Inneren hierbleiben wollte. Sie ahnte bestimmt auch, dass Ella sich gestern mit Miguel gestritten hatte.

»Konsulat offen um neun Uhr. Jetzt gleich sechs«, stellte Rosa fest.

Sie fuhr in eine Parkbucht auf der Meerseite in der Nähe des Busparkplatzes unterhalb der Kathedrale, den Ella bereits kannte, und brachte den Wagen zum Stehen.

»Schlafen kurz«, bemerkte Rosa, machte die Augen zu und lehnte sich entspannt zurück.

Ella überlegte einen Moment, aber Rosa hatte recht. Es war noch viel zu früh, um hier irgendetwas ausrichten zu können. Obwohl sie dachte, dass sie noch stundenlang wach liegen würde, nickte sie innerhalb weniger Sekunden ein.

Etwas kitzelte Ella an der Nasenspitze. Sie kratzte sich und legte den Kopf wieder zur Seite. Auf einmal schreckte sie auf, blickte nach vorne und sah das weite blaue Meer nur wenige Meter entfernt. Die ersten Sonnenstrahlen mussten sie geweckt haben. Rosa lehnte an der Motorhaube und biss gerade in ein Hörnchen. Ella stieg aus und lehnte sich neben sie.

»Guten Morgen«, begrüßte sie Ella kauend. »Schön, nicht?«, fragte sie und deutete auf die Morgensonne, die auf dem Meer tanzte.

Sie hielt Ella eine kleine Papiertüte hin, die diese dankbar nickend annahm und wenig später ebenfalls in ein Hörnchen biss. Nachdem sie aufgegessen hatten, lehnten sie, ohne ein Wort zu sagen, noch lange am Pick-up.

Erst als Rosa irgendwann auf die Uhr schaute und anschließend in den Wagen stieg, folgte Ella ihr und sie fuhren wieder los. Sie nahmen die *Avinguda de Gabriel Roca*, die nach dem bekannten Ingenieur benannt war, der diese Promenade entworfen und gebaut hatte. Die Straße verlief einmal um den Hafen herum und führte mit einem kleinen Abzweig und einer Parkbucht direkt vor das deutsche Konsulat.

»Danke, Rosa. Wartest du?«, wollte Ella wissen.

»Kein Problem, warten hier«, antwortete Rosa geduldig.

Ella war dankbar, dass Rosa sie nicht drängte, zu erzählen, was in der Nacht vorgefallen war. Sie stieg aus, ging auf das große Gebäude aus Beton und Glas zu und betrat es durch die Schwingtür.

Es dauerte zwar insgesamt fast eine Stunde, aber das Konsulat war sehr gut vorbereitet und ihre Ersatzpapiere wurden schließlich ausgestellt. Verlorene oder gestohlene Pässe und Kreditkarten schienen hier keine Seltenheit zu sein. Nach einem kurzen Telefonat mit der Notfallabteilung ihrer Bank und erneuter Rücksprache mit dem Sachbearbeiter hielt Ella auch die nötigen Dokumente in der Hand, um bei der Filiale vor Ort Geld abheben zu können. Erstaunt darüber, wie einfach und unkompliziert das verlaufen war, verließ Ella das Konsulat und steuerte auf Rosa zu, die vor dem Pick-up stand und auf ihrem Handy tippte.

»Hey, na geklappt?«, erkundigte sich Rosa.

»Ja, danke fürs Warten! Ich habe einen vorläufigen Ausweis und kann auch Geld abheben«, sagte Ella und hob die Papiere zur Bestätigung hoch.

»Toll! Dann gehen jetzt Geld holen«, sagte Rosa und nahm Ella an der Hand.

Ellas Rucksack hatte sie bereits im Inneren des Wagens verstaut.

»Und dann gehen *Cortado* trinken«, forderte sie mit einem Lächeln ein.

Ohne auf eine Antwort zu warten, zog sie Ella einfach mit sich die Straße entlang. Nach wenigen Minuten waren sie bei der Deutschen Bank angekommen, bei der sich Ella nach Vorlage der Dokumente fünfhundert Euro auszahlen ließ. Anschließend gingen sie ein paar Schritte weiter und nahmen in einem kleinen Café Platz. Ella bekam ein mulmiges Gefühl im Bauch. Sie hatte jetzt alles, was sie brauchte, um die Heimreise anzutreten. Ihr Blick glitt über die noch verschlafene Straße. Über ein flaches Hausdach hinweg konnte man das Meer sehen, das mittlerweile in kräftigem Blau erstrahlte. Die Luft roch so anders als zu Hause. Es duftete nach Natur, Stadt, Salz, Freiheit – alles in einem.

Rosa schien Ellas Abwesenheit zu bemerken. »Was du denken?«, fragte sie.

»Ach, ich weiß nicht«, sagte Ella und drehte an ihrem Ring. »Die letzten Tage waren total verrückt, weißt du?«

»Wieso verrückt?«, hakte Rosa nach.

»Ich hatte eine schwere Zeit«, begann Ella und merkte, wie sie sich verkrampft am Tisch festhielt und ihr Tränen in die Augen stiegen. »Meine Oma … sie ist letzte Woche gestorben. Sie war der einzige Mensch, den ich noch hatte. Sie war meine

Familie«, schluchzte sie und konnte die Tränen nicht mehr zurückhalten.

Rosa rückte ein Stück näher, strich Ella über die Wangen und nahm sie herzlich in den Arm.

»Ist okay«, versuchte Rosa, zu trösten, und hielt Ella ganz fest.

Die Umarmung ließ eine große Anspannung von Ella abfallen. Sie merkte, wie sie den Schmerz, den sie versucht hatte, zu verdrängen, jetzt erst zu verarbeiten begann.

»Und dann gestern Abend«, setzte Ella fort. »Ich war so ein Idiot.«

»Warum Idiot?«, wollte Rosa wissen.

Sie schauten sich in die Augen. Ella wusste, sie konnte Rosa vertrauen. »Ich … ich habe Miguel geküsst«, gestand Ella. »Und er … er hat mich weggeschoben.«

Rosa zog überrascht die Augenbrauen nach oben. »Ohh, *guapa* …«

Was sollte Rosa auch sagen? Ella griff nach einer Serviette und putzte sich die Nase.

Rosa legte ihre Hände auf Ellas Knie und sah sie eindringlich an. »Weißt du, Ella … Nicht einfach für uns auch«, begann sie.

Jetzt war es Ella, die erstaunt die Brauen in die Stirn zog.

»Wir Probleme haben mit … mit Hof«, setzte sie fort.

»Was für Probleme?«, fragte Ella erstaunt. Ihre Tränen kamen sofort zum Stoppen. Was konnten sie bloß für Probleme mit dem Hof haben? Sie sahen doch alle so glücklich und unbeschwert aus.

»Probleme mit Geld«, versuchte Rosa, weiter zu erklären. »Nicht genug Oliven und Öl verkaufen, also Geld leihen. Jetzt Schulden. Und Miguel … Miguel viele Sorgen wegen Geld. Machen viel für Familie. Ohne Miguel, Hof wäre kaputt.«

Ella schluckte. Ihre Gesichtszüge froren von einem auf den anderen Moment ein. Oh nein! Wie blöd hatte sie sich angestellt? Wie egoistisch war sie gewesen! Jetzt merkte sie erst, dass es die ganze Zeit nur um sie gegangen war, um ihre Probleme. Und dabei hatte sie nicht einmal ansatzweise mitbekommen, dass es Miguel ebenfalls schlecht ging – wahrscheinlich der gesamten Familie! Und dann auch noch die Szene von gestern Abend. Erst richtete die Familie ein Fest für sie aus, dann hatte sie Miguel einfach geküsst. Als ob Miguel nichts anderes im Sinn gehabt hätte, als mit einer blöden Touristin zu knutschen, die am nächsten Tag abreisen wollte. Und zu guter Letzt verschwand Ella mitten in der Nacht, ohne sich wenigstens zu verabschieden. Ella wollte gleich hier im Erdboden versinken und erst auf der anderen Seite der Welt wieder an die Oberfläche gelangen. Sie schämte sich und konnte Rosa nicht in die Augen schauen. Wie mussten sich José, Emilia, Dolores und Miguel wohl jetzt fühlen? Ellas Blick richtete sich zum Meer, wo er minutenlang verharrte. Was sollte sie nun machen? Konnte sie irgendwas tun, um gestern Abend wieder ungeschehen zu machen und der Familie zu helfen?

* * *

Rosa hatte noch ein paar Mal versucht, Ella zum Bleiben zu überreden, aber Ella war immer noch geschockt und konnte nichts mehr sagen. Der Pick-up stand nun im Flughafenparkhaus und Rosa und Ella waren auf dem Weg zum Buchungsschalter. Auf der anderen Seite des langen Laufbandes kamen ihnen bereits neu angekommene Touristen entgegen, deren Maschine kürzlich gelandet war. Es war eine zusätzliche Qual für Ella, all die fröhlichen und aufgeregten Gesichter zu sehen, von Menschen, die sich auf zwei Wochen Erholung freuten und jetzt ihre Mietwagen abholten. Die Anzeigetafel verriet, dass der nächste

Flieger nach Stuttgart in zwei Stunden abheben werde. Dann noch eine fünfzigminütige Zugfahrt und sie wäre wieder zu Hause in Heidelberg. Ein kurzes Gespräch mit der Dame am Schalter bestätigte, dass ausreichend freie Plätze in der Maschine verfügbar waren. Wie sich Ella gedacht hatte, waren momentan die wenigsten Maschinen von und nach Mallorca voll besetzt. Erst ab Ende April wäre so kurzfristig kein freier Platz mehr verfügbar gewesen.

»Frau Wagner, ich bräuchte dann bitte Ihre Kreditkarte«, meldete sich die Dame am Schalter.

»Äh, ich zahle in bar«, antwortete Ella abwesend.

Sie drehte sich zu Rosa um, die sie mit trauriger Miene ansah. Den Blick weiter nach hinten gerichtet, kramte Ella das Geld aus der Tasche und reichte es über den Schalter.

Moment! Ellas Blick schweifte an Rosa vorbei und verharrte auf einem kleinen Laden, der Last-Minute-Mitbringsel für Touristen kurz vor der Heimreise anbot. In der hübsch dekorierten Auslage entdeckte Ella schmale grüne Flaschen und kleine bauchige Gläser, die auf Holzwolle gebettet waren.

»Oliven!«, dachte Ella halblaut. »Und Öl!« Sie hielt inne. »Natürlich!«, sagte sie dann etwas lauter, ehe sie »Stopp!« schrie und die Frau am Schalter zusammenzuckte.

Ella griff über den Schalter, zog der Frau das eben erst überreichte Geld wieder aus der Hand, drehte sich um und rannte aufgeregt auf Rosa zu.

8

Rosa lenkte den Pick-up freudestrahlend über die Landstraße und durch die kleinen, ihr vertrauten Dörfer. Die Müdigkeit der kurzen Nacht schien bei ihr ebenfalls wie weggeblasen. Auch Ella lächelte breit. Noch am Flughafen hatte sie Rosa von ihrem Plan erzählt.

Eben hatten sie an einem Supermarkt gehalten, um reichlich Backwaren für ein spätes Frühstück sowie ein Prepaid-Handy für Ella zu besorgen. Sie wollten die Einkäufe als Grund für ihre Abwesenheit vorschieben. Der Plan hatte noch einige Unbekannte, aber das würde sich schon geben, dessen waren sich beide sicher. Als sie schließlich die Allee der Casa Emilia entlangfuhren und vor dem Haus anhielten, kamen doch wieder Zweifel in Ella auf. Konnte sie jetzt einfach aussteigen und so tun, als wäre alles in bester Ordnung? Es war bereits fast zwölf Uhr und sie waren lange weg gewesen. Ihr Herzschlag setzte für einen Moment aus, als Miguel, José und anschließend Emilia aus der Haustür traten.

Ihre Gesichtszüge reichten von verärgert über verdutzt bis hin zu erleichtert.

»*¡Ahh, ya están de vuelta ambas niñas!*«, rief Emilia als Erste in einem freudigen, schrillen Tonfall.

Verunsichert hielt Ella die vollen Tüten hoch. Sie traute sich nicht, Miguel in die Augen zu sehen. Dennoch sah sie im Augenwinkel, wie er sie musterte. Sofort begann Rosa zu erklären, dass sie früh wach geworden waren, einen kleinen Ausflug gemacht und gleich etwas zu Essen, als Dankeschön für den gestrigen Abend besorgt hatten. Außerdem brauchte Ella ein neues Handy, da sie ein paar Tage länger bleiben wolle.

Emilia klatschte freudig in die Hände, nahm Ella die Tüten ab und küsste sie herzhaft auf beide Wangen.

»¡Entra, pasa, pasa!«

»Du reinkommen«, übersetzte Rosa lächelnd.

Der erste Teil des Plans schien aufzugehen, bis Miguel sich zu Wort meldete.

»Da seid ihr ja wieder …«, begann er misstrauisch.

»Hmhm«, antwortete Ella schüchtern.

»Ihr wart also nur einkaufen?«, hakte er nach.

»Genau«, versuchte Ella, glaubhaft zu entgegnen.

»Ich habe vorhin in Rosas Zimmer nachgesehen. Deine Sachen waren alle weg.«

Verdammt! Daran hatte sie nicht gedacht. Ihr Rucksack lag noch auf der Rückbank des Wagens. Peinliche Stille.

»Jetzt aber hier sein! Alles gut!«, kam Rosa ihr zur Hilfe.

Langsam nickend betrat Miguel das Haus und lächelte schief.

Ob er sich über ihr Wiedersehen freute? Ella hoffte es zumindest.

* * *

Nach einem ausgiebigen späten Frühstück, bei dem Ella offensichtlich alles versuchte, um nicht mit Miguel sprechen zu müssen, stand fest: Ella war von allen herzlich eingeladen, so lange zu bleiben, wie sie mochte. Im Gegenzug wollte sie bei der Arbeit helfen und sich ihren Aufenthalt verdienen.

Rosa warf Ella immer wieder verschwörerische Blicke zu, die Miguel nicht entgingen.

So schlug Rosa vor, dass sie Ella alles über die Arbeit zeigen würde, damit sie für den restlichen Tag ungestört sein konnten. Miguel verstand und mischte sich nicht ein. Auch ihm war der gestrige Vorfall unangenehm. Er mochte Ella gern, vielleicht etwas zu gern … aber das konnte er seiner Familie nicht antun.

In der Nacht hatte er noch lange an den Kuss gedacht. Er brannte auf seinen Lippen nach – so viel Leidenschaft hatte er spüren können. Der Schrei einer alten Dame hatte Ella in sein Leben gebracht. Diese hübsche junge Frau, die in ihren engen Jeans, dem schlichten T-Shirt und dem Reiserucksack auf dem Rücken so verdammt süß aussah. Nicht dass er nur deswegen zu ihr rübergegangen wäre, er wollte wirklich helfen. Aber innerhalb von wenigen Minuten hatte sie sein Interesse geweckt. Er hatte gestern versucht, es zu verbergen, aber anscheinend hatte sie es trotzdem gemerkt und ihn schließlich geküsst. Er fühlte sich schuldig. Er hätte es gar nicht erst so weit kommen lassen dürfen. Der Hof war in Gefahr. Auch wenn er alles versuchte – der Verkauf der Oliven und des Öls lief schlecht. Bereits die letzten beiden Raten ihres Kredites konnten nicht gezahlt werden. Das würde bald bittere Konsequenzen haben.

* * *

Rosa schob das schwere Scheunentor zur Seite. Quietschend öffnete es sich erst einen Spalt breit, dann mehrere Meter, sodass ein Traktor bequem durchpasste. Als das Innere der Scheune zum Vorschein kam, wusste Ella gar nicht, wohin sie als Erstes schauen sollte. Nachdem Rosa den großen Lichtschalter umklappte und die verrosteten Deckenleuchten eine nach der anderen angingen, enthüllte sich die wahre Größe der Scheune.

Auf der rechten Seite gab es hohe Regale, die mit verschieden großen Metallbehältern und Gläsern gefüllt waren. Davor stand eine große Maschine, die wie eine Abfüllanlage aussah. Links befand sich ein riesiger Trichter, von dem ein kleines Förderband abging. Drumherum lagen überall Blätter von Olivenbäumen auf dem Boden verstreut. Das Förderband lief zu einer Art Mühle und wenige Meter daneben stand eine Presse, die fest im Steinboden verankert war. Aus der Presse kamen Schläuche, die zur Rückwand der Scheune führten und in gewaltigen Säulen aus Edelstahl endeten. In der Mitte waren uralte Holztische aufgestellt, auf denen sich Körbe, Flaschen und einige Eimer befanden.

Ella stand mit großen Augen da und war absolut fasziniert. So etwas hatte sie in der Scheune nicht vermutet. Es war eine komplette Anlage zur Olivenverarbeitung für Öle und eingelegte Oliven – zusammengestellt aus teils sehr alten und einigen neueren Geräten.

»Das ist ja cool!«, brachte sie staunend hervor.

»Ja, cool, oder?«, reagierte Rosa amüsiert. »Das Herz von Hof, wo wir machen schöne Sachen aus Oliven«, fuhr sie fort. »Hier kommen Oliven rein, sortieren aus Blätter und Schmutz, waschen. Da kommen Kerne raus, hier Mühle, Presse, Filter, da Öl«, erklärte Rosa. »Andere Seite füllen in Behälter und Lager«, beendete sie die knappe Erklärung.

Ella ging in die Mitte der Scheune und strich mit der Hand über die stark abgenutzten Holztische. Sie mussten sicher an die hundert Jahre alt sein. Sie blickte sich um und ihre Gedanken fingen an, sich zu überschlagen. Wenn die Produkte nur halb so gut waren, wie sie vermutete, lag hier ein richtiger kleiner Schatz verborgen. Sie stellte sich vor, wie die ganze Familie zusammenarbeitete, die Maschinen liefen und köstliches, kalt gepresstes Öl aus den Leitungen kam.

Rosa griff nach zwei Gläschen, ging zu einem der Behälter, drehte den Hahn auf und ließ etwas Öl in die Gefäße fließen.

»Probieren«, sagte sie, hielt Ella ein Gläschen hin und schaute sie erwartungsvoll an. »Ist auch in Geschenk von José.«

Ella roch zuerst daran. Es duftete herrlich nach Gras und frischem Gemüse. Genauso wie die guten Öle ihr Aroma verströmten, die sie heimlich im Laden probierte. Anschließend ließ sie die grüne Flüssigkeit über ihren Gaumen laufen und strahlte umgehend. Sie spürte noch stärker als am Abend, da sie das Brot hineingetunkt hatte, eine leichte Schärfe, das Öl fühlte sich nicht fettig, sondern eher trocken an und schmeckte einfach köstlich. Soweit sie das beurteilen konnte, war das ein sehr gutes Öl von hoher Qualität.

Ellas zufriedenes Grinsen wurde mit einer heftigen Umarmung von Rosa quittiert. Beide lachten.

»Komm mit, hier Lager.«

Ella folgte Rosa zu den Regalen.

»Hier leer, hier voll für Verkauf.«

Ella sah sich die Behältnisse genau an. Es waren kleine, längliche und größere, kanisterähnliche Edelstahlbehälter mit Schraubverschluss, wie Ella sie von italienischen Ölen kannte. Die Aufbewahrung in Edelstahlbehältern war zwar teurer als die üblichen Glasflaschen, konservierte allerdings die Aromen besser. Bei genauerer Betrachtung konnte sie keinen Unterschied zwischen befüllten und leeren Kanistern feststellen.

»Wo klebt ihr die Etiketten auf?«, fragte Ella neugierig.

»Etiketten?«, wiederholte Rosa fragend.

»Aufkleber mit Namen und Inhaltsstoffen«, erklärte Ella.

»Ahh, verstehen. Keine Etiketten. Verkauf an Händler, Restaurants, Markt von Insel. Keine Etiketten brauchen«, erläuterte Rosa und wies auf die 2,5-Liter-Kanister, in denen sie das Öl wohl meistens verkauften.

»Hmm«, machte Ella nachdenklich. Ihr Kopf arbeitete bereits.

* * *

Ella saß am Küchentisch und versuchte vergeblich, das Prepaid-Handy aus der verschweißten Verpackung zu bekommen.

»Das muss doch«, dachte sie laut, als Miguel ihr von der Seite eine Schere vor die Nase hielt.

»Das ist, glaube ich, einfacher«, bemerkte er neckisch und setzte sich ihr gegenüber.

»Danke«, antwortete Ella verlegen, befreite das Handy aus der Verpackung und schaltete es an. Das graue Display leuchtete auf.

»Ella, wegen gestern«, begann Miguel zögerlich und legte eine kurze Pause ein.

»Es tut mir leid, Miguel, okay? Ich war betrunken und habe Mist gebaut«, sagte sie schroffer als beabsichtigt. »Also ich meine … Reden wir nicht mehr drüber, ja?«, versuchte sie, abzulenken.

Das hatte sich Miguel wohl irgendwie anders vorgestellt.

»Okay, ist gut«, sagte er hörbar beleidigt und stapfte wieder zur Tür, um seiner Arbeit nachzugehen.

Mist, das war unpassend, grübelte Ella in sich hinein.

Er konnte wirklich am wenigsten dafür. Aber Ella wollte jetzt zumindest bei einer Sache helfen und tippte eine deutsche Nummer ins Handy.

»Hüttlers Feinkost, Guten Tag?«, meldete sich eine ihr vertraute Männerstimme.

»Hallo, Chef, hier ist Ella!«

»Ella, wie schön von dir zu hören! Ich hoffe, dir geht's einigermaßen …«, tastete er sich vorsichtig heran. »Wir denken oft an dich!«

»Ja, mir geht es schon etwas besser, danke. Ich bin gerade hier auf Mallorca.«

»Oh wow, was machst du denn auf Mallorca?«, fragte Herr Hüttler interessiert.

»Das ist eine lange Geschichte, Chef. Ich bin hoffentlich nächste Woche wieder zurück und erzähle dann alles in Ruhe.«

»Verstehe. Ja, wie gesagt, nimm dir so viel Zeit, wie du brauchst. Ach übrigens, Mimi aus dem Nachbarladen hat öfter nach dir gefragt, sie konnte dich nicht erreichen und schien besorgt. Ich habe ihr nicht erzählt, was passiert ist, weil ich nicht genau wusste, ob dir das recht ist. Aber es schien dringend zu sein.«

»Oh, danke. Ich gebe ihr gleich Bescheid.«

Ella fragte normalerweise ungern nach einem Gefallen, aber diesmal tat sie es nicht für sich.

»Chef, ich brauche Ihre Hilfe …«

9

Die letzten beiden Tage waren anstrengend, aber erfüllend gewesen. Rosa und Ella hatten die nächsten Hürden ihres Plans erfolgreich gemeistert und sogar mit Miguel konnte sie wieder ein paar Sätze am Stück reden, ohne von einem schlechten Gewissen geplagt zu werden, auch wenn ihr die Erinnerung an den Kuss immer noch im Kopf herumschwirrte. Nachdem sie ihrem Chef von der Casa Emilia erzählt hatte, war er sofort Feuer und Flamme gewesen und hatte Ella versprochen, zu helfen.

»Solche traditionellen Ölproduzenten dürfen auf keinen Fall aussterben!«, waren seine Worte gewesen.

Rosa und Ella hatten daraufhin lange mit Buntstiften und Papier zusammengesessen, um ein Etikett zu entwerfen. Mit dem Ergebnis waren sie zu einer kleinen Druckerei gefahren und hatten Probeexemplare in Auftrag gegeben. Den Umschlag mit den Etiketten hatten sie dann heute Morgen abgeholt, aber bisher ungeöffnet gelassen. Sie wollten ihn erst öffnen, wenn sie die Familie in den Plan einweihen würden. Anschließend befüllten die beiden zwanzig kleine Metallbehälter à fünfhundert Milliliter mit frischem Olivenöl.

Nachdem Ellas Chef ihr von Mimi berichtet hatte, hatte sie ein schlechtes Gewissen gehabt. Ihr war zwar das Handy geklaut worden, aber sie hätte Mimi sicher von Rosas Handy schreiben können, um Bescheid zu sagen, dass sie wohlauf war. Als sie Mimi eine lange Nachricht geschrieben hatte, hatte diese erleichtert und prompt geantwortet. Sie erzählte auch, dass sie öfter bei Ella zu Hause gewesen sei und vor dem Haus einen Mann getroffen habe, der sich als Nachlassverwalter ihrer Oma ausgegeben habe und Ella dringend sprechen wollte. Das alles hatte bei Mimi natürlich schlimme Befürchtungen hervorgerufen. Als Mimi dem Mann erzählt hatte, dass sie Ellas Freundin sei und sie Ella auch nicht erreiche, hatte er Mimi seine Karte gegeben. Die Telefonnummer hatte sie an Ella weitergegeben und Ella hatte versprochen, sich in den nächsten Tagen darum zu kümmern.

Meine Freundin, dachte sie und hatte ein warmes, geborgenes Gefühl dabei.

Mimi war also doch mehr als eine gute Bekannte. Wie schön zu wissen, dass sich jemand um sie sorgte und sie freudig erwartete, wenn sie wieder heimfliegen würde. Jetzt musste Ella jedoch erst mal ihr hier angefangenes Werk vollenden.

Rosa hatte ihr gezeigt, zu welchem Preis sie das Öl herstellen konnten und zu welchem Preis sie es normalerweise verkauften. Ella war entsetzt über die nur kleine Gewinnspanne gewesen, die der Hof bei diesem tollen Öl erzielte. Allerdings schien das hier auf der Insel normal zu sein.

Der Abend brach herein und alle saßen gemeinsam am Esstisch.

Nach dem Essen nickte Ella Rosa ermutigend zu, als diese aufstand, um einige von den kleinen Ölkanistern und den Umschlag mit den Etiketten zu holen.

Miguel und die anderen schauten sich fragend an.

»*Querida familia*«, begann Rosa ihre Ansprache und blickte in die Runde.

Rosas Wangen fingen an, zu glühen, so leidenschaftlich erzählte sie von dem Plan und den getroffenen Vorbereitungen. Die Familie staunte. So feurig hatten sie Rosa offensichtlich noch nie von ihrem Öl erzählen hören.

Plötzlich wurde es still am Tisch. Rosa griff den Umschlag und öffnete ihn behutsam. Um die Spannung zu erhöhen, nahm sie einen Kanister, ein Etikett und drehte sich vom Tisch weg, um es aufzukleben. Als sie den beklebten Kanister in die Runde hielt, dauerte es nicht lange und alle klatschten Beifall.

Selbst Miguels Mund umspielte dieses charmante Lächeln, welches Ella in den letzten beiden Tagen nicht häufig zu Gesicht bekommen hatte. In einer ovalen Linie, die mit Ornamenten in Olivenblatt-Form verziert war, stand *Casa Emilia Mallorca* in geschwungener Schrift. Darunter war *Aceite de oliva premium* zu lesen, *Premium-Olivenöl.*

Selbst Dolores war ganz aus dem Häuschen und rief »Bravo!« in Rosas Richtung.

Rosa ließ es sich nicht nehmen, zu verkünden, dass es Ellas Idee gewesen war und mehrere Kanister Öl bereits per Expresslieferung nach Deutschland unterwegs waren, um die Lieferanten von Ellas Chef zu überzeugen.

Rosa und Ella lagen sich in den Armen. Sie waren glücklich. Jetzt hieß es abwarten, ob das Öl bei ihrem Chef und seinen Kontakten gut ankam.

Miguel stand der Stolz auf Ella und Rosa ins Gesicht geschrieben. Er stand auf, ging auf sie zu und umarmte seine Schwester herzlich. Anschließend drehte er sich zu Ella und hauchte ihr zwei Küsse auf die Wangen.

Ella wurde heiß und kalt zugleich.

»Danke«, flüsterte er ihr ins Ohr.

Ella durchzog ein Kribbeln im ganzen Körper.

* * *

Am nächsten Tag zeigten Miguel und Rosa der wissbegierigen Ella, wie sie das Olivenöl herstellten. Nachdem sie einige Körbe voll geerntet hatten, luden sie die Oliven auf den Traktor und fuhren zur Scheune. Miguel erklärte, dass die Früchte ganz frisch und unversehrt sein mussten, um die beste Qualität zu erhalten. In der Scheune angekommen, wurden die Oliven in den großen Trichter eingefüllt. Auf dem Förderband wurden sie leicht geschüttelt, um sie von Blättern, Steinchen und Schmutz zu befreien. Anschließend mussten sie in einem Bad mit Zitronensäure gereinigt werden, um das Fermentationsrisiko auf der Olivenhaut zu minimieren.

Miguel war geduldig und nahm sich viel Zeit für Ellas Fragen, damit sie alle Arbeitsschritte kennenlernen konnte.

Ella blühte bei der Arbeit förmlich auf. Sie genoss es, mit den beiden an einem tollen Produkt und damit am Erfolg des Hofes zu arbeiten. Obwohl ihr Chef sich noch nicht gemeldet hatte, wusste sie insgeheim, dass er begeistert sein würde. Aber was, wenn niemand das Öl kaufen würde? Im Eifer der Vorbereitungen hatte Ella noch gar nicht an diesen Fall gedacht. Wie würde es dann mit dem Hof weitergehen?

Egal, sagte sie sich. Wenn das Produkt stimmte, fand sich schon ein Markt!

Rosa erklärte ihr nun den Mahlvorgang der Mühle. Zu Ellas Überraschung mussten die Oliven nicht entkernt werden. Die Maschine zum Entkernen war nur für die eingelegten Oliven. In der Mühle landeten die ganzen Früchte, sodass der Kern ebenfalls gemahlen wurde. Das Herz der Mühle waren große Granitsteine, die die Oliven zu einem feuchten Brei zermahlten. Früher waren dazu Esel angeschirrt worden, die im Kreis um die Mühle liefen und so den oberen konischen Stein auf dem unteren runden Stein drehten, was heute ein Motor leistete, erzählte Rosa.

Als Ella verwundert fragte, warum dies nicht die Windmühle erledige, lachte Rosa schallend, ging mit ihr kurz nach draußen und zeigte ihr das riesige Wasserdepot, das sich neben dem Turm mit dem Windrad aus dem Boden erhob. Gestenreich erzählte Rosa, dass die Mühle das Wasser aus dem Boden pumpe und sie deshalb immer ausreichend für die Plantage zur Verfügung hätten, bevor sie gemeinsam zurück in die Scheune gingen.

Der mittlerweile in der Mühle entstandene feuchte Brei wurde nun auf Matten gestrichen, die in der Presse übereinanderlagen. Das Ergebnis war das fast fertige Olivenöl. Vor dem Abfüllen fehlten nur noch zwei Arbeitsschritte. Um das Olivenöl vom Fruchtwasser zu trennen, wurde das Gemisch in eine Zentrifuge gefüllt. Nach einem Durchlauf mit hoher Drehzahl konnte zunächst das Fruchtwasser und dann das reine Olivenöl abgelassen werden. Zuletzt musste das Öl noch einmal gefiltert werden, bevor es bereit zur Abfüllung in die kleinen Metallkanister war.

Miguel erklärte auch, dass sie an besonders heißen Tagen nicht arbeiten konnten, da bei der Kaltpressung eine Temperatur von maximal siebenundzwanzig Grad Celsius nicht überschritten werden durfte. Weil die Ernte aber im späten Herbst bis Ende Januar stattfand, sei das meist kein Problem. Der Vorteil bei der Kaltpressung sei, dass alle wertvollen Inhaltsstoffe der Olive erhalten blieben und dies den einzigartigen Geruch, Geschmack und die Farbe ihres Öls ausmachte.

Die Sonne war bereits am Rande des Horizonts angekommen, als die drei mit der Verarbeitung der frisch geernteten Oliven fertig waren. Erst jetzt stellte Ella besorgt fest, wie viel Arbeit in dem ganzen Prozess lag. Sie hatten sich zwar Zeit gelassen, aber den ganzen Tag geschuftet, um aus den Oliven von drei Bäumen vierundzwanzig Liter Öl zu produzieren. Miguel hatte ihr erklärt, dass alte Bäume zwar die doppelte Menge an Oliven tragen könnten, aber natürlich auch immer die Witterung den

Ertrag beeinflusste. Darüber dachte Ella nach, als sie diese vierundzwanzig Liter sah, die die Familie normalerweise für einen Spottpreis an ein Restaurant weitergab. Jetzt hatten sie achtundvierzig Kanister des frischen *Casa Emilia Mallorca*-Öls vor sich, die morgen mit den weiteren, bereits in Auftrag gegebenen Etiketten versehen werden würden. Es fühlte sich gut an, und auch Miguel und Rosa sahen zufrieden aus. Sie hatten zwar in den letzten Monaten bereits einen Großteil der gesamten Ernte verarbeitet, das restliche Drittel würde aber mit Ella zusammen noch mehr Spaß machen. Als sie gerade die letzten Matten aus der Presse holten, um sie zu reinigen, ertönte ein schriller Piepton.

»Da klingelt ein Handy«, sagte Rosa beiläufig.

»Meins ist es nicht«, erwiderte Miguel und strich weiter über die Matten.

Der Klingelton kam Ella nicht bekannt vor.

»Ahhh!«, rief sie dann.

Ihr neues Handy! Sie eilte los und fand es unter einem Lappen.

»Ja, hallo?«, rief sie hektisch ins Telefon.

»Hallo? Ella?«, antwortete die Stimme am anderen Ende der Leitung.

»Herr Hüttler!«, stellte Ella aufgeregt fest.

»Ja, genau. Ich bin's.«

Ellas Herz klopfte so fest, dass es gleich aus der Brust springen musste. Was würde er wohl sagen? War das Öl überhaupt schon angekommen?

»Also Ella«, begann er.

Rosa und Miguel standen bereits mit großen Augen neben ihr und versuchten, mitzuhören. Auch sie waren eindeutig so aufgeregt, dass sie sich kaum noch zusammenreißen konnten.

»Ich habe dein Paket heute Morgen bekommen. Das Öl ist wirklich noch besser, als du es mir schon erzählt hast. Sehr gute

Qualität! Und die Zeichnung der Etiketten sieht auch sehr edel aus. Das habt ihr toll gemacht!«, holte er für Ellas Geschmack viel zu weit aus.

Ella wollte jetzt sofort wissen, was er zu berichten hatte! »Sagen Sie schon!«, forderte sie ihn auf.

Sie konnte Herrn Hüttlers neckisches Grinsen durch den Hörer förmlich sehen. Er genoss es bestimmt, sie auf die Folter zu spannen.

»Ja, also einer meiner großen Lieferanten war heute Nachmittag da und hat das Öl probiert«, setzte er fort.

»Er fand es zwar sehr gut, aber es gibt da ein Problem.«

Ella ahnte Böses. Die Enttäuschung stand ihr ins Gesicht geschrieben und auch Miguel und Rosa ließen bereits die Köpfe hängen und trotteten zurück zur Presse.

»Der Lieferant will bis nächste Woche fünfhundert Kanister!«, sagte er in einem mitleidigen Ton.

Ella zuckte zusammen.

»Was! Wie?«, stotterte sie.

»Ja, Ella! Fünfhundert Kanister! Ihr habt es geschafft! Er ist begeistert von dem Öl und will es direkt in sehr viele Läden liefern!«, schrie er jetzt fast ins Telefon.

»Oh mein Gott!«, schrie Ella zurück und hüpfte aufgeregt auf der Stelle.

»Fünfhundert Kanister!«, rief sie zu Rosa und Miguel rüber, die die Welt nicht mehr verstanden.

»Danke, danke, danke, Herr Hüttler! Das ist toll! Danke!«, jubelte sie.

»Ich rufe nachher zurück, okay?«

Herr Hüttler lachte herzhaft. »Ja, Ella. Feiert ein bisschen und dann ab an die Arbeit!«, ermahnte er sie scherzhaft, aber bestimmt.

Ella legte auf und sprang Miguel und Rosa in die Arme. »Sie wollen fünfhundert Kanister bis nächste Woche!«, erklärte sie den beiden noch einmal lauthals.

Miguel umschlang sie fest und drückte ihr einen dicken Kuss auf die Wange.

Ella sah ihm in die Augen und war glücklich. Sie hatten es geschafft. Sofort ertappte sie sich bei dem Gedanken, was sie wohl noch alles gemeinsam schaffen konnten.

* * *

Der Erfolg des letzten Tages wurde mit viel Wein gefeiert. José und Emilia waren überglücklich und erklärten Ella zum Engel und nach vier Gläsern Wein sogar zu einem Teil der Familie. Ella war so gerührt über die ehrliche Zuneigung, dass sie sich ein paar Tränen nicht verkneifen konnte.

»Ein Teil der Familie«, wiederholte sie dabei innerlich und musste an ihre Oma und ihren Vater denken.

Sie war zwar einerseits froh, so nette Menschen kennengelernt zu haben, hatte aber gleichzeitig ein schlechtes Gewissen, was sich irgendwie wie Verrat anfühlte. Es war erst so kurze Zeit seit dem Tod ihrer Oma Margret vergangen und schon wurde sie in eine neue, eine echte Familie aufgenommen. Sie versuchte, sich selbst einzureden, dass ihre Oma es so gewollt hätte, sie sich für Ella gewünscht hätte, hier zu sein und das alles zu erleben. Müde von der Arbeit und dem Wein konnte sie schließlich beruhigt einschlafen.

Am nächsten Tag wartete eine Menge Arbeit auf alle. Rosa war losgefahren, um die neuen Etiketten abzuholen, José und Carlo ernteten Oliven, und Ella und Miguel bedienten die Maschinen. Es war zwar noch einiges an Öl auf Lager, dennoch wollten sie schon einmal für eventuelle Nachbestellungen vorproduzieren. Zudem musste die restliche Ernte in den nächsten Wochen eingefahren werden.

Ella und Miguel waren ein gutes Team. Ella hatte das Gefühl, dass sie sich wunderbar ergänzten und es kaum Absprachen brauchte. Sie genoss die Nähe zu Miguel, merkte aber, dass er etwas auf dem Herzen hatte. Miguel hatte schon mehrere Versuche unternommen, mit ihr zu reden, aber entweder machte eine Maschine komische Geräusche oder ein Arbeitsdurchgang war gerade fertig. Ihre innere Aufregung wuchs bei dem Gedanken, was Miguel ihr wohl Vertrauliches erzählen wollte. Es schien ein wenig zwischen den beiden zu knistern.

Von dem Erfolg der letzten Tage beflügelt, entschloss sich Ella, die Sache selbst in die Hand zu nehmen. Eine kurze Unterbrechung würde beiden sicher guttun.

»Komm, wir machen eine kleine Pause«, forderte sie Miguel auf.

»Lass mich schnell noch die Oliven hier waschen«, entgegnete er und ließ die Früchte weiter in dem Bottich tanzen.

»Gut, ich hole uns schon mal ein Wasser«, beschloss sie und ging zum Haus.

Sie goss gerade frisches Wasser in zwei Gläser, als die Tür knarzend aufging. Das musste Rosa sein, die aus dem Dorf zurück war.

»Hallo, Rosa, ich …«, fing Ella an und verschluckte den Rest des Satzes, als sie eine fremde junge Frau zur Tür hereinspazieren sah.

Es war nicht nur eine fremde Frau, es war eine verdammt hübsche junge Frau! Ella zwang sich dazu, ihre Kinnlade nicht runterklappen zu lassen. Die Frau war etwa so groß wie Ella, mit langen, glatten braunen Haaren, die durch einen Mittelscheitel sauber getrennt waren. Sie trug ein weißes, kurzärmeliges Shirt, das mit einem pinkfarbenen Kussmund bedruckt war, und eine verdammt kurze Jeans, die ihre langen, schlanken Beine freilegte. Die schwarzen Stiefeletten machten das Outfit komplett. Ihre dunklen Augen musterten Ella eindringlich. Ella kam sich in ihrem Arbeitsoutfit dagegen mindestens einen Kopf kleiner und völlig fehl am Platz vor.

»¿Dónde está Miguel?«, hörte Ella sie in einer lieblich hohen Tonlage fragen.

»Äh, äh, *no español*«, stammelte sie irritiert vor sich hin.

Die Frau setzte ein erhabenes Lächeln auf und marschierte durch die Küche in den Flur. Ella merkte, wie ihr die Schamesröte in den Kopf stieg und ärgerte sich. Wieso ließ sie sich von dieser *Chica* so einschüchtern? Trotzig griff sie die beiden Gläser und ging zurück zur Scheune. Miguel hatte es sich schon an den alten Tischen bequem gemacht und wartete auf Ella. Sie überreichte ihm ein Wasserglas und nahm selbst einen großen Schluck.

»Ella, ich wollte …«, begann er, wurde aber von Ella unterbrochen.

»Warte kurz, da ist jemand im Haus«, sagte sie.

Miguels Gesicht verlor jegliche Färbung.

Ella merkte seine Reaktion und sah ihn verwirrt an.

»Ich … ich muss dir etwas sagen«, stotterte er.

Was erwartete Ella denn jetzt? Die letzten Tage waren ein Auf und Ab der Gefühle gewesen. Die Ereignisse hatten sich überschlagen und es schien keine Ruhe einzukehren. Sie war als Fremde hier auf den Hof gekommen und hatte Miguel gleich am ersten Abend geküsst. So etwas hätte sie zu Hause niemals getan! Zum Dank war sie von ihm weggeschoben worden, woraufhin sie heulend die Insel verlassen wollte. Jetzt hatten sie gerade wieder zusammengefunden, hatten einen tollen Plan, um den Hof zu retten, und nun saß er kreidebleich vor ihr und *musste ihr etwas sagen*. Ella konnte nicht länger warten.

»Was musst du mir sagen?«, drängte sie. »Und wer ist dieses komische Mädel da draußen?«, fragte sie jetzt energischer.

»Diese komische Mädel, isse Miguels Freundin«, hörte Ella diese liebliche Stimme am Eingang der Scheune sagen.

10

Ella saß in der Küche und starrte auf den Kühlschrank. Das Foto des aufgeschlagenen Kalenderblattes fehlte. Es lag etwas zerknittert auf dem Küchentisch, denn Ella hatte es die ganze Zeit bei sich getragen. Ihr Blick streifte durch den Raum und blieb an einem vertrockneten Blumenstrauß hängen, der in einer verzierten Kristallvase stand. Den Strauß hatte sie Oma Margret zwei Tage vor ihrem Tod aus der Stadt mitgebracht. Jetzt neigten sich die verwelkten Blätter dem Boden zu.

Sie war seit zwei Wochen wieder zu Hause und hatte es bisher nicht übers Herz gebracht, den Strauß zu entsorgen. Ella fühlte sich genauso kraftlos wie die verwelkten Blumen. Innerhalb kürzester Zeit war ihr Leben zum reinsten Chaos geworden. Wie gerne hätte sie ihrer Oma alles erzählt, was passiert war. Sie hätte Ella beruhigend zugeredet und alles wäre wieder in Ordnung gekommen. Was hätte sie wohl gesagt? Vielleicht, sie habe noch ihr ganzes Leben vor sich und es gebe ohne Täler keine Berge. Okay, das hätte ihr jetzt auch nichts gebracht. Ella fühlte sich, als wäre sie am tiefsten Punkt angekommen. Sie wusste nicht weiter.

Durch das Fenster hörte sie ein Auto halten, wahrscheinlich der Postmann. Es klapperte am Türschlitz, dann fuhr der Wagen weiter. Es erinnerte Ella daran, dass sie langsam losmusste, sonst käme sie zu spät zur Arbeit. Sie streifte sich ihre dicke Jacke über und betrat den Flur. Ein einzelner Brief steckte im Türschlitz. Ella zog ihn achtlos heraus, legte ihn auf die kleine Kommode und griff nach ihrem Schlüssel. Wenn sie jetzt *Margret Wagner* auf dem Briefkopf lesen würde, wäre das winzige bisschen Motivation, das sie noch hatte, um das Haus zu verlassen, wieder dahin. Als sie aus der Tür trat, färbte sich ihr Atem weiß. Es war richtig kalt geworden und sollte diese Woche auch noch schneien. Sie hatte sich immer noch nicht wieder daran gewöhnt, dass der Februar in Deutschland nun einmal winterlicher war als auf Mallorca.

»Mallorca …«

Sofort schossen ihr die letzten Momente auf der Insel durch den Kopf. Wie sie weinend am Flughafen gesessen und auf die etwas verspätete Maschine gewartet hatte. Bestimmt fünf Mal hatten wildfremde Menschen sie gefragt, ob alles in Ordnung sei. Was für eine Frage! Nichts war in Ordnung gewesen. Sie hatte sich hintergangen gefühlt, verraten, ausgenutzt.

Der Augenblick war auf einmal wieder zum Greifen nahe, der, als diese Ana in ihrem Leben aufgetaucht war und zufrieden erklärt hatte, dass sie Miguels Freundin sei, diese viel zu hübsche, eingebildete … Und dann dieser Mistkerl von Miguel! Ella hatte wirklich alles gegeben, um ihm und Rosa zu helfen. Sie hatte Miguels Annäherungsversuche spüren können, diese vielen kleinen Momente, in denen er ihr offensichtlich hatte näherkommen wollen. Und er hatte einfach nichts gesagt und sie ins offene Messer laufen lassen. Enttäuscht und sauer stürmte Ella in Rosas Zimmer, um nicht auch noch einen Heulanfall vor den beiden Liebenden zu bekommen. Und Rosa hatte natürlich davon gewusst und sie auch nicht gewarnt.

Mit einem hoffentlich furchtbar schlechten Gewissen öffnete sie irgendwann die Zimmertür und streckte vorsichtig ihren Kopf herein.

»Ella, du okay?«, fragte sie.

»Nix okay!«, antwortete Ella.

»Rosa fahren Ella zum Flughafen! Jetzt!«, machte sie deutlich und ahmte dabei versehentlich Rosas Akzent nach.

Das war in diesem Moment auch schon egal. Sie hatte endgültig die Nase voll. Sie wollte nach Hause, wollte hier weg. Mit ihrem Rucksack auf dem Rücken verließ sie stürmisch das Haus. Gott sei Dank waren José und Emilia nicht da. Das hätte den Abschied noch einmal hinausgezögert. An der Scheune beobachtete sie Ana, die lauthals auf Miguel einredete. Salvenartige Schüsse in schnellem Spanisch. Das hatte er jetzt davon. Als Miguel Ella sah und herübereilen wollte, hielt ihn die weiterplappernde Ana fest. Ella war ihr für einen kurzen Moment dankbar. Stattdessen ging Ana jetzt elegant zum Auto und ließ Miguel einfach stehen. Diese Frau hatte ihn voll im Griff.

»Tute mir leide wegen Miguel«, sagte sie mit einem falschen aber trotzdem wunderhübschen Lächeln.

Sie griff mit einer Hand nach Ellas Fingern, legte ihre andere Hand auf Ellas Schulter nieder, beugte sich vor und küsste Ella auf die Wangen.

»Auf Wiedersehene, Señora Ella«, flüsterte sie Ella fast ins Ohr.

Diese Frau hatte Nerven. Als sie anschließend auch noch Ellas Ring bewunderte und sagte, dass sie das Symbol auf dem Ring schon einmal gesehen habe, wäre Ella am liebsten geplatzt. Glücklicherweise kam Rosa in diesem Moment aus der Haustür und stieg ins Auto. Ohne sich noch einmal umzudrehen, verließen die beiden mit dem Pick-up den Hof.

Weg, einfach nur weg!, dachte Ella.

Gefühlt dauerte die Fahrt mehrere Stunden, die Ella damit verbrachte, bewusst aus dem Seitenfenster zu starren, um bloß nicht auch noch Rosa ansehen zu müssen. Es war so schon schwierig genug. Sie mochte Rosa so gerne. Sie hatte sie wirklich fest ins Herz geschlossen. Aber Ella so etwas vorzuenthalten, besonders nachdem sie ihr die Sache mit dem Kuss anvertraut hatte. Das war zu viel.

»Ella, ich erklären«, begann Rosa nach einer halben Stunde.

»Ich will nicht, dass du mir irgendwas erklärst«, entfuhr es Ella.

»Ich will jetzt einfach nach Hause. Ich war sowieso schon viel zu lange hier und hätte mich längst um ganz andere Sachen kümmern sollen.«

Das hatte gesessen.

Erst später begriff sie, dass es zu hart gewesen war und sie das nur aus Selbstschutz gesagt hatte.

Am Flughafen war Ella aus dem Auto gesprungen und hatte sich ihre Sachen geschnappt. Sie wollte Rosa eigentlich nur durch die Scheibe winken und gehen, aber diese lief sofort um das Auto und umarmte Ella fest.

Sie konnte gar nichts dagegen machen.

»Ella, mir alles leidtun!«, schluchzte sie jetzt. »Wollen nicht verletzen Ella, aber …«

Ella drückte sie jetzt ebenfalls ganz fest. Beide weinten.

»Mir tut es auch leid«, sagte Ella mit zitternden Lippen.

Um sich weiteren Schmerz zu ersparen, löste sie die Umarmung, sah Rosa noch einmal mitfühlend in die Augen und ging.

»Du wiederkommen!«, rief Rosa ihr hinterher.

Am späten Abend hatte Ella vor der ihr so bekannten Haustür gestanden und den Schlüssel im Schloss gedreht. Wieder zu Hause! Klackend war die Tür aufgegangen und hatte Ella wieder in ihr altes Leben eintreten lassen.

* * *

Die Glöckchen über der Tür klingelten, als Ella den Laden betrat.

»Guten Morgen, Ella!«, wurde sie von Herrn Hüttler begrüßt.

»Guten Morgen, Chef, wie geht's?«, antwortete sie wie gewohnt.

»Gut, gut, dir hoffentlich auch!?«, entgegnete er mehr feststellend als fragend.

»Ja, alles okay.«

»Sehr gut. Dann legen wir gleich los. Schau mal hinten im Lager, da ist eine neue Lieferung angekommen. Fang doch bitte schon mal an, die Sachen einzusortieren. Ich komme gleich nach«, sagte er beschäftigt und kramte in einigen Unterlagen herum.

Ein bisschen Ablenkung würde ihr guttun. Herr Hüttler hatte sehr viel Verständnis für sie aufgebracht und festgestellt, dass es ihr besser ginge, wenn sie sich in die Arbeit stürzte. Als sie ihre Jacke an den Haken hängte, schweifte ihr Blick einen Moment lang über die Auslage.

Casa Emilia Mallorca zeigten die Etiketten auf einigen kleinen Ölkanistern in der Mitte des Regals. Ella bemerkte ein Stechen im Herzen, als sie den Schriftzug betrachtete. Das Öl kam bei den Kunden sehr gut an und auch ihr Lieferant hatte schon eine Nachbestellung aus Mallorca angefordert. Doch daran wollte sie jetzt nicht denken. Etwas betreten ging Ella ins Lager und kümmerte sich um die neuen Produkte aus Italien. Die Arbeit tat wirklich gut und die Zeit verflog. Als sie das Geöffnet-Schild am späten Nachmittag umdrehte und den Laden abschloss, wartete Mimi bereits draußen auf sie.

»Na, du!«, begrüßte sie Ella gut gelaunt.

»Hey, na, wie geht's?«, antwortete Ella und umarmte Mimi herzlich.

»Gut, gut, war ein anstrengender Tag heute. Aber ich muss dir unbedingt was erzählen. Da war heute dieser Kerl, der war bestimmt zwei Meter groß und hat ganz eklig gerochen. Jedenfalls hab ich gesehen, wie der einfach zwei Postkarten in seine Jackentasche gesteckt hat und gehen wollte. Da bin ich ihm hinterher, hab mich vor die Tür gestellt und gesagt, ›Stopp Freundchen, so geht das aber nicht. Die musst du bezahlen!‹«, erzählte sie aufgeregt und spielte die Szene dabei nach.

Ella grinste bei der Vorstellung, dass Mimi, die sicher drei Köpfe kleiner sein musste als dieser Kerl, sich ihm selbstbewusst in den Weg gestellt hatte.

»Und dann?«, fragte Ella wohlwissend, dass Mimi auf den Moment gewartet hatte.

»Hat er verschämt nach unten geschaut und mir die Postkarten in die Hand gedrückt«, jubelte sie.

»Ich hab noch hinterhergerufen, das nächste Mal hole ich die Polizei, Freundchen!«

Beide fingen jetzt an laut zu lachen. Ella wusste, dass Mimi die Geschichte sicher ein bisschen ausgeschmückt hatte – andererseits war sie immer für eine Überraschung gut. Sie hatte Ella in den letzten beiden Wochen viel Halt gegeben. Mimi war eine Frohnatur, die jeden mit ihrer guten Laune innerhalb von Sekunden anstecken konnte. Sie und Ella hatten viel Zeit miteinander verbracht und waren wirklich Freunde geworden. Ella hatte ihr die ganze Geschichte mit Miguel und Rosa erzählt, was bei Mimi für gemischte Gefühle gesorgt hatte. Einerseits fand sie toll, was die drei gemeinsam erlebt und geleistet hatten, andererseits war es natürlich kein schöner Abgang gewesen. Sie hatte auch nicht verstanden, warum Miguel so ein Theater gespielt hatte und nicht einfach mit der Wahrheit herausgerückt war.

Wenn sie über Ana redeten, war sie jetzt nur noch die *Chica*. Es ging sogar so weit, dass sie nun auch andere hübsche und vermutlich hochnäsige Frauen als *Chica* bezeichneten und sich dabei diebisch freuten.

»Schwamm drüber!«, hatte Mimi das Thema beendet.

»Auch andere spanische Mütter haben hübsche Söhne!«

Obwohl Ella die Sache noch nicht ganz verdaut hatte, war das ein guter Ansatz. Heute Abend wollten sie sich »Titanic« anschauen, Popcorn essen und über ihren eigenen Laden nachdenken, den sie irgendwann eröffnen würden. Ein schöner Gedanke, der die unsichere Zukunft etwas positiver erhoffen ließ. Zu Hause angekommen griff Mimi nach dem Brief auf der Kommode.

»Was ist das für ein Brief?«, fragte sie und musterte den gelblichen Umschlag.

»Ach, lass ihn einfach liegen«, antwortete Ella und wollte sich nicht weiter damit beschäftigen.

»Der ist an dich adressiert und sieht irgendwie offiziell aus.«

»Oh, okay. Ich dachte, er wäre für meine Oma, deswegen habe ich ihn nicht angeschaut.«

Mimi reichte Ella den Brief.

»Hm, keine Briefmarke. Dann war das doch nicht der Postmann heute Morgen«, grübelte Ella halb laut vor sich hin.

Die beiden gingen in die Küche. Ella legte das Kuvert auf den Tisch und schenkte zwei Gläser Saft ein.

»Los, mach ihn auf!«, drängte Mimi.

Ella drehte an ihrem Ring. Wer hätte ihr einen Brief hier zu Hause eingeworfen? Warum hatte derjenige ihn nicht einfach verschickt?

»Was bedeutet eigentlich dieses Zeichen auf deinem Ring?«, fragte Mimi unvermittelt.

»Ich habe ehrlich keine Ahnung«, antwortete sie. »Den hat mir meine Oma nach dem Tod meines Vaters geschenkt. Da war er mir noch viel zu groß«, sagte sie etwas gerührt.

Sie sah auf den goldenen Ring und strich mit dem Finger über die Struktur, die auf der flachen Oberfläche eingraviert war. Das gravierte Muster bildete einen Kreis, umrandet von kleinen Punkten. Die Fläche des Kreises war mit vielen schmalen, schrägen Linien schraffiert.

»Aber es ist sicher nur ein bekanntes Design, wenn sogar die *Chica* das Muster von irgendwoher kannte.«

Beide grinsten.

»So, und jetzt mach den Brief auf!«, forderte Mimi.

»Okay, okay«, tat Ella genervt und öffnete den Umschlag.

Absender: Notar Dr. Volker Reinhardt.

Verdammt!, dachte Ella.

Sie hatte ganz vergessen, diesen Mann anzurufen, dessen Nummer Mimi ihr gegeben hatte. Das musste der Notar sein, der sich um Omas Nachlass kümmerte. Sie begann vorzulesen.

> »Sehr geehrte Frau Wagner, zuerst möchte ich mein tiefes Bedauern über Ihren Verlust aussprechen. Ich habe Ihre Großmutter viele Jahre gekannt und seither ihre notariellen Angelegenheiten betreut. Sie bat mich daher, mich im nun eingetretenen Fall persönlich mit Ihnen in Verbindung zu setzen, um das weitere Vorgehen und die damit verbundenen Formalitäten zu besprechen. Da ich Sie bisher weder unter der hinterlegten Telefonnummer erreichen, noch zu Hause antreffen konnte, bitte ich Sie nun dringend, mich unter der unten angegebenen Rufnummer zurückzurufen. Ich bin jederzeit für Sie erreichbar. Mit herzlichen Grüßen, Ihr Dr. Volker Reinhardt«

Nachdem Ella den Brief vorgelesen hatte, schaute sie Mimi eindringlich an. So fühlte sich das also an, wenn nur noch einige *Formalitäten* an einen geliebten Menschen erinnerten. Es schmerzte sie. Ella hatte den Namen des Notars noch nie gehört. Komisch, dass ihre Oma ihn angeblich schon so lange kannte. Sie wusste nicht einmal, dass sie sich je Gedanken um ihren Nachlass gemacht hatte.

Mimi unterbrach die bedrückte Stimmung. »Tut mir leid, Süße«, sagte sie mitfühlend. »Aber du rufst diesen Typen am besten jetzt sofort an und bringst die Sache hinter dich. Es ist zwar schon sieben, aber er hat ja geschrieben *jederzeit*«, stellte sie fest.

Ella war eigentlich überhaupt nicht in der Stimmung, sich jetzt damit auseinanderzusetzen, musste Mimi jedoch zustimmen. Sie hatte es nun schon fast drei Wochen vor sich hergeschoben und das machte die Sache nicht einfacher. Nachdem sie mit einem mulmigen Gefühl die angegebene Nummer gewählt hatte, meldete sich eine fröhliche Frauenstimme.

»Notariat Doktor Reinhardt, Schmidle mein Name.«

»Äh, hallo, ich heiße Ella Wagner, ich …«

»Guten Tag, Frau Wagner«, unterbrach sie die Stimme.

»Herr Doktor Reinhardt hat ja schon so oft versucht, Sie zu erreichen«, fuhr sie fort.

»Ähm, ja. Tschuldigung?«, antwortete Ella unsicher, was ihr einen fragenden Blick von Mimi bescherte.

»Ich denke, ich müsste bei Ihnen einen Termin machen, oder wie geht das jetzt?«

»Herr Reinhardt nimmt sich gerne Zeit für Sie. Wie sieht es bei Ihnen in einer halben Stunde aus?«, fragte sie und blätterte in irgendwelchen Unterlagen.

»Heute?«, fragte Ella erstaunt.

»Genau«, antwortete Frau Schmidle kurz.

»Ähm, okay.«

»Alles klar Frau Wagner, dann bis gleich«, hörte Ella nur noch, bevor das Gespräch beendet wurde.

»Das war's dann also mit unserem ›Titanic‹-Abend, oder?«, stellte Mimi amüsiert fest. »Soll ich mitkommen?«, fügte sie neugierig hinzu.

* * *

Ella und Mimi machten sich sofort auf den Weg. Die angegebene Adresse lag im Norden der Stadt, also brauchten sie gute zwanzig Minuten mit dem Bus. Hinter der Adresse verbarg sich ein modernes, dreistöckiges Haus, das nur durch einen Grünstreifen vom Neckar getrennt war. Sie wurden schon erwartet, denn der Türöffner summte, bevor sie überhaupt geklingelt hatten.

»Hier oben«, rief die bereits bekannte Stimme durch das Treppenhaus.

Ella und Mimi stiegen die weißen, steinernen Stufen hinauf und wurden an der Tür von Frau Schmidle begrüßt, die offenbar keine Zeit zu verlieren hatte. Sie trug einen förmlichen grauen Stiftrock und eine weiße Bluse.

»Sie müssen Frau Wagner sein. Und Sie sind …«

»Mimi«, antwortete sie keck.

»Frau Mimi«, sagte Frau Schmidle irritiert.

»Kommen Sie doch bitte rein und nehmen Sie Platz. Herr Reinhardt ist in zwei Minuten für Sie da. Allerdings müssten Sie bitte hier warten«, gab sie Mimi zu verstehen und verschwand in einem Büroraum.

»Ich bin total aufgeregt!«, gestand Ella nun.

»Das wird schon schiefgehen! Er liest dir ein paar Sachen vor und dann sind wir im Nu wieder zu Hause und schauen den Film«, entgegnete Mimi gelassen.

Die zwei Minuten Wartezeit kam Ella ewig vor. Sie wischte ihre schweißnassen Hände an der Hose ab. Jetzt würde sie über Margrets Erbe aufgeklärt und anschließend würde der Fall zu Doktor Reinhardts Akten wandern. Abgehakt. Ihre Oma war damit Geschichte. Eine schreckliche Vorstellung. Als die zwei Minuten um waren, wurde Ella von Frau Schmidle in Doktor Reinhardts Büro geführt.

Mimi musste draußen warten.

Nach einer halben Stunde kam Ella wieder aus dem Zimmer. Mit heruntergelassenen Schultern stand sie vor ihrer Freundin, wohlwissend, dass Mimi das Entsetzen in ihrer Miene beunruhigen würde.

Hastig sprang Mimi auf. »Was ist los, Süße?«, fragte sie.

»Hast du das Haus nicht bekommen?«, war ihre erste Vermutung.

Ellas Gedankenkarussell drehte in Höchstgeschwindigkeit. »Haus? Doch, doch …«, begann sie langsam.

»Und, was ist dann los?«, drängte Mimi.

»Ich … ich habe noch etwas geerbt.« Ella kamen die Worte nur langsam über die Lippen.

»Was denn? Nun sag schon!«

Die Spannung schien Mimi förmlich aufzufressen.

»Ein … ein Grundstück«, setzte Ella fort. »Auf … auf Mallorca.«

11

Je länger Ella über das nachdachte, was der Notar ihr gestern gesagt hatte, desto verrückter klang es. Ein Grundstück auf Mallorca! Sie hatte gerade mit dieser Insel abgeschlossen, da traf es sie wie ein Schlag ins Gesicht. Jeder andere hätte bei der Nachricht wahrscheinlich Luftsprünge gemacht, für Ella warf es jedoch weitere Fragen auf. Was hatte ihre Oma mit Mallorca zu tun und warum hatte sie Ella nie davon erzählt? Ella war traurig darüber, dass es anscheinend Geheimnisse zwischen ihr und Margret gegeben hatte. Bisher war sie immer davon ausgegangen, dass sie sich alles anvertraut hatten, nicht nur Oma und Enkelin, sondern beste Freunde waren. Doch beim Notar auf dem Tisch hatte sie es schwarz auf weiß vor sich gesehen, einen spanischen Grundbuchauszug über den Besitz eines Grundstückes irgendwo an der Küste Mallorcas. Der Notar hatte ihr erklärt, dass ihre Oma das alles schon vor einiger Zeit vorbereitet hatte. Sogar eine spanische Steuernummer hatte sie für Ella besorgt und ihm die bei Übertragung des Grundstücks nicht gerade geringe fällige Steuer treuhänderisch übertragen, sodass er für Ella bei einem Notar in Mallorca alles in die Wege leiten konnte, damit Ellas Name in der Besitzurkunde stünde. Auch die Übersetzung des Erbscheins und die nötige Haager Apostille hatte er bereits organisiert. Zumindest bestätigte das alles, dass ihre Oma noch irgendwie bei Verstand gewesen war, als sie kurz vor ihrem Tod ihre letzten Worte sprach. Allerdings machte es das jetzt auch nicht besser.

Der Notar war gestern sehr förmlich gewesen, als er ihr die Situation erläuterte. Er war sehr bedacht darauf, dass alles korrekt nach den Wünschen von Frau Margret Wagner senior ablief. Demnach war Ella die Alleinerbin des Hauses, von etwas Bargeld und eben dieses Grundstückes. Er betonte weiter, er könne keine Details über den Erwerb des Grundstückes oder dessen Verwendung preisgeben. Sie solle es sich am besten ansehen und entscheiden, wie damit fortzufahren sei. Alleine bei dem Gedanken, was Ella mit dem Haus anstellen sollte, wurde ihr schwummerig. So viel Verantwortung lastete auf einmal auf ihren Schultern. Ein so großes Haus, das eigentlich für sechs Personen gereicht hätte. Es war jetzt ihr Haus und sie hatte sich darum zu kümmern.

Mimi war hingegen Feuer und Flamme für das Grundstück gewesen. Das mit dem Haus werde sich schon alles ergeben, aber sie solle sich unbedingt so schnell wie möglich das Grundstück ansehen. Land wie dieses, was angeblich direkt an der Küste lag, könne Millionen wert sein. Zumindest habe sie das irgendwo mal gelesen.

Das war Ella jedoch egal. Sie hätte es am liebsten sofort gegen das Leben ihrer Oma eingetauscht. Sie wollte es nicht.

Im Gegensatz zum gestrigen Tag zog sich die Arbeit heute wie Kaugummi. Ella verwechselte Gewürze, wog falsche Mengen ab und gab zu viel Wechselgeld heraus.

»Ella, was ist denn heute los mit dir? Du bist völlig abwesend. Geht's dir gut?«, fragte ihr Chef fürsorglich, aber auch ein wenig genervt.

»Tut mir leid, ich hab nur so schlecht geschlafen«, erwiderte sie, was wenigstens zum Teil der Wahrheit entsprach.

Zum Glück war heute Freitag und sie hatte das Wochenende vor sich, um zu überlegen, was sie jetzt als Nächstes tun würde.

»Ist nicht böse gemeint, aber so kann ich dich heute nicht gebrauchen«, gestand er.

»Heute ist sowieso nicht viel los. Was hältst du davon, wenn du nach Hause gehst, dich etwas ausruhst und am Montag starten wir wieder mit frischer Energie durch?«, bot er ihr an.

Es war ihr fast unangenehm, so viel Verständnis zeigte er für sie.

»Danke, Chef, das ist wirklich lieb! Ich hole die Stunden auch ganz bestimmt wieder rein, versprochen!«

»Kein Problem, du hast mir ein so tolles neues Produkt gebracht, wenn es also jemand verdient hat, dann du.« Sein Blick ging zu den Ölen im Regal.

»Danke«, versuchte Ella, so freundlich wie möglich zu sagen, und verließ genervt von der Erinnerung den Laden.

Nachdem sie kurz bei Mimi vorbeigeschaut hatte, die sie nochmals dazu aufforderte, sofort nach Mallorca zu fliegen, ging Ella nachdenklich nach Hause.

* * *

Ella stand in Oma Margrets Schlafzimmer und wusste nicht, wo sie anfangen sollte, zu suchen. Wenn Oma Margret wirklich irgendeine Verbindung zu Mallorca gehabt hatte, mussten sich dafür irgendwo Hinweise befinden. Sie saß auf dem großen Bett und versank in den dicken Daunendecken, die sie schon als kleines Kind geliebt hatte. Sie waren so kuschelig und warm, dass man sofort darin einschlafen wollte. Ihr Blick wanderte durchs Zimmer, über das Schminktischchen mit dem großen Kristallspiegel, vor dem sich Margret immer hübsch gemacht hatte, über den Kleiderständer, auf dem noch ihre sicher dreißig Jahre alten Mäntel hingen, hin zu dem großen verspiegelten

Kleiderschrank, in dem sich wahre Schätze für Second-Hand-Liebhaber befinden mussten.

Ella beschloss, mit dem Schrank anzufangen, öffnete die erste Tür und begann etwas zu suchen, von dem sie nicht wusste, was es war. Die fein säuberlich aufgehängten Blusen rochen so, wie sie ihre Oma in Erinnerung hatte – nach frischer Wäsche und süßem Parfüm. Es war ein komisches Gefühl, einfach in ihren Sachen zu wühlen – so endgültig.

Traurig dachte sie daran, wie hilflos Oma Margret im Krankenhauszimmer dagelegen und schwer geatmet hatte. Schnell verdrängte sie allerdings den Gedanken. Sie wollte ihre Oma so lebhaft in Erinnerung behalten, wie Ella sie jahrelang bei sich gehabt hatte.

Zwischen den Blusen und Kleidern war nichts zu finden, also suchte Ella die Fächer über den Kleiderstangen ab. Nichts, nur verstaubte Hüte und Schals. Als Nächstes schaute sie sich das Schminktischchen genauer an, fand aber außer wunderschönen Schmuckstücken und vielen Kosmetikartikeln nichts Auffälliges. Auf dem cremefarbenen Nachttisch neben dem Bett stand ein gerahmtes Foto. Es war ihr Vater Paul, mit Hornbrille und einem engen braunen Kragenshirt. Er musste zu dem Zeitpunkt in Ellas Alter gewesen sein. Als Ella die darunterliegende Schublade öffnete, entdeckte sie einen Stapel handgeschriebener Briefe. Vielleicht fand sie darin den erhofften Hinweis? Sie nahm sich den Stapel vor, merkte aber schnell, dass es nur die Briefe einer alten Bekannten waren, mit der ihre Oma sich ab und zu geschrieben hatte. Sie wollte alles gerade wieder in die Schublade legen, als eine Postkarte zwischen zwei Blättern herauspurzelte und Ella ein Fotomotiv preisgab. Das war es! Das musste es sein! Aufgeregt griff Ella nach der Karte.

»Saludos desde Mallorca!«, stand in roter Schrift über einem Luftbild, das einen Teil der Insel zeigte.

Ihr Puls beschleunigte sich, als sie die bereits vergilbte Postkarte umdrehte. Tatsächlich, sie war nicht leer, sondern mit einer wundervollen Handschrift beschrieben und sogar datiert. Mit zittriger Hand begann Ella zu lesen.

> Februar 1988 – Liebe Margret, wir senden dir sonnige Grüße aus dem Paradies und hoffen, dass du wohlauf bist. Wir denken immer noch gerne an das wunderbare Weihnachtsfest zurück und hoffen, dass du uns dieses Jahr wieder besuchen kommst. Unsere Arbeit geht gut voran und wir sind hoffentlich bis Ende Mai mit dem Umbau fertig. Bis bald! Besos, B & P

12

Die letzten Wochen hatten Miguel verändert. Sie hatten alles verändert. Wieder dachte er an den Tag, an dem Ella abgereist war. Er hatte wahrscheinlich alles falsch gemacht, hatte sich von seinen Gefühlen ablenken lassen und sich nicht getraut, Ella die Wahrheit zu sagen. Zu groß war die Angst gewesen, sie zu verletzen. Und dabei hatte er am Ende genau das getan. Er hatte ihr doch von Ana erzählen wollen, hatte seinen Mut zusammengenommen und auf den richtigen Moment gewartet. Als dieser schließlich gekommen war, hatte Ana plötzlich dagestanden. Sie war viel früher aufgetaucht, als er sie erwartet hatte, und hatte damit ein komplettes Chaos verursacht. Sie hatte Ella nicht nur von oben herab behandelt, sondern Miguel auch noch die Chance genommen, alles richtigzustellen.

Jetzt war Ella weg. All seine Anrufe gingen ins Leere. Wahrscheinlich hatte sie ihr spanisches Handy ausgeschaltet und es auch dabei belassen. Eine andere Nummer hatte er nicht. Für Ella musste es so aussehen, als hätte er ein böses Spiel mit ihr gespielt. Als hätte er ihre Leidenschaft ausgenutzt, um den Hof und seine Familie zu retten. All das war ganz anders, als sie es denken musste.

Und jetzt war auch noch Rosa sauer auf ihn. Sie hatte ihm vorgeworfen, für Ellas Verschwinden verantwortlich zu sein und ihr eine zwar kurze, aber innige Bekanntschaft genommen zu haben. Er wusste, dass sie recht hatte, und fühlte sich schrecklich dabei. Wenigstens die Beziehung zu Rosa musste er wieder geraderücken, aber sie redete seit zwei Wochen fast gar nicht mehr mit ihm. Er wollte sie nicht auch noch verlieren.

Seine Eltern hatten die Geschichte natürlich ebenfalls mitbekommen und waren sehr traurig über Ellas plötzliches Verschwinden. Allerdings wussten sie um Miguels Einsatz, seine Bürde, die er für Rosa und seine Familie immer wieder aufnehmen würde. Deshalb versuchten sie, ihm gut zuzureden, und waren der festen Überzeugung, dass Engel auf Mallorca zu Hause waren und Ella daher wiederkommen werde. Seine Hoffnung wurde dennoch mit jedem verstrichenen Tag kleiner. An solchen Tagen wünschte er sich manchmal, dass seine Familie genauso reich wäre wie die von Ana. Sie hatte keine Sorgen, keine Verpflichtungen und konnte in Ruhe ihren Intrigen nachgehen, die sie sich jeden Tag aufs Neue ausdachte. Ihr Vater war einer der reichsten Männer Mallorcas. Ein Salzhändler in achter Generation, der seine Konkurrenten nach und nach losgeworden war und nun das Salzmonopol der Insel hielt. Er war es gewesen, der Miguel und seiner Familie einen Kredit angeboten hatte, als sie kurz vor der Pleite gestanden hatten und keine Bank ihnen einen Kredit gewährt hatte. Erst als sie das Angebot von Anas Vater aus völliger Verzweiflung angenommen hatten, erfuhren sie von Bekannten über dessen Pläne, in der Olivenproduktion Fuß zu fassen. Wahrscheinlich spekulierte er auf eine baldige Zahlungsunfähigkeit, um so als Erstes seinen Anspruch auf den Hof anmelden zu können. Ein berechnender Geschäftsmann, der anfangs noch in überschwänglicher Höflichkeit erklärt hatte, dass er der Familie helfen wolle, da die traditionelle Ölherstellung ein besonderes Kulturgut Mallorcas sei, die es zu retten gelte. Jetzt saßen sie in der Falle.

Insofern hatten seine Eltern recht gehabt, was Ella anging. Sie war der Engel, der ihnen einen Ausweg aufgezeigt hatte, als sie ihn dringend gebraucht hatten. Miguel wusste, dass sie mit dem Öl über Jahre hinweg weniger Umsatz gemacht hatten, als sie hätten machen sollen. Aber weder er noch seine Familie hatten eine Möglichkeit gesehen, das zu ändern. Zu sehr waren sie damit beschäftigt gewesen, akute Probleme zu lösen, anstatt eine langfristige Geschäftsstrategie zu entwerfen. Mit einer kleinen Änderung am Produkt und einem tollen Kontakt hatte Ella ihnen wertvolle Zeit verschafft. Es war noch ein langer Weg heraus aus den Schulden, aber so leicht würde sich Señor Barreto ihren Hof nicht unter den Nagel reißen. Auch Miguels Vorfahren hatten immer einen Weg gefunden, sich gegen die zunehmende Konkurrenz und den damit wachsenden Druck zu beweisen.

Nachdem alle tatkräftig mit angepackt hatten, um die fünfhundert Kanister fertigzustellen, war die erste Lieferung nach Deutschland ein voller Erfolg gewesen. Das Öl kam in den meisten Läden, die der Großhändler belieferte, sehr gut an. Wie man es von deutschen Geschäftsmännern erwartete, war auch die erste Zahlung pünktlich auf dem Konto eingegangen, sodass die anfallenden Raten bezahlt werden konnten. Zu gerne hätte Miguel das Gesicht von Señor Barreto gesehen, als er den Zahlungseingang feststellte. Jetzt ging es darum, vorzuproduzieren, sodass der Rest des Jahres ebenfalls gesichert war. Zusätzlich zu dem lukrativen Verkauf nach Deutschland hatten sie auch die Preise für die einheimischen Abnehmer erhöht. Das hatten sie sich die Jahre zuvor nie getraut, weil die Angst zu groß gewesen war, treue Kunden zu verlieren. Die Reaktion der Kunden war jedoch überraschend anders gewesen. Sie verhandelten nicht nach, sondern akzeptierten den neuen Preis anstandslos. Im Gegenteil – manche Abnehmer lachten sogar darüber und fragten sich, warum sie das hochwertige Öl nicht schon früher teurer verkauft hatten. So ein Öl gebe es nirgendwo sonst auf der Insel. Manchmal brauchte es wohl die Sicht eines Außenstehenden, um zu realisieren, was man eigentlich hatte. Das war in diesem Fall Ellas Sicht gewesen.

Ella hatte eine ganz besondere Anziehungskraft auf Miguel ausgeübt. Eine junge Frau, die mit so vielen eigenen Problemen kämpfte und sich doch noch die Zeit genommen hatte, sich um die Anliegen anderer zu kümmern. Ihm wurde ganz warm ums Herz, als er an Ellas hübsches Gesicht dachte, das er so gerne mit seinen Lippen berührt hatte. Das süße Lachen, bei dem sich Fältchen um ihre Augen bildeten. Er war niemand, der schnell aufgab, nicht mit dem Hof und auch nicht mit Ella. Er kramte sein Handy aus der Tasche und wählte erneut ihre Nummer. Irritiert kratzte er sich am Bart. Es ertönte der Freiton.

* * *

Ella war gerade im Hotel angekommen, legte ihre Reisetasche auf das Bett und sah sich zum hundertsten Mal die Postkarte an, die sie vor sechs Stunden in Margrets Nachttisch gefunden hatte. Sie war so aufgeregt, dass sie am liebsten direkt vom Flughafen zu dem Grundstück gefahren wäre, das allem Anschein nach nun ihres war. Allerdings war es schon stockdunkel, also würde sie es auf morgen verschieben und sofort bei Tagesanbruch losfahren.

Nachdem Ella die Karte gefunden hatte, hatte es keine zehn Minuten gedauert und sie hatte ein paar Sachen in die Tasche geworfen und war Hals über Kopf zum Flughafen geeilt.

»B & P« stand am Ende der Karte. Wenn das »P« nicht für »Paul« stand, dann wollte sie einen Besen samt Stiel fressen. Ihr Vater war also hier auf Mallorca gewesen und hatte irgendetwas umgebaut, mit »B«. Der Handschrift nach *musste* »B« eine Frau sein. Und diese Frau hatte Oma Margret gekannt.

So gut gekannt, dass sie sogar Weihnachten zusammen verbracht hatten. Außerdem konnte man vermuten, dass »B« und ihr Vater Paul ein Paar gewesen waren. Oder ging es um eine Freundschaft? Oder waren sie nur Arbeitskollegen gewesen?

Ihr Vater war als Architekt viel unterwegs gewesen, das wusste Ella. Bei all den Dingen, die sie jetzt nach Margrets Tod erfahren hatte, war da nicht alles möglich? War es nicht möglich, dass ihr ganzes Leben eine Aneinanderreihung von Lügen war? War es nicht möglich, dass … Nein, das konnte nicht sein. Oder doch? War es nicht möglich, dass »B« ihre Mutter war? Bei dem Gedanken verlor Ella die Kontrolle über ihren Körper. Sie zitterte und wusste nicht, ob es die Aufregung, die Angst oder möglicherweise so etwas wie Freude war? Nach all dem, was bisher passiert war, war es nicht auch möglich, dass »B« noch lebte und vielleicht hier auf der Insel war?

* * *

Ella hatte noch vom Flughafen aus lange mit Mimi telefoniert, die sich vor Aufregung überhaupt nicht mehr eingekriegt hatte!

»Das ist ja wie im Film!«, schrie sie.

»So viele Geheimnisse und Rätsel, die am Ende zu einem Schatz führen! Und der Schatz ist vielleicht deine Mutter! Wie abgefahren!«

Ella konnte an so etwas noch gar nicht denken. Eine so große Lüge traute sie ihrer Oma wirklich nicht zu, da hatte sie lange drüber nachgedacht. Aber auch so wäre es nicht weniger spannend gewesen, denn selbst wenn »B« nur eine Kollegin oder Geliebte ihres Vaters gewesen war, hätte Ella zumindest die Chance gehabt, mehr über ihren Vater und eventuell sogar ihre Herkunft zu erfahren. Als sie die letzten Wochen gemeinsam noch einmal Revue passieren ließen, stellte Mimi fest, dass dieser Pablo doch theoretisch etwas über Ellas Großmutter hätte herausfinden müssen. Das Grundstück lief ja auf ihren Namen und offenbar war sie ja auch mindestens einmal auf der Insel gewesen. Mimi hatte recht. Ella nahm sich also vor, erneut mit Pablo zu sprechen. Außerdem hatte sie Mimi versprechen müssen, sich umgehend zu melden, sobald es etwas Neues zu berichten gäbe, bevor sie ins Flugzeug gestiegen war.

Ella stand auf und brachte ihren Kulturbeutel in das Bad ihres Hotelzimmers. Anschließend setzte sie sich aufs Bett und schaltete zum ersten Mal seit ihrer letzten Abreise das spanische Prepaid-Handy an. Es hörte fast nicht mehr auf zu piepen. Das Display zeigte dreiundzwanzig neue Nachrichten. Dreizehn SMS von Rosa, über die sie sich riesig freute und deretwegen sie gleichzeitig ein schlechtes Gewissen hatte, da sie sich kein einziges Mal zurückgemeldet hatte. Und zehn verpasste Anrufe von Miguel machten Ellas Gefühlschaos komplett.

Miguel …, dachte sie schmerzhaft.

Sie schaute sich die Datumsanzeige an. Er hatte fast jeden Tag einmal angerufen. Ob er sich wohl entschuldigen wollte? Oder verabschieden? Oder beides? Sofort fühlte sie, dass sie ihn vermisste, obwohl er es gar nicht verdient hatte. Er war selber schuld und sollte doch mit seiner *Chica* bis ans Lebensende glücklich sein. Sie wollte gerade das Handy in die Tasche stecken, als es klingelte. »Miguel«, zeigte das Display. Ellas Herz begann, heftig zu schlagen. Nervös legte sie das Handy weg, nahm es wieder in die Hand und legte es schließlich wieder weg. Erst als es aufhörte, zu klingeln, drehte sie sich um, schaltete das Licht aus und fand keine einzige Stunde Schlaf.

13

Am nächsten Morgen fühlte sich Ella gerädert. Sie hatte die ganze Nacht wach gelegen, nachgedacht und war nur zu dem Ergebnis gekommen, dass sie sich bei Miguel erst einmal nicht melden wollte. Ihr gähnendes Spiegelbild sah müde und kaputt aus. Sie hatte das Gefühl, in den letzten Wochen um Jahre gealtert zu sein. Die Uhr zeigte auf die Sechs und draußen war es noch dunkel. Sie schlüpfte wieder in ihre Lieblingsjeans, steckte noch eine Flasche Wasser in ihren kleinen Lederrucksack und verließ das Hotelzimmer.

Ella hatte keine Lust mehr gehabt, ein Hotel in der Nähe des Grundstücks zu suchen, deswegen war sie einfach nach Palma gefahren. Dort war es auch spät abends kein Problem, ein freies Zimmer zu finden. Obwohl Ella Hunger hatte, steuerte sie direkt auf den Parkplatz zu. Das Frühstücksbuffet war höchstwahrscheinlich sowieso noch nicht geöffnet. Nachdem sie bei ihrem kleinen Fiat 500 angekommen war, den sie am Flughafen angemietet hatte, warf sie zunächst einen Blick in die zerfledderte Landkarte, die sie im Handschuhfach fand. Laut einer Wegbeschreibung, die ihr der Notar überreicht hatte, lag das Grundstück im Südosten der Insel. Sie würde problemlos bis nach Campos finden und von da aus weitersehen. Der Himmel wurde bereits ein wenig heller und sie wollte bei Sonnenaufgang dort sein. Auch wenn es sich durch die Müdigkeit bis gerade eben noch angefühlt hatte, als wäre es ein ganz normaler Urlaubstag, an dem man einen Ausflug unternahm, stieg jetzt ihre Aufregung mit jeder Sekunde. Was hatte es mit dem Grundstück auf sich und würde sie neue Hinweise entdecken, die das Rätsel um diese Insel lüfteten?

Ella merkte, dass sie schneller fuhr als erlaubt. Sie konnte sich nicht an der wunderschönen Landschaft um sich herum erfreuen und auch nicht an der nach Abenteuer duftenden Luft, die durch das halbgeöffnete Fenster strömte. Sie wollte jetzt endlich das Grundstück sehen.

Nach einer vierzigminütigen Fahrt kam sie in Campos an, von wo aus sie die Ma-6040 Richtung Süden nahm. Nach weiteren zwanzig Minuten warf sie einen erneuten Blick in die Karte und die Wegbeschreibung. Hier musste sie irgendwo abbiegen, doch die meisten Schilder hatten nur Bezeichnungen von irgendwelchen Pensionen. Wonach sollte sie suchen? Sie entschied sich, an dem kleinen Weg mit dem einzigen unleserlichen Schild abzubiegen. Das Schild war komplett verrostet und zeigte nach unten, da es nur noch an einer losen Schraube hing. Der Weg wirkte etwas verwildert, aber gerade noch befahrbar. Die Sonne war mittlerweile als leuchtend roter Feuerball am Horizont aufgegangen und tauchte die wunderschöne Landschaft in ein warmes Orange. Nach ein paar Minuten führte der Weg Ella an ein großes, rostiges Tor, hinter dem ein paar mehr oder weniger zerfallene Gebäude lagen. Links daneben befanden sich lang gezogene, verwachsene Flächen, die wie ein Moor aussahen, also einen Übergang zwischen Land und Wasser zu bilden schienen. Laut Notar lag das Grundstück aber irgendwo direkt am Meer, also fuhr Ella nach links, an dem kaputten Zaun entlang und folgte dem holprigen Pfad einige Minuten. Die Luft wurde zunehmend salziger. Man konnte das Meer jetzt fast spüren. Der Pfad endete vor einem wild bewachsenen Hügel, wobei der kaputte Zaun rechts entlang des Hügels weiterzugehen schien.

Ella stieg aus dem Auto und nahm sofort das laute Meeresrauschen wahr, so nah, dass das Meer direkt hinter dem Hügel liegen musste. Sie sah sich um. Hier war weit und breit nichts außer Morast, mit Sträuchern zugewucherte Flächen und … Sand. Ja, als Ella auf den Boden schaute, auf dem sie stand, konnte sie schon ganz feinen Sand zwischen den Pflanzen ausmachen.

Das muss doch hier irgendwo sein, dachte sie und kletterte die Düne hinauf, um sich einen besseren Überblick verschaffen zu können.

Als sie oben angekommen war, traute sie ihren Augen nicht. Vor sich sah sie einen wunderschönen, kilometerlangen Sandstrand, der sich nach links und rechts erstreckte. Das Meer lag jetzt nur noch dreißig Meter entfernt vor ihr und wirkte fast karibisch. Zu ihrer Linken wanderte die Sonne mühsam den Horizont hinauf und ließ die seichten Wellen dabei glitzern. Das ferne Krächzen von Möwen mischte sich unter das beruhigende Rauschen des Wassers. Sie schloss die Augen, lauschte den Möwen und atmete ein paar Mal tief durch.

»Ich schaffe das«, sagte sie zu sich selbst. »Ich finde dieses Grundstück und auch heraus, was es damit auf sich hat.«

Trotzdem konnte sie sich noch nicht ganz erklären, wo das Grundstück nun genau lag. Hinter diesem langen Zaun war nur morastiges Gelände und da vorne … Moment. Der Zaun war durchgängig. Das hieß, dass es ein zusammenhängendes Grundstück bis zum Meer sein musste. Ella stapfte die Düne wieder hinunter und stieg hastig in den Wagen. Sie drehte und fuhr zurück zu dem verrosteten Eisentor. Falls das wirklich *ihr* Grundstück sein sollte, konnte sie verstehen, warum Margret nichts damit angestellt hatte. Es lag zwar direkt am Meer, sah aber nach einem mückenverseuchten, modrigen Stück Land aus, womit man sicher nicht mehr anfangen konnte, als Insekten zu züchten. Ellas Aufregung hielt sich nun in Grenzen und ihre Laune war auch nicht gerade auf dem Höchststand. Sie hatte zwar keine Vorstellung davon gehabt, was sie hier erwarten würde, aber in diesem verlassenen Sumpfland würde sie sicher keine weiteren Hinweise auf »B« finden.

Ella nahm einen großen Schluck aus der Wasserflasche, in der Hoffnung, er werde ihr Hungergefühl etwas in Schach halten. Sie verstaute den Rucksack wieder auf dem Sitz und rüttelte nun an dem ungefähr drei Meter hohen Tor. Obwohl sie kein Schloss oder ähnliches entdeckte, bewegte sich nichts. Bei genauerer Betrachtung fand sie eine zugewachsene Führungsschiene im Boden.

Ah, ein Rolltor, dachte sie und versuchte, das Tor mit aller Kraft aufzuschieben.

Nach drei vergeblichen Versuchen gab es beim vierten Anlauf einen kurzen Ruck. Es hatte sich gelöst und einen Spaltbreit geöffnet, sodass sie gerade so hindurchschlüpfen konnte. Der Weg zu den maroden Gebäuden sowie eine größere Fläche links und rechts davon waren nicht matschig, sondern wahrscheinlich betoniert worden. Unsicher bewegte sich Ella auf die Häuser zu. Vielleicht war sie hier auf fremden Grund eingedrungen und würde gleich schimpfend verjagt werden. Sie hatte auch davon gehört, dass manchmal Gewehrschüsse durch die Felder hallten, wenn Jagdsaison herrschte. Aber sie musste da jetzt rein.

Die Matschfelder erstreckten sich über eine so große Fläche, dass man das Meer von dem Weg aus nicht sehen konnte. Noch mehr wunderte sich Ella daher, warum ausgerechnet an dieser Stelle jemand Gebäude errichtet hatte. Jetzt erkannte sie, dass es sich um drei funktionale Sandsteingebäude handelte, von denen zwei etwa die Größe eines geräumigen Klassenzimmers hatten und das Dritte noch etwas größer war. Ella beschloss, mit dem hintersten Gebäude anzufangen. Hier waren bereits von außen deutliche Spuren der Verwüstung erkennbar. Die Scheiben der alten Holzfenster waren eingeschlagen worden und die marode Holztür stand offen.

Vorsichtig betrat Ella das Haus, das nur aus einem Raum bestand. Sie schreckte kurz auf, als sie eine alte Matratze in der hinteren Ecke liegen sah.

»¿Hola?«, fragte sie unsicher ins Leere hinein.

War hier noch jemand? Auf jeden Fall hatte hier mal irgendjemand gehaust.

»Reiß dich zusammen, Ella!«, ermahnte sie sich.

Die düsteren Wände waren mit schlechtem Graffiti vollgesprüht und der Boden mit zerbrochenen Bierflaschen übersät.

»Ahh!«, entkam ihr ein kurzer Schrei, als sich etwas bewegte und flatternd durch das Fenster floh.

Nur eine blöde Taube …

Hier war nichts, was ihr weiterhelfen konnte, also ging sie auf das mittlere der Häuser zu, das die Größe des ersten Gebäudes hatte. Der äußere Zustand glich dem des vorherigen Hauses, also war hier auch nicht viel zu erwarten. Vorsichtig setzte sie einen Fuß durch die Tür.

»Okay?«, stellte sie erstaunt fest.

Hier gab es kein einziges Graffiti, denn die Wände standen mit verrosteten Werkzeugen voll, von denen die meisten wie Rechen aussahen. Die salzige Luft hatte ihnen wohl über Jahre stark zugesetzt. Obwohl sie selbst erst wenige erkundet hatte, liebte Ella eigentlich solche verlassenen Orte. Sie konnten Geschichten aus vergangener Zeit erzählen und sahen irgendwie skurril aus. Trotzdem erkannte Ella weder, wozu diese Werkzeuge dienten, noch was das alles mit ihrer Oma zu tun haben sollte. Sie war enttäuscht und sauer, dass sie so Hals über Kopf hierhergekommen war. Vielleicht hätte sie doch noch etwas länger in Margrets Sachen suchen sollen? Das wäre wohl erfolgversprechender gewesen, als hier im Dreck zu wühlen. Genervt betrat Ella das letzte, größere Gebäude. Es hatte nicht nur mehr Grundfläche, sondern überragte die anderen auch etwas. Durch die hohen Fenster war der große Raum wesentlich heller als die anderen beiden, jedoch ähnlich dreckig. Auch hier lagen kaputte Bierflaschen auf dem Boden verstreut. Bis auf ein altes, verrostetes Regal hinten in der Ecke war der Raum leer.

Zeitverschwendung, dachte Ella, bewegte sich aber trotzdem auf das Regal zu, weil sie einen umgekippten Behälter darauf liegen sah.

»Toll, eine verrostete Dose. Rätsel gelöst«, sagte sie gelangweilt und wollte sich gerade wieder umdrehen.

Doch halt, was war das? Das kam ihr irgendwie bekannt vor! Eben noch gelangweilt, verknotete sich jetzt ihr Magen und ihre Schultern verkrampften. Herzklopfen. Sie griff nach der kleinen Metalldose, neben der ein passender, leicht gewölbter Deckel lag. Unter dem Rost war irgendetwas. Aufgeregt rannte sie mit der Dose in den Werkzeugschuppen. Hier hatte sie irgendwo so etwas wie eine Bürste gesehen! Da! Sie nahm die Bürste und versuchte krampfhaft, etwas von der Rostschicht zu entfernen. Ihre Kinnlade klappte nach unten, als sie das Ergebnis sah. Zitternd hielt sie ihre linke Hand neben die Dose.

»Das kann doch nicht …« Sie kniff die Augen einmal fest zu, um sie dann wieder zu öffnen.

»Tatsächlich«, flüsterte sie fassungslos.

Der Aufdruck der Dose zeigte das gleiche Symbol wie die Gravur auf ihrem Ring.

* * *

Eine ganze Weile stand sie reglos da, während ihre Gedanken Achterbahn fuhren. Was hatte dieses Symbol zu bedeuten? Was um alle Welt hatte es auf einer alten Dose hier mitten im

Nirgendwo verloren? Warum hatte Margret ihr diesen Ring geschenkt und wo hatte sie ihn her gehabt? Gehörte er vor ihr jemand anderem? Hatte es etwas mit dem Tod ihres Vaters zu tun? Und was war in der Dose gewesen? Gab es davon noch weitere?

Ella stellte erneut jedes der drei Häuser auf den Kopf. Suchte jeden Winkel ab, hob sogar die ranzige Matratze hoch – nichts. Außer der Dose mit passendem Deckel konnte sie nichts von Bedeutung finden. Noch einmal sah sie sich das Behältnis ganz genau an, roch daran, drehte und wendete es. Kein Hinweis. Jedenfalls war sie sich nun ziemlich sicher, dass dieses Grundstück tatsächlich das Land ihrer Oma sein musste, *ihr Land* wie ihr auf einmal bewusst wurde. Sie stand am Rand der betonierten Fläche und blickte den sumpfigen Feldern entlang Richtung Meer.

»Was hast du hier gemacht, Oma?«

14

Als die Sonne hoch vom Himmel schien, verließ Ella das Grundstück mit einer großen inneren Unruhe. Wie konnte sie mehr über dieses Symbol herausfinden? Wenn es irgendeinen Zusammenhang mit dem Grundstück gab, mussten es doch Leute aus der Umgebung erkennen. Sie fuhr also einige der umliegenden Häuser und Pensionen ab, hatte aber keinen Erfolg. Viele Häuser standen leer und die Menschen, die sie antraf, plapperten zwar auf Spanisch los, machten jedoch nicht den Eindruck, als käme ihnen das Symbol bekannt vor. Also trat Ella den Rückweg nach Palma an.

Unterwegs hielt sie kurz an einem Laden, um sich ein kleines Frühstück zu besorgen. Am Auto lehnend aß sie ihr Croissant und dachte nach.

Pablo!, schoss es ihr durch den Kopf!

Sie wollte ihn sowieso anrufen, um zu fragen, warum er keine Unterlagen über ihre Oma hatte finden können. Vielleicht konnte er ihr mit dem Symbol weiterhelfen! Hastig wühlte sie in ihrem Rucksack nach dem Handy und suchte in der Anrufliste nach seiner Nummer.

»Verdammt!«

Er hatte sie ja auf ihrem alten Telefon angerufen, das ihr gestohlen worden war, nicht auf ihrem neuen! Aber sie hatte eine Idee. Eine Stunde später stand Ella vor dem Internetcafé in Palma, das ihr schon einmal weitergeholfen hatte. In den Mails hatte sie die Januarabrechnung ihres Mobilfunkanbieters samt Rufnummernliste gefunden. Jetzt wählte sie hastig Pablos Nummer. Freiton.

»*Hola, soy Pablo.*«

»Hallo, Pablo, hier ist Ella, Ella Wagner. Ich war …«

»*Hola, Señora* Ella, wie geht's?«, unterbrach er sie.

»Danke, ganz gut«, antwortete sie.

»Sind Sie wieder gut in Deutschland angekommen?«, wollte er sich vergewissern.

»Ja, also, äh nein. Also ich bin schon wieder auf Mallorca«, stammelte sie.

Sie hatte jetzt definitiv keine Lust, ihre ganze Geschichte zu erzählen, also kam sie gleich zur Sache.

»Können wir uns treffen?«, fragte sie geradeheraus.

»Wieder auf Mallorca«, wiederholte er irgendwie nachdenklich. »Ja, okay. Wo?«

»Also, ich bin hier gerade am Brunnen unterhalb der Kathedrale in Palma.«

»*Bien.* Ich bin in zwanzig Minuten da«, entgegnete er hastig und legte auf, bevor Ella sich wenigstens bedanken konnte.

Das war ja ein komisches Gespräch, dachte sie anschließend. Aber Pablo war ja schon bei ihrem ersten Treffen sehr zuvorkommend gewesen. Vielleicht wollte er einfach schnellstmöglich helfen. Ella setzte sich an einen sonnigen Platz nahe dem Becken, aus dem eine riesige Wasserfontäne entsprang. Eine Viertelstunde später erkannte sie den schlecht sitzenden grauen Anzug von Pablo. Er schlenderte auf sie zu.

»*¡Señora Ella!*«, rief er und gab ihr diesmal nicht die Hand, sondern küsste sie wie eine alte Bekannte auf beide Wangen.

Sie setzten sich in ein nahe gelegenes Café und Ella erklärte ihm kurz und bündig, dass sie wieder hier sei, weil sie ein

Grundstück von ihrer Oma geerbt habe. An Pablos Reaktion war nicht viel zu erkennen, dennoch schien er weniger überrascht, als Ella erwartet hatte.

»Und nun Sie wollen das Grundstück verkaufen?«, fragte er neugierig.

»Ähm, das weiß ich noch nicht. Aber ich wollte … ich wollte nur fragen, warum Sie denn nichts über den Namen meiner Oma finden konnten. Also, äh, sie musste ja irgendwie im Grundbuch oder so stehen. Ach ja, und sie war auf jeden Fall 1987 hier auf der Insel. Ich habe eine alte Postkarte gefunden.«

»Wissen Sie, Ella, hier sind so viele Unterlagen und ich habe getan, was möglich, aber nichts gefunden.«

Sie kam sich sofort blöd vor. Pablo wollte nur helfen, und was sie da eben gefragt hatte, klang sicher wie ein Vorwurf. »Nein, nein, das ist okay. Ich bin ja auch wirklich sehr dankbar«, ruderte sie zurück. »Ich wollte nur noch fragen, also, wie kann ich herausfinden, wer der Vorbesitzer des Grundstücks war?«

Pablos Augen zogen sich etwas enger zusammen. »Hmm«, überlegte er. »Das ist sehr kompliziert. Aber ich werde versuchen, herauszufinden.«

»Das ist toll, danke«, antwortete Ella leicht irritiert.

Vielleicht waren seine Kontakte doch nicht so gut, wie er sagte. »Ach, ich habe noch etwas gefunden.«

Ella griff in den Rucksack und holte die Dose heraus.

Pablos Augen weiteten sich. »Eine Dose?«, fragte er mit einem vibrierenden Unterton.

Ella hielt die Dose neben ihren Ring. »Nicht nur eine Dose«, sagte sie. »Sie trägt das gleiche Symbol wie mein Ring«, ergänzte sie aufgeregt und streckte ihm ihre Hand mit dem Ring am Finger entgegen.

Pablo schien plötzlich desinteressiert und zuckte mit den Schultern. »Und was ist das für ein Symbol?«

»Kommt es Ihnen nicht bekannt vor? Ich hatte gehofft, dass Sie mir vielleicht sagen können, was das ist.«

Er schüttelte den Kopf.

Ella war enttäuscht. Wieder eine Sackgasse. Pablo war ihr also auch keine Hilfe. Er beteuerte, nichts darüber zu wissen, fragte aber nach, wann und wo Ella sie gefunden hatte. Wenig später brach er auf und versprach, sich wieder bei ihr zu melden, wenn er die Sache mit dem Grundbuch in Erfahrung gebracht hätte.

Auf dem Weg zum Auto zog Pablo sein Handy aus der Innentasche seines Sakkos und wählte eine Nummer.

»¿Sí?«, fragte die Stimme am anderen Ende.

»Hier ist Pablo. Ich habe sie getroffen«, begann er unterwürfig. »Sie erbt nun das Grundstück und schnüffelt herum.«

Abwartende Stille am anderen Ende der Leitung.

»Noch etwas. Sie hat eine Dose auf dem Grundstück gefunden.«

»Verdammt Pablo!«, rief die Stimme nun wütend. »Kannst du dich nicht einmal vernünftig um etwas kümmern! Du solltest dort aufräumen, verdammt!«

Ärger kochte in Pablo hoch. Immer war er derjenige, der sich kümmern sollte, und wenn etwas schiefging, ließ man ihn damit allein. Als er von einem Kontakt am Flughafen gehört hatte, dass Ella zurück war, war er sofort zum Grundstück gefahren und hatte sich umgesehen. Aber es war schon dunkel gewesen und er hatte nicht bemerkt, dass diese blöde verrostete Dose einen verborgenen Aufdruck hatte! Na ja, egal, Ella würde so oder so noch weitere Probleme machen, das wusste er.

»Soll ich mich um irgendetwas kümmern?«

»Nein, du hast schon genug angerichtet«, fauchte die Stimme ihn an.

»Sí, Señor Barreto«, antwortete Pablo.

15

Kurz nachdem Pablo verschwunden war, ging Ella zu ihrem Hotel. Die letzte Nacht machte sich jetzt mit Nachdruck bemerkbar. Ihre Augen waren schwer und schläfrig. Die Gedanken in ihrem Kopf vermischten sich zu einem großen Buchstabensalat.

Sie legte sich aufs Bett und wachte erst am frühen Morgen wieder auf. Es war schon Sonntag. Heute sollte sie wieder abreisen, da sie morgen arbeiten musste. Zwar war sie bereits einen Schritt weitergekommen – hatte das Grundstück gefunden und die geheimnisvolle Dose, die das Symbol ihres Rings trug –, aber viel schlauer war sie trotzdem nicht. Warum hatte Oma ihr den Ring geschenkt und was hatte der Ring mit dieser Dose zu tun? Sie saß auf dem Bett und grübelte. Wenn Pablo den Grundbucheintrag ihrer Oma nicht gefunden hatte, gab es vielleicht auch noch Informationen über ihren Vater, die er ebenfalls nicht gefunden hatte?

Ella tippte eine lange SMS an Mimi und hängte ein Foto der Dose an. Sofort piepte das Handy.

»Wie abgefahren ist das denn bitte?«, stand in der Nachricht.

Es piepte erneut.

»Triff dich mit Rosa!!«, las Ella jetzt.

»Rosa«, murmelte sie vor sich hin.

Vielleicht hatte Mimi recht. Ella hatte zwar keine Ahnung, wie Rosa genau weiterhelfen sollte, aber sie würde sich sicher riesig freuen, sie zu sehen. Ella dachte an die kurze, aber intensive Zeit, die sie miteinander verbracht hatten. Ja, sie wollte Rosa auch sehen! Nur durfte Miguel nicht wissen, dass Ella hier auf der Insel war. Sie tippte eine Nachricht an Rosa, die mit »Nicht Miguel sagen, dass ich da bin!!!« anfing.

Rosa war ganz aus dem Häuschen und schrieb sofort zurück. Ella wollte ihr das Grundstück zeigen und beschloss, sich gleich dort mit Rosa zu treffen. In einer Stunde würden sie sich also wiedersehen und Ella würde erfahren, wie es Miguel in den letzten Wochen ergangen war. Nervös drehte Ella an ihrem Ring. Was er wohl zu bedeuten hatte?

* * *

Ella stand an der Abzweigung nahe dem Grundstück. Sie wartete auf Rosa, die schon zehn Minuten zu spät war. Ausgiebig hatte sie sich bereits mit dem verrosteten Schild beschäftigt, konnte aber nur den Anfangsbuchstaben »S« entziffern.

Ella erschrak, als plötzlich ein Wagen laut hupte, neben ihr anhielt und jemand aus dem Fenster schrie.

»Ella, Ella!«, begrüßte Rosa sie lauthals, kletterte aus dem Pick-up und sprang ihr in die Arme. »So schön, dich zu sehen!« Rosa klammerte sich an ihr fest, als wollte sie Ella nie wieder loslassen.

»Es ist auch schön, dich zu sehen!«, erwiderte Ella und schnappte nach Luft. »Wie geht's dir? Wie läuft's auf dem Hof?«, fragte sie vorsichtig.

»Geht ganz okay. Rest später erzählen. Jetzt geht um dich. Wie geht dir und was wir machen hier?« Rosa schaute sich erwartungsvoll die Gegend an.

Ohne Umschweife erzählte Ella ihr von dem geerbten Grundstück und dass sie versuchte, herauszufinden, was das alles bedeutete. Sie wollte Rosa nicht überfahren, doch da die Zeit auf der Insel zu Ende ging, musste sie diese nutzen.

»Ohh«, staunte Rosa. »Dann du ziehen hierher!«, sagte sie hocherfreut.

»Ich glaube eher nicht«, antwortete Ella zaghaft, als ihr Telefon klingelte.

Eine unbekannte Nummer.

»Hallo?«, fragte sie in den Hörer.

»Hallo, ist dort Frau Ella Wagner?«, fragte die Stimme.

»Ja, genau.«

»Prima! Mein Name ist Daniel Hartmann. Ich bin Makler hier auf Mallorca und ich hörte, dass Sie ein Grundstück zu verkaufen haben. Ich habe einen Interessenten. Da das Land zwar groß, aber zu weiten Teilen nicht bebaubar ist, liegt das Angebot bei achthunderttausend Euro.«

Ella versuchte, den Kloß in ihrem Hals hinunterzuschlucken. Ein Makler? Ein Kaufangebot? Sogar Ella wusste erst seit drei Tagen, dass es dieses Grundstück überhaupt gab. Wie hatte dieser Makler davon erfahren, und wer sagte, dass das Stück Land zum Verkauf stand? Und woher hatte er außerdem ihre Nummer? Sie starrte Rosa an, als hätte sie einen Außerirdischen vor sich.

»Hallo? Sind Sie noch da?«, fragte der Makler.

Ella war zu überrumpelt, um all diese Fragen zu stellen. »Äh, ich weiß noch gar nicht, was ich mit dem Grundstück machen will«, stotterte sie stattdessen.

»Ah, verstehe. Also das Angebot meines Klienten gilt bis morgen Abend achtzehn Uhr. Überlegen Sie es sich gut. Der Preis ist mehr als fair. Guten Tag, Frau Wagner.«

Er hatte aufgelegt. Was war das denn bitte gewesen? Da meldete sich aus dem Nichts ein Makler und bot Ella achthunderttausend Euro!

Auch Rosa konnte nicht ganz folgen, als Ella ihr von dem Inhalt des Telefonats erzählte. Sie war lediglich begeistert von der Tatsache, dass Ella von heute auf morgen so viel Geld verdienen konnte.

Sollte Ella das Angebot einfach annehmen? Sie wusste sowieso nicht, was sie mit dem Grundstück sollte.

Jetzt drängte Rosa darauf, es endlich zu sehen. Sie ließen die Autos stehen und gingen zu Fuß den Weg entlang. Ella hoffte, dabei noch etwas über Miguel zu erfahren, aber Rosa erzählte nur, dass es dem Hof finanziell jetzt bereits besser ginge und alle so dankbar für Ellas Hilfe waren. Sie berichtete von den Preiserhöhungen, und dass sie die Raten nun rechtzeitig hatten zahlen können.

Ella freute sich riesig darüber, konnte aber nach dem Telefonat mit dem Makler nur mit einem Ohr zuhören. Zu viele Gedanken kreisten in ihrem Kopf.

Als sie an dem Rolltor angekommen und durch es hindurchgeschlüpft waren, blieb Rosa fassungslos stehen und schaute sich um.

»Also hier links sind matschige Felder und hier rechts ein paar verfallene Gebäude«, sagte Ella.

Rosa stemmte die Hände in die Hüften. Ihre Augen glitzerten und ihre vollen Lippen bildeten ein Lächeln, das sich schnell zu einem lauten Lachen entwickelte. »Haha, matschige Felder!«, begann Rosa. »Matschige Felder«, wiederholte sie. »Weißt du, was ist, Señora Ella?«

Ella schaute sie verdutzt an. Was war an dieser Insektenfarm so lustig? Noch einmal betrachtete sie konzentriert die Felder, konnte jedoch nichts Besonderes erkennen.

Rosa breitete ihre Arme weit aus. »Das, Señora Ella, ist eine Saline! Deine Saline!«

* * *

Ella fiel es wie Schuppen von den Augen. Sie hatte schon einmal etwas über Salinen gelesen. Bei genauerer Betrachtung erkannte sie tatsächlich die zugewucherten Begrenzungen der Salzfelder, dazwischen kleine Wege und Bewässerungskanäle, die von einem größeren Graben entlang des Zaunes abgingen. Es brauchte eine Menge Vorstellungskraft, aber ja, Rosa musste recht haben.

Ungläubig hielt sich Ella die Hände vor den Mund. »Rosa … ich habe eine Saline!!«, schrie sie und sprang in die Luft.

Rosa umarmte sie fest. Sie hüpften gemeinsam und drehten sich dabei. Ella war sprachlos. Ihre Oma hatte eine Saline gekauft. Was hatte das nun schon wieder zu bedeuten?

Aufgeregt lief Rosa los, um sich die Gebäude anzusehen. »In der Mitte Werkzeugschuppen, hinten weiß ich nicht und große Haus muss Lager gewesen sein«, erklärte sie anschließend.

Ella fiel die Dose wieder ein und zog sie aus dem Rucksack.

»Alte Salzdose?«, vermutete Rosa.

Ella hielt ihren Ring daneben.

»Woow!«, rief Rosa aus.

Die beiden setzten sich auf einen Mauervorsprung nahe dem Tor und Ella erzählte ihr, wie sie zu dem Ring gekommen war und dass sie nicht verstand, was ihre Oma mit der Insel verbunden hatte. Jetzt, da Ella wusste, dass es sich um eine Saline handelte, war es ihr noch schleierhafter, was Margret damit vorgehabt hatte. Außerdem berichtete sie von Pablo, der ihr helfen wollte, herauszufinden, wer der Vorbesitzer des Grundstücks gewesen war. Durch ihn hoffte Ella, zu erfahren, warum ihre Oma es gekauft hatte.

»Ist ganz einfach«, sagte Rosa, als Ella fertig erzählt hatte.

»Was meinst du? Was ist ganz einfach?«, wollte Ella wissen.

»Vorbesitzer ist einfach. Steht in *escritura*«, sagte Rosa trocken.

»In was?«, fragte Ella.

»In … wie heißt … Papier von Notar«, antwortete Rosa.

»Ah, du meinst die Besitzurkunde«, sagte Ella. »Die hat noch der Notar meiner Oma.«

»Wäre Montag, wir könnten gehen zu Grundbuchamt, denn ist öffentlich hier, und dort stellen Antrag mit Name Besitzer und bekommen Information, aber ist Sonntag.«

»Echt so einfach?« Das konnte doch nicht wahr sein. In Deutschland waren solche Auskünfte Notaren oder Behörden vorbehalten und hier schien es ein öffentliches Verzeichnis zu geben, in dem man sich einfach über jeden Grundbesitz erkundigen konnte. Aber Moment, warum hatte Pablo ihr das nicht gesagt? Wusste er es nicht? Oder wollte er ihr doch nicht weiterhelfen? Irgendwas stimmte da nicht. Aber das war erst mal egal.

Rosa legte die Stirn in Falten. Plötzlich strahlte sie Ella an. »Anrufen Notar und soll schicken Foto auf meine Handy. Ich dann übersetze dir.«

Kurz presste Ella die Lippen zusammen und überlegte. Ob sie es bei Doktor Reinhardt versuchen sollte, obwohl Sonntag war? Sie gab sich einen Ruck, mehr als auf dem Anrufbeantworter zu landen, konnte ihr nicht passieren.

Ella konnte ihr Glück kaum fassen, als Doktor Reinhardt tatsächlich nach dem dritten Klingeln abnahm und Ella ihre Bitte hastig vorbringen konnte.

»Mache ich gleich, Frau Wagner, und ich nehme an, Sie sind vor Ort, da ich es an eine spanische Nummer schicken soll? Ich rufe Sie dann noch einmal an.«

Vor lauter Freude sagte Ella nur noch danke und legte auf.

Ella platzte fast vor Anspannung. Was würde sie gleich für einen Namen entdecken? Wäre es vielleicht »B«? Oder wäre es irgendein Mallorquiner, der einfach keine Lust mehr auf den Salzanbau gehabt hatte?

Wenige Minuten später piepte Rosas Handy, sie öffnete Fotos der ersten Seiten der Urkunde und vergrößerte sie auf dem Display, während Ella ebenfalls auf den Bildschirm schaute.

»Ist nicht Kauf von Oma, ist Erbe«, sagte Rosa.

Erbe? »Schnell mach das nächste Foto auf!«

Rosa klickte es an.

Ella hing fast mit der Nase über Rosas Handy. Was zum Teufel? Sie rieb sich die Augen, um sicherzugehen, dass sie nicht träumte. Aus dem spanischen Text stach der zweite Name hervor, der des Vorbesitzers: Paul Wagner.

16

Die Abendsonne lag über Palma und bald würde es dunkel werden. Ella saß auf dem Hotelbett. Sie war nicht in den Flieger gestiegen. Zu aufgewühlt war sie gewesen und konnte unmöglich schon abreisen. Nicht jetzt, wo sich so viele neue Dinge ergaben. Sie hatte Angst, ihren Chef anzurufen, um ihm Bescheid zu geben, daher hatte sie ihm einfach eine Nachricht geschrieben, sie habe etwas Persönliches bezüglich des Nachlasses ihrer Oma zu klären und werde die kommende Woche deswegen leider unterwegs sein. Es tue ihr sehr leid, ihn schon wieder enttäuschen zu müssen, und er solle die Fehlzeit natürlich von ihrem Jahresurlaub abziehen.

»Paul Wagner«, flüsterte sie fassungslos.

Ihrem Vater hatte also dieses Grundstück gehört. Sie griff nach der Postkarte und las den Text erneut durch.

Unsere Arbeit geht gut voran und wir sind hoffentlich bis Ende Mai mit dem Umbau fertig.

Meinte die Verfasserin vielleicht den Umbau der Saline?

»Wer bist du?«, fragte Ella und meinte »B«.

Rosa und Ella hatten zuvor versucht, noch weitere Informationen über das Grundstück und ihren Vater herauszufinden, aber ohne Erfolg. Dann erinnerte sich Ella wieder, wie sie eigentlich zu Miguel und Rosa auf den Hof gekommen war.

»Das Salzmädchen«, hatte diese alte Frau auf dem Markt gerufen.

Woher hatte sie gewusst, dass Ella eine Saline erben würde? War sie eine Hellseherin?

So ein Quatsch!, ermahnte sich Ella bei dem Gedanken.

Oder hatte sie Ella verwechselt? Vielleicht mit »B«? An dieser Stelle kam sie nicht weiter, außer sie würde jede Woche auf dem Markt darauf lauern, ob die alte Frau wieder auftauchte.

Ellas deutsches Telefon klingelte. Pablo! Jetzt war Ella gespannt. Sie wollte sich nicht für dumm verkaufen lassen und sammelte all ihren Mut. »Pablo?«, meldete sie sich.

»Ah ja, hallo, Señora Ella.«

»Haben Sie etwas rausgefunden?«, fragte sie forsch und unhöflich.

»Ahh, nein. Leider schlechte Nachrichten. Das zuständige Amt gibt die nötigen Dokumente nicht frei. Ich fürchte, da kann man nichts machen.«

Ella spürte die Wut in sich hochsteigen. »Sagen Sie mal, wollen sie mich eigentlich verscheißern?«, fragte sie schroff und machte eine Pause.

»Wie ist das gemeint?«, erwiderte Pablo streng.

»Sie erzählen, Sie hätten ach so tolle Kontakte, und kriegen diese Information nicht heraus, obwohl es mit dem Namen meiner Oma für Sie ein Leichtes sein müsste, beim Grundbuchamt eine Anfrage zu stellen?«

»Äh, äh«, stammelte Pablo.

»Was soll der Mist? Was wollen Sie von mir?«, erhob sie ihre Stimme.

»Äh, Señora …« Pablo nahm sich eine kurze Bedenkpause.

»Nix Señora!«, rief sie jetzt in den Hörer und legte auf.

So war sie normalerweise zu niemandem, aber das konnte sie sich nicht bieten lassen. Dieser aufgeblasene alte Mann. Was dachte er sich eigentlich? Ella so an der Nase herumzuführen. Das Telefon klingelte erneut.

»Was?«, meldete sich Ella genervt. Was kapierte dieser Kerl nicht? Er sollte sie gefälligst in Ruhe lassen.

»Ähm, hallo, Frau Wagner?«

Oh Mist. Ella nahm den Hörer vom Ohr und schaute auf die Telefonnummer des Anrufers. Es war der angekündigte Anruf des Notars.

»Ja, ich bin dran«, versuchte sie es nun etwas netter, obwohl die Wut auf Pablo noch immer in ihr tobte.

»Hier ist noch einmal Doktor Reinhardt«, erklärte er irritiert, fast fragend.

»Hallo, Herr Doktor Reinhardt, es tut mir leid. Ich hatte gerade einen schlechten Moment. Aber danke für die Fotos.«

»Kein Problem, ich kann auch später oder morgen früh zurückrufen, wenn das besser passt.«

»Nein, nein, ist schon in Ordnung. Schießen Sie los. Wie kann ich Ihnen helfen?«, fragte Ella.

»Sie haben vorhin so schnell aufgelegt und ich wollte mich erkundigen, ob Sie schon Zeit gefunden haben, das Grundstück zu besichtigen«, gestand er.

Ella wusste nicht, was sie davon halten sollte. Warum musste er das wissen?

»Äh, ja das habe ich. Ich bin gerade auf Mallorca«, erklärte sie.

»Oh prima, dachte ich mir vorhin schon wegen der spanischen Nummer. Dann hatte Ihre werte Großmutter ja recht«, bemerkte er erfreut.

»Wie ist das jetzt gemeint?«

»Sie hat verfügt, dass ich mich drei Tage nach Verlesung des Testaments bei Ihnen melde, und prophezeit, dass Sie sich zu diesem Zeitpunkt bereits auf Mallorca befinden würden.«

Ella war sprachlos. War das ein Scherz?

»Außerdem hat sie verfügt, dass ich Ihnen nun ein Päckchen zukommen lassen soll. Sind Sie noch länger auf der Insel? Wenn ich es morgen früh per Express abschicke, ist es bereits am Dienstag bei Ihnen«, sagte er zufrieden.

Passierte das gerade wirklich? Ein geheimes Päckchen von ihrer verstorbenen Oma? Erst jetzt merkte sie, dass sie sich so fest am Betttuch festkrallte, dass ein kleiner Riss entstanden war. Sie hatte feine Schweißperlen auf der Oberlippe und verlor den Boden unter den Füßen.

»Ich bin noch … die ganze Woche hier«, erwiderte sie wie in Trance.

Nachdem sie Doktor Reinhardt noch den Namen des Hotels genannt hatte, legte sie das Telefon zur Seite, vergrub sich in der Bettdecke und weinte sich in den Schlaf.

* * *

Mimi war außer sich! »Oh mein Gott, Ella!«, rief sie. »Das ist ja der Hammer!«

Ja, das war wirklich der Hammer.

»Dir gehört jetzt eine Saline, die mal deinem Dad gehört hat, und du bekommst auch noch ein Paket von deiner Oma! Wie abgefahren!«

Ella wünschte, sie könnte sich genauso darüber freuen wie Mimi. Aber das war doch alles verrückt. Am besten, sie würde das Grundstück einfach verkaufen und die ganze Sache hinter sich lassen. Sie hatte sich auf Mallorca Antworten erhofft, Antworten auf die ganzen Fragen, die Oma Margret mit ihren letzten Worten aufgeworfen hatte. Antworten auf die Fragen, die auch nach dem ersten chaotischen Besuch hier nicht beantwortet worden waren. Warum hatte ihre Oma so ein Geheimnis aus allem gemacht? Was würde noch auf sie zukommen und was war in dem Paket? Der Gedanke ließ sie nicht mehr los.

Wie lange hatte der Notar dieses Paket bereits und warum hatte Margret veranlasst, es nach ihrem Tod *hierher* schicken zu lassen?

»Ella?«, fragte Mimi forschend. »Ella, hast du eigentlich schon herausgefunden, wieso *Chica* das Symbol auf deinem Ring kannte?«

Verdammt, das hatte sie ganz vergessen. Das Symbol war auf dieser alten Dose, offenbar einer Salzdose – und Ana hatte vielleicht früher einmal eine dieser Dosen in den Händen gehabt. Daher konnte ihr das Symbol bekannt vorgekommen sein. Aber wenn sie dieses Salz gekannt hatte, wusste sie dann vielleicht auch mehr über die Hintergründe?

»Du hast recht Mimi, ich sollte dem nachgehen«, stellte Ella fest.

»Das wird dir sicher nicht leichtfallen, Süße, aber das ist der Strohhalm, nach dem du greifen musst«, sagte Mimi mitfühlend und trotzdem wohl wissend, dass es Ella gar nicht passte, sich mit Miguels Freundin auch nur ansatzweise zu unterhalten.

»Weißt du denn schon, was du mit der Saline machen willst? Du wirst doch das Kaufangebot nicht annehmen, oder?«, drängte Mimi.

»Nein, das weiß ich noch nicht. Aber was soll ich denn damit? Soll ich jetzt Salz herstellen? Ich hab doch gar keine Ahnung davon!«

»Das findest du bestimmt heraus«, erwiderte Mimi neckisch und verabschiedete sich.

Ella wusste, dass es eine Spinnerei war, hatte jedoch großen Spaß daran, sich vorzustellen, wie sie auf Mallorca ein *Imperium* aufbaute. Aber realistischerweise konnte sie wirklich nichts mit diesem Sumpfland anfangen. Heute Abend würde das Kaufangebot ablaufen. Sie musste also etwas unternehmen, um möglichst schnell mehr zu erfahren. Sie hatte Rosa um Anas Adresse gebeten.

»Du wirklich machen wollen?«, hatte Rosa geantwortet, aber Ella *musste* es einfach tun. »Bitte sehr aufpassen! Diese Familie gefährlich!«, schrieb Rosa, bevor sie Ella die Adresse gab.

Gefährlich?, grübelte Ella.

Wie konnte die Familie dieser eingebildeten Ana *gefährlich* sein? Rosa schien Ana jedenfalls auch nicht besonders zu mögen. Ein kleiner Trost.

Ella verließ das Hotel und machte sich auf den Weg.

* * *

Das Haus musste hier irgendwo sein. Nachdem sie die Ma-13 Richtung Inca genommen hatte und später auf dem Weg rechts abgebogen war, stand sie jetzt mitten im Nirgendwo und wälzte die Karte. Weite grüne Täler erstreckten sich hier, die von großen Hügeln und Bergen eingefasst waren. Lange, fein säuberlich aufgestellte Reihen von Weinstöcken waren in dieser Gegend überall zu sehen. Auch einige Schilder an der Autobahn hatten schon mit Symbolen darauf hingewiesen, dass hier eine bekannte Weingegend sein musste. Der Karte und einer älteren Frau zufolge, die nach einem Blick auf die Adresse wortlos in diese Richtung gedeutet hatte, musste es hier irgendwo sein.

Nachdem Ella den Weg in Schrittgeschwindigkeit abgefahren war und links und rechts geschaut hatte, war sie am Ende der Straße angekommen und stand vor einem großen Eisentor mit kleinen Spitzen, hinter dem sich eine Allee aus haushohen Palmen bildete. Der gepflegte Kiesweg führte zu einem imposanten Steinbrunnen, der von einem gepflasterten Rondell umfasst war. Hinter diesem Vorplatz lag ein beeindruckend großes Steinhaus.

Natürlich, dachte Ella mit einem Hauch von Neid, als sie die glasierte braune Keramiktafel mit dem Schriftzug *Casa Barreto* an dem gemauerten Torpfeiler entdeckte.

Hier residierte also Ana. Ella parkte am Straßenrand. Sie hatte sich vorgenommen, Miguel mit keiner Silbe zu erwähnen, sondern sich auf das Wesentliche zu konzentrieren – das Symbol. Das Tor stand offen, also schluckte Ella noch einmal ihren Unmut Ana gegenüber hinunter und ging die Allee entlang auf das Haus zu. Es sah aus wie ein uraltes Herrenhaus im gehobenen mallorquinischen Bauernstil. Drumherum lag eine gepflegte Anlage mit bunten Sträuchern, Palmen und sogar einem eigenen Weinberg. Das Haus zählte vier Stockwerke, von denen das oberste nicht über die komplette Breite reichte, was das Gebäude noch herrschaftlicher erscheinen ließ. Die verhältnismäßig kleinen Fenster waren mit weißer Farbe umrandet, die sich nur leicht von dem hellen Beige der Wandfarbe unterschied. Eine halbkreisförmige Treppe führte zu der schweren, eisenbeschlagenen Eingangstür aus Olivenholz. Davor parkte ein rotes BMW-Cabrio mit offenem Verdeck. Ella musste zugeben, dass sie vor einem absoluten Traumhaus stand. Aber deswegen war sie nicht hier. Als sie auf die Treppe zuging, öffnete sich die Haustür. Heraus schlüpfte eine schlanke Spanierin im roten, kurzen Kleid und einer eleganten Sonnenbrille im Gesicht.

Passend zum Auto, dachte Ella und versuchte, sich bewusst aufzurichten.

Diese Frau sah schon gut aus, das musste man ihr lassen. Kleine Nadelstiche erfüllten Ella bei dem Gedanken.

Ana hatte Ella jetzt auch bemerkt. Sie blieb stehen, die Hüfte zur Seite geneigt. Sie schob ihre Sonnenbrille auf die Nasenspitze, sodass sich ihre hübschen Augen zeigten, rümpfte ihre Nase und musterte Ella von oben bis unten. Ein überlegenes Lächeln umspielte ihren Mund.

»Na, du dich verlaufen?«, fragte sie herausfordernd.

»Nein, ich habe eine Frage«, antwortete Ella möglichst gelassen, um ihre Aufregung zu überspielen. »An dich«, setzte sie fort.

Ana zog eine Augenbraue in die Stirn. »Oh, willst du mehr wissen über mich und Miguel?«, sagte Ana. Ihr Lächeln verstärkte sich.

Ella spürte diesen Schlag in die Magengrube deutlich. »Nein, deswegen bin ich nicht hier.« Ella holte tief Luft. »Du kennst dieses Symbol?«, fragte sie nun, ging ein paar Stufen auf Ana zu und streckte ihre Hand aus, um Ana den Ring zu zeigen.

»Ach, deine kleine Ring. Hast du gefunden in Salzpackung, was?«, sagte sie amüsiert.

Ella zuckte zusammen. Sie kannte also tatsächlich das Salz und vielleicht auch die Saline.

»Weißt du, mein Vater ist die größte Salzhändler auf Mallorca«, begann sie, beiläufig zu erklären. »So kleine Saline wie die da, kein Chance gegen meinen Vater«, schloss sie die Erklärung ab, ging selbstbewusst die Treppe herunter und stieg in den Wagen.

Ella stand wie versteinert und mit offenem Mund da. Erst als Ana den Motor anließ, konnte Ella sich aus der Starre befreien.

»Warte! Was meinst du damit?«, rief sie ihr aufgeregt hinterher.

Aber Ana reagierte nicht darauf, sondern brauste los. Ella schaute ihr nach. Anas Vater war der größte Salzhändler von Mallorca? So eine kleine Saline hatte keine Chance gegen ihren Vater? Hieß das, es gab eine Verbindung zwischen Anas Vater und Ellas Saline?

Ella war gerade noch dabei, das kurze Gespräch zu verdauen, als sie Stimmen durch ein Fenster hörte. Schnell überlegte sie. Es gab zwei Möglichkeiten. Entweder sie würde klopfen und Anas Vater zur Rede stellen oder sich schleunigst aus dem Staub machen. Die Männer sprachen Spanisch, Ella verstand also nicht, um was es ging.

Aber Moment. Diese Stimme kannte sie doch irgendwoher. War das nicht? Doch, war es! Pablo! Was hatte Pablo hier verloren? Ella drückte sich an die Hauswand und versuchte, etwas näher an das Fenster zu kommen. Hatte sie gerade das Wort »Saline« gehört? Sie schob sich noch ein Stückchen weiter ran.

Es krachte.

»Verdammt!«, stieß sie aus.

Ein Blumentopf lag in Scherben. Ella schaute sich hastig um. Was sollte sie jetzt machen?

»Mist!«, rief sie und rannte los.

Die Treppe hinunter, das Rondell entlang und durch die Allee bis zum Tor. Sie drehte sich noch einmal um. Es kam ihr niemand hinterher. Ella stieg hastig in ihren Wagen, fuhr los und bemerkte nicht, dass sich ein Vorhang im zweiten Stock bewegt hatte. Die alte Dame stand am Fenster und umfasste zitternd ihren Gehstock.

»*Vive … la niña de sal está viva*«, flüsterte sie, als würde sie etwas Verbotenes sagen.

17

Als Ella den Ort verlassen hatte, in dem die Villa der Barretos stand, wurde ihr Kopf klarer und sie konnte über das eben Geschehene nachdenken. Ana kannte offensichtlich ihre Saline und dachte, dass sie sowieso keine Chance gegen die Geschäfte ihres Vaters hatte.

Meine Saline, dachte Ella.

Wie komisch das klang. Und Pablo schien irgendetwas mit Herrn Barreto zu tun zu haben. Zumindest war Pablo bei ihm zu Hause gewesen und sie hatten über eine Saline gesprochen. Und Herr Barreto war offenbar Salzhändler und obendrein sehr reich. Je mehr Ella darüber nachdachte, desto stärker war sie davon überzeugt, dass Pablo diesem Makler Bescheid gegeben haben musste. Nur er wusste hier von dem Erbe und hatte auch ihre spanische Nummer. Und das Angebot *musste* deshalb von Herrn Barreto kommen.

Was für eine linke Nummer, ärgerte sie sich.

Sie hatte Pablo vertraut, hatte gedacht, dass er ihr helfen wollte. Und dann so etwas. Sicherlich hatte er sie schon bei ihrem ersten Besuch belogen und irgendetwas verschwiegen. Und Herr Barreto steckte mit ihm unter einer Decke. Er war bestimmt nur an der Saline interessiert, um sein Imperium auszuweiten. Aber weshalb wollte Pablo ihr verheimlichen, dass die Saline ihrem Vater gehört hatte?

»Dieser … dieser …« Ella fehlten die Worte.

Höchstwahrscheinlich war das Angebot von achthunderttausend viel zu niedrig gewesen und Barreto wollte sie übers Ohr hauen.

»Dieser Betrüger!«

Auch als sie alle Informationen noch einmal im Kopf zusammentrug, kam sie zu dem Schluss, dass es so gewesen sein musste, wie sie vermutete. Hatte Rosa sie nicht vor der Familie gewarnt? Was hatte es damit auf sich?

Nachdem sie Palma erreicht und ihr Auto abgestellt hatte, wollte Ella für heute nicht weiter nachdenken. Sie spazierte an einer langen Promenade entlang, von der aus man einen wunderbaren Blick auf die Kathedrale hatte. Ihr Entschluss, diese einmal von innen anzusehen, stand immer noch – heute hatte sie allerdings keine Lust mehr. Sie wollte sich noch ein wenig den Kopf freilaufen. Ihr Handy piepte. Sie dachte daran, dass das in den letzten Wochen immer nur Ärger gemacht hatte, schaute aber trotzdem nach.

»Ella, wir müssen reden. Das geht so nicht«, stand in der Nachricht.

»Nicht das auch noch«, stöhnte sie auf und fühlte sich sofort schlecht.

Es war ihr Chef, dessen Geduld anscheinend doch Grenzen kannte. Für heute hatte sie aber genug Probleme und ging weiter, ohne ihm zu antworten. Das musste bis morgen warten. Ella lief weiter, bis sie einen kleinen Hafen östlich von Palma erreichte.

»Portixol«, las sie auf dem Schild. War das nur ein Hafen oder ein Stadtteil von Palma? Es war jedenfalls wunderschön. Winzig kleine Häuschen waren so aneinandergereiht, dass sie die Bucht umschlossen, ohne aufdringlich zu wirken. Jedes davon war wundervoll restauriert und hatte einen direkten Blick auf das weite Meer. Ellas Magen meldete sich. Sie musste endlich mal wieder etwas Vernünftiges essen, also suchte sie sich ein hübsches Restaurant an der Promenade und bestellte so viele Tapas, dass der kleine Tisch bis zum Rand mit Tellern und Schüsseln vollgestellt war. Auch den Anruf des Maklers beachtete sie nicht. Sollte sich Herr Barreto sein Angebot in die Haare schmieren.

* * *

Immer noch satt von dem gestrigen Abendessen, verzichtete Ella tags darauf lieber auf das Frühstück. Sie hatte endlich mal wieder ausgeschlafen. Die Wanduhr verriet ihr, dass es schon halb zwölf war. Erst jetzt fiel ihr auf, dass sie eigentlich für den Tag gar keine Pläne hatte. Vielleicht würde sie es heute in die Kathedrale schaffen. Andererseits hatte sie bisher weder Mimi noch Rosa von den Neuigkeiten über Pablo und Herrn Barreto erzählt.

Sie machte sich fertig, bestieg den Aufzug und wollte die beiden einfach von unterwegs anrufen. Und das Gespräch mit ihrem Chef würde auch noch anstehen. Er war bestimmt sauer, dass sie nicht einmal um Erlaubnis gefragt hatte, schon wieder wegbleiben zu dürfen. In seiner Situation wäre sie auch enttäuscht und verärgert gewesen. Der Aufzug bimmelte und sie war im Erdgeschoss angekommen. Sie wollte gerade die Lobby durch die kleine Drehtür verlassen, als jemand ihren Namen rief.

»¿Señora Wagner?«

Es war der junge Mann an der Rezeption, der ihr jetzt freundlich zuwinkte.

Ella nickte und steuerte auf den Tresen zu.

»Heute Morgen Paket für Sie angekommen, Señora Wagner.«

Er streckte die Hände aus und hielt ihr ein braunes Päckchen entgegen, das eher wie ein dicker Umschlag aussah. Ella stockte der Atem. Als sie es mit zittrigen Händen entgegennahm, fühlte sie, dass es eine Luftpolstertasche war.

»Geht es Ihnen gut, Señora?«, fragte der junge Mann mit besorgtem Blick auf ihre Hände.

»Hmhm«, machte Ella.

Sie konnte gerade nichts sagen. In ihren Händen hielt sie die letzte Nachricht ihrer verstorbenen Oma. Schweigend und die Augen auf den Umschlag gerichtet, drehte sie sich um und verließ das Hotel. Sie hatte völlig vergessen, dass das Päckchen des Notars heute schon ankommen würde. Was hatte ihre Oma da aus dem Jenseits geschickt? Ella wollte gar nicht darüber nachdenken. Trotzdem gingen ihr tausend Gedanken durch den Kopf. Waren es vielleicht ihre Adoptionspapiere? Würde darin stehen, wer ihre Mutter gewesen war? War es vielleicht ein Foto ihrer Mutter? Hatte es was mit »B« zu tun? Oder war es ein Abschiedsbrief, in dem Oma alles erklärte? Ihre Aufregung stieg von Schritt zu Schritt. Plötzlich merkte sie, dass sie einfach losgelaufen war, ohne Richtung, ohne Ziel. Sie hob den Kopf und sah die riesige Kathedrale vor sich. Jetzt war der Moment der Wahrheit gekommen. Ella nahm auf einer sonnigen Mauer nahe der Kathedrale Platz. Vorsichtig betastete sie den Umschlag. Es mussten Dokumente sein. Lag sie mit ihren Vermutungen richtig? Ihre Finger verkrampften, als sie an dem roten, in den Umschlag eingelassenen Faden zog, der das Kuvert öffnete. Noch einmal holte sie tief Luft und sah dann hinein. Sie entdeckte eine einfache Mappe aus Karton, wie man sie aus Büros kannte. Behutsam nahm sie die Mappe heraus und prüfte, ob sich noch etwas in dem Umschlag befand. Fehlanzeige. Was war so wichtig und geheimnisvoll an dieser

Mappe, dass Margret sie unbedingt drei Tage nach Verlesung ihres Testaments und der Bekanntgabe des Erbgrundstücks schicken ließ? Hätte Ella den Umschlag wohl auch bekommen, wenn sie nicht nach Mallorca gereist wäre? Der Inhalt musste etwas mit der Insel zu tun haben. Obwohl Ella sich über viele Jahre damit abgefunden hatte, wohl nie mehr etwas über ihre Mutter zu erfahren, stand sie nun kurz davor, das spürte sie. Das alles hing irgendwie zusammen.

»Bitte lass etwas Gutes darin sein«, flüsterte sie und klappte das Deckblatt der Mappe um.

»Hä?«

Es war ein Schreiben eines Maklers. Es war ein Schreiben *des* Maklerbüros, welches auch sie angerufen hatte. Aufgeregt flog sie über die Zeilen. Der Brief war an Ellas Vater gerichtet. Ella schaute auf das Datum des Briefes. September 1995, stand oben rechts in der Ecke. Ella war zu diesem Zeitpunkt zwei Jahre alt gewesen. Obwohl sie nicht verstand, was das bedeutete, musste sie kurz schmunzeln, als sie den angegebenen Kaufpreis von dreihunderttausend Mark las. Gestern waren ihr achthunderttausend Euro angeboten worden. Sie war so von dem Dokument abgelenkt, dass sie sogar ihre Enttäuschung vergaß. Kein Abschiedsbrief? Keine letzten Worte ihrer Oma? Keine Erklärung? Ella blätterte die Seite um. Genau das gleiche Schreiben des Maklers.

»Nein, halt«, redete sie mit sich selbst.

Das Datum war ein Jahr später. September 1996 und der Kaufpreis betrug nun dreihundertfünfzigtausend Mark. Sie blätterte weiter. Wieder das gleiche Schreiben, nur von September 1997 und mit vierhunderttausend Mark. Sie blätterte und blätterte. Die Reihe setzte sich fort. 1998 wechselte der Empfänger. Der Brief war nicht mehr an Paul Wagner, sondern an Margret Wagner gerichtet. Margret hatte das Grundstück von ihrem eigenen Sohn geerbt. Ella war nun beim vorletzten Angebot angekommen.

»September 2016. 1,5 Millionen Euro«, las sie mit weit aufgerissenen Augen.

»So viel Geld! Und du hast abgelehnt?«, fragte sie ungläubig. »Du musst sehr an diesem Grundstück gehangen haben«, stellte sie für sich selbst fest.

Ella zögerte beim Umblättern der Seite. Nach dem bisherigen Muster wäre der nächste Brief erst im September 2017 gekommen. Das wäre aber erst in sieben Monaten gewesen. Vielleicht war da doch noch ein Brief ihrer Oma? Ihre Hoffnung wuchs.

»Bitte, bitte, lass es einen Brief sein«, flehte sie.

Als sie die Seite umblätterte, blickte sie in die treuen, strahlenden Augen ihres Vaters. Eine Träne tropfte auf das Papier, auf welches das Foto aufgeklebt war. Sie erkannte dieses graue Shirt und die Brille. Es musste aus der gleichen Zeit stammen wie das Bild auf Margrets Nachttisch. Ihr Vater wirkte sehr glücklich. Er strahlte bis über beide Ohren und hatte die Arme weit ausgestreckt, als wollte er auf etwas deuten. Ella betrachtete das Bild nun genauer, den Ort, an dem es aufgenommen wurde. Moment, die Gebäude kannte sie doch! Aufgeregt senkte sie den Kopf, um die Details noch besser zu erkennen. Schemenhaft entdeckte sie drei Gebäude im Hintergrund, von denen das vorderste etwas größer war als die beiden anderen. Sie strahlten in hellem Beige und sahen ganz neu aus.

»Du hast das also wirklich gebaut!«, stellte Ella gerührt fest.

Ihr Vater stand auf dem Hof der Saline! Sofort schoss Ella der Text auf der Postkarte in den Kopf. Er war also tatsächlich nicht für seinen Job hier gewesen, sondern hatte an seiner eigenen Saline gebaut! Erst jetzt bemerkte Ella die handgeschriebene Zeile am unteren Rand des Blattes.

Ich bin mir sicher, dass du das Richtige tun wirst, meine Ella. In Liebe, deine Oma.

* * *

Ella sah nach oben zur Decke der Kathedrale. Wie viele Menschen hatten wohl gemeinsam an der Erschaffung dieses beeindruckenden Gebäudes gearbeitet? Die vielen geschwungenen Bögen gingen nahtlos in die hohen Säulen über, die das Bauwerk stützten. Die kleinen, bunten Fenster ließen das helle Tageslicht verträumt und magisch wirken. Auf der linken Seite entdeckte sie eine wunderschöne Orgel, deren Klangkörper bis unter die Decke reichte.

Sie ging den glatten Marmorboden zwischen den Sitzreihen entlang und dachte nach. Sie wollte dem Trubel der Straßen entgehen. Hier in der Kathedrale war es trotz der vielen Menschen ruhig und besinnlich. Sie setzte sich auf eine Bank und blickte auf das große, runde Fenster, welches über dem Altar thronte. Ob ihr Vater und Margret wohl auch schon hier gesessen und nachgedacht hatten? Mit dem Bau der Kirche war bereits 1230 angefangen worden und sie hatte sicher viele Geschichten zu erzählen, Geschichten einer sich verändernden Welt, Geschichten vom Leben und Geschichten vom Tod. Nun saß Ella hier und versuchte, ihre eigene Geschichte zu verstehen. Warum war ihr Vater nach Mallorca gekommen und hatte eine Saline gebaut? Und warum hatte ihre Oma ihr nie etwas davon erzählt? Welches Geheimnis steckte dahinter?

Ich bin mir sicher, dass du das Richtige tun wirst, meine Ella. In Liebe, deine Oma, stand auf der letzten Seite der Mappe, die Oma Margret ihr hatte zukommen lassen.

Das Richtige, dachte Ella. Was erwartest du von mir Oma?

Ella hatte an das Angebot des Maklers gedacht. Erwartete ihre Oma also, dass auch Ella das Grundstück nicht verkaufen würde? Was sollte sie denn damit anfangen? Eines stand fest, warum auch immer, sie hatte eine tiefe Zuneigung zu dieser Insel entwickelt. Sosehr die Ereignisse auch schmerzten, die sie hier bisher erfahren musste. Die Insel hatte sie verzaubert. Sie dachte daran, wie leblos und festgefahren sie sich noch vor einigen Wochen gefühlt hatte. Ohne Träume, ohne Ziele, ohne Antrieb. Dann war ihr völlig der Boden unter den Füßen weggezogen worden. Sie wurde einfach in eine Parallelwelt geschubst. Aber sie war an den Aufgaben gewachsen, hatte die Herausforderung angenommen. Sie hatte stark sein müssen, um alleine mit allem fertig zu werden. Sie war außerdem auf Menschen getroffen, die sie herzlich empfangen hatten. Wenn auch unglücklich, sie hatte sich sogar ein bisschen verliebt. Ella war offener geworden und hatte sich getraut, neue Dinge kennenzulernen. Hatte sie das nicht eigentlich immer gewollt? Was würde sie denn zu Hause erwarten? Ein leeres großes Haus? Ein leeres, langes Leben? Ein komisches Gefühl keimte in Ella auf. Wenn ihr Vater hierhergekommen war und sich vielleicht ein neues Leben aufbauen wollte … Konnte sie das nicht auch? Konnte sie alles auf null setzen und neu anfangen? Hatte ihre Oma *das* mit der Botschaft gemeint? Hatte sie das sogar schon auf dem Sterbebett gemeint?

Ella beobachtete das Lichtspiel auf der Wand, das durch die Fenster entstanden war. Dieses ganz besondere Licht, das es nur hier auf der Insel gab. Sie fasste einen Entschluss. Sie würde dem Ganzen eine Chance geben. Sie würde das Erbe ihres Vaters fortführen. Aufgeregt verließ sie die Kathedrale. Es warteten große Aufgaben auf sie.

18

Mimi war wahrscheinlich zum ersten Mal in ihrem Leben sprachlos, als Ella ihr die Neuigkeiten berichtete. Von Pablo, Herrn Barreto, den Kaufangeboten und dem Foto ihres Vaters.

»Weißt du was?«, fragte sie einen Moment später. »Ich nehme mir jetzt sofort Urlaub und komme dich besuchen!«, rief sie aufgeregt. »Das wird so cool!«

Ella freute sich riesig über Mimis Reaktion. Genau das brauchte sie in diesem Moment. Jemanden, der ihr sagte, dass sie das schaffte, und sie dabei unterstützte. Es gab so viele Dinge zu erledigen, dass Ella ganz schwummerig wurde, wenn sie daran dachte. Sie musste sich um das Haus kümmern, sich hier eine Bleibe suchen, sie brauchte ein Auto, musste hier einiges an Papierkram erledigen, das Grundstück auf Vordermann bringen und … ja, sie musste sich überhaupt erst mal erkundigen, wie so eine Saline funktionierte.

»Mimi, bin ich eigentlich total verrückt?«, wollte sie ehrlich wissen. »Ich habe doch überhaupt keine Ahnung, was ich hier tue. Vielleicht wird mir das alles jetzt schon zu viel«, haderte sie.

»Ella, du machst einfach immer eins nach dem anderen. Du hast das Potenzial in dir! Dein Vater hatte es in sich und du hast es auch in dir!«, sprach Mimi ihr gut zu.

Vielleicht hatte Mimi recht. Es würde sich schon alles fügen.

Den ersten schweren Schritt wollte sie jetzt auf der Stelle gehen. Ella wählte Herrn Hüttlers Handynummer.

»Ella, schön dass du dich meldest«, reagierte er leicht vorwurfsvoll.

»Du kannst nicht einfach wegbleiben und …«

Sie wollte es schnell hinter sich bringen und schnitt ihm das Wort ab.

»Herr Hüttler«, begann sie. Mit ihren nächsten Worten begänne ein anderes Leben und sie ließe ihr altes endgültig hinter sich. Ihre Schläfe pochte vor Aufregung.

»Ich möchte, dass Sie wissen, dass ich Ihnen unendlich dankbar für alles bin. Für die tolle Ausbildung, dass Sie mir vertraut und eine Stelle in ihrem Laden gegeben haben. Für alle Dinge, die ich von Ihnen lernen durfte und für die Unterstützung, die Sie mir in den letzten Wochen waren.«

Sie schluckte. Herr Hüttler tat es ihr gleich. Er war offensichtlich nicht darauf vorbereitet gewesen, dass Ella das Gespräch übernehmen würde. Bestimmt hatte er eigentlich geplant, ein bisschen sauer auf sie zu sein, um ihr dann zu sagen, es sei trotzdem okay und er freue sich weiterhin auf sie.

»Nach dem Tod meiner Oma gab es einige Wendungen in meinem Leben. Ich muss Ihnen leider sagen, dass ich nicht zurückkommen werde.«

Herr Hüttler verstand nicht so recht, wie das gemeint war. Er wusste bisher nichts über Ellas Reise nach Mallorca oder das Grundstück. Je länger sie sprachen und je mehr Ella erzählte, desto interessierter wurde er. Er meinte, er könne Ella überhaupt nicht böse sein und es seien wahrhaftig spannende Neuigkeiten. Er verstand, dass sie erst mal Zeit brauchte, um all das zu verarbeiten und sich in Ruhe umzusehen.

Erst als sie dann konkreter wurde, begriff Herr Hüttler, wie ernst es ihr war.

»Nein, Herr Hüttler, ich werde hierbleiben. Ich werde hier leben«, erklärte sie.

»So kenne ich dich gar nicht. So impulsiv und zielstrebig. Aber ich muss zugeben, dass sich das gut anhört.«

Sie sprachen noch einige Zeit und am Ende des Gesprächs sagte er ihr, wie toll er fand, was sie da vorhatte. Er war sogar fast ein bisschen begeistert und sicherte ihr seine volle Unterstützung zu.

»Ich wusste, dass du irgendwann etwas Eigenes machst«, sagte er. »Ich hatte nur gehofft, dass es nicht so früh sein würde«, gestand er und erklärte, dass er wehmütig werde bei dem Gedanken daran, eine so tolle Arbeitskraft zu verlieren und ersetzen zu müssen.

Ella atmete tief durch. Sie hatte es geschafft. Die erste Hürde, wenn auch nur eine emotionale, war genommen.

* * *

Ella war als Erstes zur Saline gefahren. Sie wollte sich den Zustand des Grundstücks und der Häuser einmal genauer ansehen. Sie hatte Rosa geschrieben und sie gebeten, noch einmal zur Saline zu kommen. Sie brauchte dringend Unterstützung und Rosa würde ihr sicher unter die Arme greifen. Schließlich war sie eine Einheimische, die sich auf der Insel bestens auskannte und sicher viele nützliche Kontakte hatte. Außerdem mochte Ella sie so gerne und wollte ihr die freudige Nachricht direkt mitteilen.

Mit trauriger Miene stand Rosa am Tor und erwartete bestimmt, dass Ella sich für lange Zeit verabschieden wollte. Umso mehr freute sie sich, als Ella ihr erzählte, dass sie bleiben werde. Als sie ihr schließlich gestand, sogar dauerhaft hierzubleiben und zu leben, flippte Rosa förmlich aus.

»Werden beste Freunde und viel Spaß haben!«, jubelte sie. »Und ich dir helfen, mit allem, was brauchen!«, fügte sie hinzu.

Die beiden schlossen einen Pakt. Sie wollten sich jeden Tag mindestens eine Stunde treffen. Ella würde Rosa helfen, ihr Deutsch zu verbessern, und Rosa würde Ella Spanisch beibringen.

Sie legten direkt mit dem Sprachunterricht los, als sie gemeinsam das Grundstück abgingen, um sich anzuschauen, was es alles zu tun gab. Mit den Häusern fingen sie an. Ella hatte sich auf der Hinfahrt überlegt, dass sie eines der Häuser so schnell wie möglich bezugsfertig machen musste. So konnte sie sich einerseits die Kosten für eine Mietwohnung sparen und hatte andererseits mehr Zeit, hier zu arbeiten. Das hintere Haus sollte es sein. Es war zwar auf den ersten Blick am marodesten, die anderen beiden Häuser lagen jedoch besser, um sie später tatsächlich als Werkstatt und als Lager zu nutzen.

»*La casa de* Ella. Das Haus von Ella«, sagte Rosa langsam. »Hier du wirst wohnen und ich dich besuchen. Und hier werden feiern Eröffnung von Saline.«

Als Nächstes schauten die beiden sich den Hof an. Er schien noch befahrbar, musste aber von dem ganzen Wildwuchs befreit werden. Anschließend gingen sie weiter zu den Salzfeldern. Es war wirklich eine riesige Fläche, die zu bearbeiten war. Soweit sie die Anlage noch erkennen konnten, musste der Kanal, der links am Zaun entlangging, für die Wasserzufuhr zu den Feldern gedacht gewesen sein. Er musste komplett ausgebaggert und eventuell an den Seiten befestigt werden. Allein diese eine Strecke betrug bestimmt vierhundert Meter bis zum Meer. Und die zugewucherten Felder musste man ebenfalls ausbaggern, seitlich auskleiden und irgendwie mit dem Kanal verbinden. Zumindest in Ellas Vorstellung würde dann Meerwasser in die Felder gelassen werden und nach der Verdunstung das pure Meersalz auf dem Boden zurückbleiben. Sie kannte niemanden, der eine Ahnung von der Salzgewinnung hatte.

»Außer Herrn Barreto«, dachte sie halblaut.

Mit ihm wollte sie allerdings nie wieder irgendetwas zu tun haben. Ihre Oma hatte seine Angebote zurückgewiesen und auch sie würde ohne ihn bestens klarkommen.

Ella und Rosa hatten sich fast bis zum Meer gekämpft, als die engen Wege zu matschig wurden, um darauf weiterzugehen. Sie kletterten über den Zaun und folgten weiter dem Weg, den Ella zuvor mit dem Auto abgefahren war. Sie liefen über die Düne und einmal darum herum, bis sie an der Grenze des Grundstücks angelangt waren. Hier führte wohl ein kleiner unterirdischer Kanal entlang, der das Meerwasser unter dem Stück Strand zu dem Grundstück leitete. Auch ein Pumpenhäuschen entdeckten sie, das wohl das Meerwasser mit dem nötigen Druck versorgte, um es bis in die ersten Becken gelangen zu lassen. Die beiden setzten sich auf den feinen weißen Sand am Strand und blickten aufs Meer hinaus. Ella konnte bereits das Salz riechen, welches sie bald auf ihren Feldern gewinnen würde. Aber was würde sie dann eigentlich damit machen? Gab es hier überhaupt einen Markt für Meersalz? Oder wohin verkaufte Barreto sein Salz? Sie hatte noch eine Menge zu lernen.

»Das ist tolles Land«, bemerkte Rosa, während sie weit in die Ferne sah. »Ich wohnen schon ganze Leben auf Mallorca und selten am Meer. Immer arbeiten auf Olivenfeldern, seit klein war.«

In diesem Moment war Ella unglaublich dankbar für das, was ihr Vater und ihre Oma ihr da hinterlassen hatten. Rosa arbeitete von klein auf für die Plantage ihrer Familie und trotzdem mussten sie täglich um ihre Existenz kämpfen. Ella bekam hingegen einfach so eine Saline hinterlassen. Eine Chance auf einen Neuanfang. Trotz der ganzen Geheimnisse und Schwierigkeiten – in diesem Moment war sie ihrer *Familie* dankbar.

»Ella, weißt du was, du solltest dich treffen mit Miguel und reden«, sagte Rosa aus dem Nichts. »Er dich mögen sehr und müssen dir etwas erklären.«

»Er mag mich sehr?«, fragte Ella ungläubig, aber aufgeregt. »Und was ist mit dieser … mit Ana?«

»Ach, Ana keine gute Frau. Aber Miguel erklären dir selbst«, sagte Rosa bedächtig.

»Miguel mag mich«, flüsterte Ella und wurde rot, als sie merkte, dass sie es versehentlich laut gedacht hatte.

Rosa grinste.

»Glauben, du magst Miguel auch, hm?«, neckte sie Ella und die beiden lachten.

Als Ella darüber nachdachte, wurde ihr für einen kurzen Augenblick warm ums Herz. Miguel mochte sie also. Aber er hatte sie zurückgewiesen und anschließend war Ana aufgetaucht, seine *Freundin*. Die hübsche Ana mit dem roten Flitzer und dem reichen Vater. Da konnte Ella nicht mithalten. Sie dachte zurück an die Momente, die sie mit Miguel alleine verbracht hatte. Bei der gemeinsamen Arbeit in der Scheune, in den Feldern am Abend des Festes und an den ersten Moment auf dem Markt, in dem Miguel ihr weitergeholfen hatte, als es sonst niemanden interessiert hatte. Sie dachte daran, wie er die Kunden am Marktstand bedient hatte, mit der Schürze um und diesem unwiderstehlichen Lächeln im Gesicht. Am liebsten hätte sie ihn direkt angerufen und gefragt, was er nur an dieser Ana fand.

Aber zuerst musste sie sich um andere Dinge kümmern. Sie brauchte keinen Liebeskummer. Sie musste sich jetzt darauf konzentrieren, hier anzukommen, ein Dach über dem Kopf zu haben und die Saline wiederaufzubauen.

Ella und Rosa blieben noch am Strand sitzen, bis sich die Sonne sanft über den Horizont legte. Rosa wollte ihr einen Handwerker vermitteln, der für kleines Geld eine Menge reparieren konnte. Somit wäre das Haus in kurzer Zeit bezugsfertig und sie könnten mit der Saline weitermachen. Auch wenn der Tag mal wieder mit einer Überraschung angefangen hatte, war Ella heute glücklich. Sie hatte einen großen Schritt nach vorne gewagt, einen aufregenden, einen guten Schritt. Spannende Aufgaben lagen vor ihr und sie wollte nicht mehr zurück, sondern nach vorne blicken, so wie ihre Oma es immer gesagt hatte.

19

Eine anstrengende und aufregende Woche lag hinter Ella. Zuerst hatte sie sich einen Überblick über ihre Finanzen verschaffen wollen. Dazu hatte sie lange mit der Bank telefoniert, sich den übersetzten Erbschein, eine Kopie ihrer Steuernummer und alle weiteren nötigen Dokumente von Doktor Reinhardt schicken lassen und diese Papiere entsprechend weitergeleitet, und war nun auch offiziell und notariell beglaubigt die Eigentümerin des Grundstücks. Auch den Betrag für die Steuerzahlung, den ihre Oma beim Notar hinterlegt hatte, hatte er ihr überwiesen und Ella die Steuer bereits bezahlt. Aus der Barerbschaft hatte Ella ungefähr einhundertdreißigtausend Euro zur Verfügung, was erst mal nach einer Menge Geld klang. Allerdings hatte sie keine Ahnung, wie viel der Umbau und die Wiederherstellung der Saline kosten würden, geschweige denn, wie viel man überhaupt damit verdienen konnte, wenn alles erst einmal fertig war.

Der Handwerker, den Rosa ihr empfohlen hatte, hieß Michele, ein kerniger Italiener im abgewetzten Blaumann, der sich mit kleinen Jobs über Wasser hielt, sich aber dennoch gut auszukennen schien und fließend Spanisch sprach. Rosa hatte ihr geholfen, Michele zu erklären, was sie mit dem Haus vorhatte, sich um eine Renovierungsgenehmigung bei der Gemeinde bemüht und nachdem Ella und Rosa das Haus entrümpelt hatten, begann er sofort mit den Arbeiten. Ella war von dem Hotel in Palma in eine kleine Pension nahe der Saline gezogen. So konnte sie Michele täglich helfen. Sie hatte sich vorher noch nie handwerklich betätigt, lernte aber schnell und es machte ihr Spaß. Sie schleppte Steine, rührte Beton und Putz an und kochte jeden Tag auf einem kleinen Gasbrenner ein Mittagessen für die beiden. So lernte Ella weitere Worte Spanisch und wiederholte das Gelernte in den täglichen Übungsstunden mit Rosa, die sie abends nach getaner Arbeit in einem urigen Restaurant auf halber Strecke zwischen Saline und Casa Emilia abhielten.

Damit sie den teuren Mietwagen loswurde und trotzdem mobil blieb, half Rosa ihr dabei, ein Auto zu kaufen. Sie hatte ihr dazu geraten, einen kleinen gebrauchten Lieferwagen oder einen Pick-up zu kaufen, da sie wahrscheinlich häufig Dinge zu transportieren hatte. Diese Anschaffung hatte sich bereits für den Umbau gelohnt, denn Michele besaß nur einen Roller und sie mussten eine Menge Baumaterialien besorgen. Der alte weiße Ford Pick-up war etwas verrostet und die Fenster klapperten, aber er fuhr und war sehr günstig gewesen.

Mimi hatte sich tatsächlich Urlaub genommen. Dieser war nun genehmigt und in sechs Tagen würde sie Ella für zwei Wochen besuchen kommen. Ella freute sich sehr darauf. Mimi war wie sie gelernte Einzelhandelskauffrau und die beiden wollten sich in die Salzproduktion einlesen, einen Plan machen, wie man mit dem Geld haushalten musste, und berechnen, wie viel Salz man später zu welchem Preis produzieren musste, um die Kosten zu decken. Außerdem war der Besuchstermin ein guter Ansporn, um das Haus bis dahin so weit fertig zu bekommen, dass Fenster und Tür erneuert, Wasser und Strom wieder funktionsfähig und eine provisorische Toilette angeschlossen waren. Auch nachdem Michele spät abends die Baustelle verließ und Ella von der Spanischstunde zurückkam, arbeitete sie bis tief in die Nacht weiter. Sie ließ sich die nötigen Arbeitsschritte vorher von ihm erklären und saß so im flackernden Licht einiger Gaslampen da und verputzte die Wände, flieste die geplante Küchenzeile oder mauerte die Trennwand zur Toilette. Ihr Werk war keinesfalls preisverdächtig, der Putz nicht gleichmäßig und die Wände ein bisschen schief, aber das machte ihr nichts. Wo sie nicht weiterkam, hörte sie einfach auf und machte etwas anderes. Michele besserte die Stellen am nächsten Tag lächelnd aus.

Miguel hatte noch einmal versucht, sie anzurufen, aber sie hatte noch nicht den Mut gefunden, mit ihm zu sprechen. Außerdem arbeitete sie sechzehn Stunden am Tag und war zu kaputt, um sich auf ein unberechenbares Gefühlschaos einzulassen.

Die Tage vergingen wie im Flug und die Arbeiten machten große Fortschritte. Rosa hatte eine kleine alte Küchenzeile organisiert, die jemand in ihrem Nachbardorf loswerden wollte. Michele und Ella hatten sie abgeholt und standen jetzt mit dem Pick-up vor dem fast fertigen Haus. Sie hievten die sperrigen Möbelstücke vom Wagen und begutachteten ihren zukünftigen Platz. Ella lächelte zufrieden, als sie durch die neue Haustür ging und sich umsah. Sie hatten es tatsächlich fast geschafft. Die traditionelle Hausfassade war mit den rausgebröckelten Sandsteinen wieder repariert und strahlte im gleichen Beige wie auf dem Foto ihres Vaters. Das Dach war bis auf ein paar gebrochene Ziegel noch in Ordnung gewesen. Die neue Eingangstür bestand aus dicken Holzbohlen, die durch einige Eisenbeschläge zusammengehalten wurden. Die neuen Fenster, gefertigt aus dem gleichen Holz, hatten eine einfache Verglasung. Tür und Fenster wurden nur geölt. Das war günstig, machte beides wetterfest und betonte außerdem die wunderbare Maserung des Holzes. Den Boden des Raums hatten Michele und Ella mit großen, groben Terrakotta-Fliesen ausgelegt. Die Wände waren frisch verputzt und weiß gekalkt. Sie hatten auch einige

Steckdosen darin eingelassen. Die schweren Deckenbalken verliefen einmal durch den ganzen Raum und waren noch mehr als in Ordnung. Von dem mittleren Balken baumelte ein Kabel mit Glühbirne, welches nun auch ans Stromnetz angeschlossen war. Über die komplette rechte Wandlänge hatten sie einen breiten Streifen mallorquinischer Fliesen verlegt. Die feinen blauen Ornamente leuchteten wunderschön und würden zusammen mit der alten Küche super aussehen. Der Wasseranschluss ragte bereits aus der Wand. Da es hier weder Heizung noch Boiler gab, hatte Ella nur kaltes Wasser, was mit einer Pumpe aus einer alten und zum Glück noch dichten Zisterne ins Haus gelangte. Aber das Heißwasser würde sie irgendwann nachrüsten. Wenn die Küche erst mal stand, würde der holzbetriebene Herd für Kochwasser und eine warme Wohnung sorgen.

Links neben dem Haus hatten sie ein Toilettenhäuschen gemauert. Der Anschluss der Toilette und die Installation einer Sickergrube für das Abwasser hatten Michele die meisten Nerven gekostet und sie hatten viel Zeit verloren. Daher stand das Häuschen noch im Rohbau. Die Hauptsache war jedoch, dass Toilette und Waschbecken nun funktionierten. Platz für eine Dusche gab es auch schon, allerdings sah man dort noch das blanke Mauerwerk. Ella würde sich eine provisorische Campingdusche mit Schlauchanschluss besorgen. Ohne warmes Wasser konnte sie es sowieso nicht länger als ein paar Minuten darunter aushalten. Ella war stolz und zufrieden. Das kleine Haus gefiel ihr jetzt schon gut und sie würde sich hier wohlfühlen. Viel Platz bot es zwar nicht, aber sie würde sich wahrscheinlich nicht lange darin aufhalten. Entweder es gäbe zu viel Arbeit oder es wäre einfach zu schön draußen, um im Haus zu sitzen. Bald hatte auch die alte Küche ihren Platz gefunden und Michele verband den Herd mit dem zuvor installierten Lüftungsrohr, welches durch die Wand nach draußen führte.

»¡Listo!«, bemerkte er, was Ella bereits mit »Fertig!« übersetzen konnte.

Ein tolles Gefühl! Sie stellte sich vor, wie sie hier wunderbar schlafen würde, um morgens mit den ersten Sonnenstrahlen aufzustehen und auf der Saline zu arbeiten. Sie hätte immer diese frische salzige Luft um sich, die Sonne im Gesicht und nette Leute, die ihr bei der Arbeit halfen. Es würde traumhaft werden, da war sie sich mittlerweile sicher.

Ella bedankte sich bei Michele mit einer guten Flasche Wein, einer herzlichen Umarmung und dem Geld, das er sich wirklich verdient hatte. Er hatte ihr jetzt schon sehr weitergeholfen und sie würde ihn bald wieder anrufen, wenn es mit dem Umbau der beiden anderen Häuser weiterging.

In wenigen Stunden würde Mimis Flieger landen und Ella wollte sie am Flughafen abholen. Jetzt musste sie sich etwas beeilen, denn Ella wollte Mimi damit überraschen, heute die erste Nacht in dem Haus zu schlafen. Da sie aber noch gar kein Bett hatte, fuhr sie am Flughafen vorbei und fand ein Möbelhaus in einem nahe gelegenen Industriegebiet. Sie kaufte das günstigste Doppelbett, das auf Lager war, und ließ sich von dem Verkäufer beim Beladen des Pick-ups und der Befestigung mit Spanngurten helfen. Anschließend fuhr sie weiter zum Flughafen und parkte im Halteverbot vor der Ankunftshalle. Sie wollte den beladenen Wagen ungern im Parkhaus alleine lassen. Da stand sie nun an den Wagen gelehnt und auf Mimi wartend. Sie war aufgeregt und dachte an ihre letzten Besuche hier am Flughafen. Die erste, ziellose Ankunft, den traurigen und hastigen Abschied von Rosa und die erneute Ankunft, bei der sie noch gar nicht gewusst hatte, dass ein großes Abenteuer und ein neues Leben auf sie warteten.

Ella nutzte die freien Minuten, um über alles nachzudenken, was sie bisher auf dieser Insel erlebt hatte. Es war so viel, es hätte eigentlich mehrere Jahre ausfüllen können, war aber innerhalb weniger Wochen passiert. Mit ihrem Job hatte sie ihre Verbindung zu Heidelberg gelöst und sich auf all das hier eingelassen. Jetzt startete sie in ein neues Abenteuer, von dem sie noch nicht wusste, ob es überhaupt funktionieren würde.

»Hey, *Chica*!«, hörte sie nun eine laute, ihr bekannte Frauenstimme rufen.

Mit zwei großen Reisetaschen und einem Rucksack beladen verließ Mimi das Laufband und blieb fast an dem kleinen Pfeiler hängen, der verhinderte, dass man Gepäckwagen mit auf das Band nahm.

Lachend lief ihr Ella entgegen und warf sich in Mimis ausgestreckte Arme. »Wie schön, dass du da bist, Mimi!«, flüsterte sie und drückte sie, so fest sie konnte.

Die weiteren anrollenden Touristen bekamen leichte Panik, weil die beiden den Ausgang des Bandes versperrten. Seelenruhig zogen sie die Taschen ein Stückchen zur Seite und umarmten sich erneut.

»Du siehst Hammer aus!«, bemerkte Mimi, als sie Ella genauer musterte.

Ellas Jeans war mittlerweile etwas abgewetzt und sie wusste nicht, was Mimi daran Hammer finden konnte.

»Du bist megabraun geworden!«, erklärte Mimi, als sie Ellas fragenden Blick erkannte. »Siehst schon aus wie eine richtige Mallorquinerin!«, scherzte sie.

Ella war es gar nicht aufgefallen, aber Mimi hatte recht. In den wenigen Wochen war Ella einige Farbtöne dunkler geworden und jetzt fast so braun wie ihre dunklen Haare.

»Und Spanisch lerne ich auch gerade, was soll da noch schiefgehen«, scherzte Ella zurück.

Es war schön, Mimi bei sich zu haben. Mimi trug eine Jeanslatzhose, die locker über einem grauen Pullover lag.

»Na, hast du dein Arbeitsoutfit schon an?«, neckte Ella sie. »Passt ja, denn es wartet eine Menge Arbeit auf uns«, sagte sie und grinste Mimi an.

»Ich weiß, ich weiß«, antwortete Mimi.

»Ich hab meinen Urlaub ja nicht genommen, um mich zu erholen. Nein, nein. Ich muss ja einer aufstrebenden Salzhändlerin unter die Arme greifen.«

Lachend griffen sie nach den Reisetaschen und beluden das Auto. Ella hatte Mimi verraten, wo das geheime Schlüsselversteck ihrer Oma war, und sie gebeten, einige Sachen von zu Hause mitzubringen. Schon seit Tagen lief Ella in den gleichen Klamotten rum und freute sich auf die Reisetasche voll mit frischen Anziehsachen. Außerdem hatte Mimi Ellas Laptop und einige andere Sachen dabei.

»Das ist aber eine heiße Kutsche«, staunte Mimi, als sie den Pick-up genauer betrachtete. »Und du hast dein Bett gleich dabei. Schläfst du etwa da drauf?«

»Ha, ha«, tat Ella gelangweilt. »Ich habe eine kleine Überraschung für dich. Du wirst heute nämlich in der *Pension Ella* übernachten.«

Jetzt war Mimis Neugier geweckt. Aber Ella verriet nichts und die beiden machten sich auf den Weg. Mimi war schon begeistert von der tollen Landschaft, die sie rechts und links der Autobahn erblickte. Als sie dann abfuhren und die Landschaft immer verträumter wurde, war sie restlos überzeugt.

Mimi war noch nie auf Mallorca gewesen und sagte, dass sie bisher geglaubt habe, es bestehe aus großen Stränden und überall gebe es Sangria in Eimern. Aber sie war sichtlich fasziniert von diesen ganzen kleinen Feldern, auf denen oftmals Schafe grasten, den Oliven- und Mandelbäumen, den Natursteinmauern, die wie gemalt aussahen, den zerfallenen Windmühlen und den liebevoll gemauerten Häusern, die ihren ganz eigenen Charme hatten.

Mimi grinste. »Ich liebe diesen Geruch, den habe ich sogar schon am Flughafen bemerkt, aber hier ist der noch intensiver. Und jetzt verstehe ich, warum du bleiben willst«, sagte sie staunend. »Das ist ja absolut traumhaft!«

»Das ist es«, erwiderte Ella zufrieden.

Sie genoss es auch jeden einzelnen Tag. Als sie vor dem großen Rolltor ankamen, klappte Mimis Kinnlade nach unten.

Ella sprang aus dem Pick-up und schob das Tor zur Seite, welches sich nach einer Stunde Arbeit mit Hacke und Schaufel jetzt wieder einigermaßen flüssig bewegte. Sie stellte den Wagen auf dem Hof ab und stieg gespannt auf Mimis Reaktion aus.

»¡Bienvenido a mi casa!«, rief sie freudestrahlend. »Das ist es.«

Mimi schwieg einen Moment.

Bestimmt hatte sie sich das alles viel kleiner vorgestellt, mutmaßte Ella. Nachdem Mimi ihre Sprache wiedergefunden hatte, zeigte Ella ihr stolz die Anlage.

Sie gingen vor bis zum Meer und Mimi schrie juchzend auf: »Komm, lass uns da sofort hineinrennen!«

Ella lachte und verriet ihr, wie kalt es noch war, was Mimi von der Idee abbrachte.

Wieder bei den Häusern angekommen, war Mimi sichtlich irritiert, als die Freundin ihr erzählte, dass sie hier in der maroden Lagerhalle das Bett aufbauen wollte. Kichernd ging Ella dann allerdings weiter zu dem renovierten Haus und knipste das Licht an. Mimi konnte beim besten Willen nicht glauben, dass sie das alles in zwei Wochen hinbekommen und auch noch daran mitgearbeitet hatte. Als Ella ihr stolz präsentierte, was sie alles selbst gemacht hatte, war Mimi mächtig beeindruckt.

Da es schon dunkel wurde, luden sie zunächst das Bett vom Pick-up und fingen an, es aufzubauen.

Nach einer Stunde stand es fertig in der Ecke und beide ließen sich erschöpft hineinplumpsen. Sie tranken Wein aus der

Flasche und plapperten bis spät in die Nacht. Mimi war nun Teil von Ellas Abenteuer und beide waren so aufgeregt, dass sie am liebsten gleich mit der Arbeit begonnen hätten. Irgendwann übermannte sie aber die Müdigkeit und sie schliefen zusammengekauert unter einer dünnen Decke ein.

20

In den nächsten Tagen verbrachten Ella und Mimi viel Zeit damit, Pläne zu schmieden und Listen mit Dingen zu schreiben, die sie noch zu tun und zu besorgen hätten. Ella hatte einen kleinen USB-Stick mit SIM-Karte gekauft, mit dem sie zwar sehr langsamen, aber immerhin funktionierenden Internetempfang hatte. Sie hatten sich Videos, Artikel, Bücher und Bilder über die Salzproduktion in Meerwasser-Salinen angeschaut. Die dürftigen Informationen reichten gerade so aus, um zumindest die Anlage der Felder einigermaßen zu planen. Dennoch würden sie nicht darum herumkommen, eine Saline zu besuchen und sich alles vor Ort genauer anzusehen.

Barreto, dachte Ella.

Sie wollte diesem Menschen niemals mehr begegnen, aber nur er hatte eine Saline hier auf der Insel. Sie mussten irgendwie dort hineingelangen. Nachdem sie sich weiter in das Thema Meersalz eingelesen hatten, stellten sie fest, dass das *Flor de Sal* das wertvollste Produkt war. Eine feine Salzkruste, die sich nur bei optimalen Bedingungen an der Oberfläche des Wassers bildete und per Hand abgeschöpft wurde. Dazu waren also diese komischen Rechen im Werkzeugschuppen gedacht, an denen vorne eine Art flaches Sieb angebracht war. Da die Saline mit Meerwasser befüllt wurde und die Sonne das Wasser verdunsten lassen würde, waren die Energiekosten überschaubar. Die größten Posten würden die Anschaffungskosten für die nötigen Geräte und die Personalkosten für die Salzgewinnung, -reinigung und die Verpackung sein. Welche Mengen an Salz man mit der vorhandenen Fläche produzieren konnte, fanden Ella und Mimi nirgends heraus. Es hing wohl stark vom Salzgehalt des Wassers und der Kraft der Sonne ab. Nach ein wenig Recherche im Internet stellten die beiden fest, dass sie versuchen sollten, das Salz so hochwertig wie möglich zu produzieren, um es eher im Feinkost- und nicht im normalen Speisesalz-Segment zu positionieren. In dem Bereich kannte Ella sich aus und vielleicht könnte ihr Herr Hüttler noch einmal helfen, genau wie er es beim *Casa Emilia*-Öl gemacht hatte.

Rosa kam nun jeden Abend zur Saline gefahren, damit sie nicht nur ihre Sprachstunde abhalten, sondern diese gleichzeitig mit der Arbeit verbinden konnten. Mimi und Rosa verstanden sich prächtig und Mimi wollte ihr am liebsten gar nicht dabei helfen, ihr Deutsch zu verbessern, so sehr mochte sie Rosas Akzent. Ella war froh, die beiden um sich zu haben. Es gab ihr ein wenig Sicherheit und sie entwickelte langsam das Gefühl, angekommen zu sein. Schade nur, dass Mimis Abreise nach Deutschland näher rückte.

Rosa schlug vor, Carlo in das Geheimnis der Saline einzuweihen. Die Olivenernte war beinahe abgeschlossen und er würde sich bestimmt freuen, Ella helfen zu können. Außerdem konnte er nicht nur Traktor fahren, sondern auch einen kleinen Bagger bedienen, was die Aufbereitung der Salzfelder beschleunigen würde. Ella war erst skeptisch, da sie noch vermeiden wollte, Miguel erfahren zu lassen, dass sie hier auf der Insel war. Sie dachte lange darüber nach und scheute die Konfrontation. Obwohl sie es vor Rosa und Mimi nicht zugeben wollte, sie hatte immer noch ein Kribbeln im Bauch, wenn sie an ihn dachte. Da sie aber hier dringend Hilfe benötigte und Rosa ihr zusicherte, dass Carlo schweigen konnte wie ein Grab, wurde es beschlossene Sache. Sofern Carlo Interesse hätte, würde er also Angestellter Nummer Eins werden, wenn auch nur in Teilzeit und nur für den Sommer. Für den nächsten Tag verabredeten sie, Barretos Saline auszukundschaften und herauszufinden, wohin und zu welchem Preis er sein Salz verkaufte.

Zur späten Mittagszeit trafen sie sich mit Rosa an der Zufahrt zur Saline. Schon von Weitem konnte man erahnen, was für eine riesige Ausdehnung sie hatte. Sie war fast doppelt so groß wie Ellas Grundstück und hatte viele fein säuberlich abgetrennte Becken, die vollständig mit Wasser gefüllt waren.

Allerdings, vermutete Rosa, dass die Lage von Ellas Saline mehr Ertrag versprach, da die Winde freier darüberstrichen und so die Trocknungskraft der Sonne stärker wäre. Trotzdem musste Barreto hier viel Salz ernten können. Wie hatte er es sonst zu solchem Reichtum gebracht?

Ella hatte ein mulmiges Gefühl, als sie vor dem großen, weißbeplankten Tor der Saline standen. Es war verschlossen und überall auf dem Grundstück standen Betreten-verboten-Schilder, in Form eines Fußabdrucks mit der Unterschrift *¡Prohibido!*

Die Salzfelder lagen verwaist. Wurde hier nicht gearbeitet? Wo waren alle Angestellten? Sie wollten doch unter anderem herausfinden, wie viele Leute man überhaupt brauchte, um eine Saline zu betreiben.

Plötzlich bog ein Mann in Uniform um die Ecke und kam direkt auf die drei zu. *»¿Qué quieres aquí?«*, fragte er in einem schroffen Tonfall.

Man musste kein Spanier sein, um zu verstehen, dass er wissen wollte, was sie hier suchten.

»Quiero enseñar la salina a estas turistas«, sagte Rosa mit unschuldiger Miene.

Was hatte sie vor? Sollten sie nicht abhauen und aus der Ferne weiter auskundschaften?

Rosa lächelte den Wachmann charmant an.

»Was machst du da?«, flüsterte Ella ihr mit zusammengekniffenen Lippen zu.

»Ich sagen, ihr Touristen und wollen erfahren über Salz«, flüsterte sie verschwörerisch zurück.

Der Mann schien kurz nachzudenken, aber Rosas Charme zeigte Wirkung und der Ausdruck des Wachmanns wurde auf einmal weicher. Er schaute sich um, stellte zufrieden fest, dass niemand in der Nähe war, und schloss das Tor auf.

»Jackpot!«, kommentierte Mimi leise aus dem Hintergrund.

Die drei strahlten den Wachmann an, der sich mit »Raúl« vorstellte und betraten aufgeregt die Saline.

Ellas Herz schlug schneller. Was, wenn Barreto oder Pablo hier irgendwo waren? Sie beruhigte sich damit, dass der Wachmann dazu angehalten war, niemanden hier hereinzulassen, und für die drei jungen Frauen gegen seine Vorschriften verstoßen hatte. Also war er sich seiner Sache wohl sicher.

»Das ist also deine Saline, Barreto«, murmelte Ella.

Raúl führte sie nun seelenruhig über die verlassene Anlage und beantwortete alle Fragen, die Ella und Mimi von Rosa übersetzen ließen. Die Anordnung war ähnlich wie auf Ellas Saline. Rechts lagen einige Häuser und Schuppen, in denen die Verwaltung, verschiedene Lager, Verpackungsstationen und eine Werkstatt Platz fanden.

Besonders die Verpackung interessierte Ella. Ein Blick durch das Fenster verriet, dass Barreto das Salz in große Säcke abfüllte, also wahrscheinlich nicht direkt an den Einzelhandel lieferte.

Als Nächstes führte Raúl sie über die Felder, aber ermahnte sie, immer genau in der Mitte des Weges zu bleiben. Jeder falsche Schritt könne die Anlage beschädigen und alles müsse repariert werden. Auf die Frage, warum hier niemand arbeite, lachte er herzhaft und zeigte auf den wolkigen Himmel. Dann erklärte er, es könne natürlich nur im Sommer geerntet werden, wenn die Sonne genügend Kraft zur Verdunstung des Wassers habe. Über die Wintermonate stehe die Anlage fast still und die Becken würden vollständig mit Wasser gefüllt, um Bodenfrost und damit eine Zerstörung der Becken zu verhindern.

Aufgeregt lauschte Ella Rosas Übersetzung. Raúl belieferte sie mit wertvollen Informationen, aus denen sie bereits jetzt neue Erkenntnisse gewonnen hatte. Ihr Kopf ratterte und sie malte sich aus, vielleicht schon im kommenden Sommer eine kleine Ernte einzufahren.

Einen Schritt nach dem anderen, ermahnte sie sich aber sofort. Frühestens nach dem Ausheben der Becken würde man wissen, wie aufwendig die Instandsetzung ihrer eigenen Saline wäre.

Hier werde man nächsten Monat anfangen, die Becken auszubessern und von Schlamm zu befreien, erklärte Raúl weiter. Das müsse jedes Jahr gemacht werden, da die Qualität der Becken über die Qualität des Salzes entscheide.

Raúl verharrte einen Moment und blickte die weit entfernten Hügel hinauf. Es war ganz still und er schien etwas zu suchen.

»Pssst«, machte er, als Mimi anfing, zu plappern.

Was war da bloß? Was hatte er gesehen?

Plötzlich wurde er hektisch. *»¡Vamos, vamos!«*, rief er und sie verstanden erst, was er wollte, als er sie mit wilden Armbewegungen in Richtung Tor schob.

Jetzt sahen sie die feine Staubwolke, die sich den Hang herunterzog.

»Verdammt, da kommt jemand!«, stieß Ella aus und balancierte, so schnell sie konnte, über die Wege zurück Richtung Eingangstor.

»*¡Mierda!*«, rief Raúl, als er vor ihnen das breite elektrische Tor aufgehen sah.

Ella und Mimi schauten sich panisch an. Wer war das? Und warum war Raúl so nervös? Nur Rosa schien gelassen. »Was sollen schon passieren?«, bemerkte sie amüsiert über die aufgeregten Blicke ihrer Begleiter.

Durch den größer werdenden Spalt des Tores erkannte man jetzt langsam einen grauen Luxus-Geländewagen.

Ella gefror das Blut in den Adern, als sie erahnte, dass sich wohl keiner der Salinenangestellten einen solchen Wagen leisten konnte. Am Steuer saß ein großer, etwas zu fülliger, älterer Mann. Er hatte dünnes graues Haar, welches zurückgekämmt war, eine große Nase, aus der ein paar schwarze Haare herausguckten und einen fast weißen, dichten Schnurrbart. Er trug einen blauen Pullover mit V-Ausschnitt, aus dem ein heller Hemdkragen herausschaute.

Der Mann schien verwundert über die ungebetenen Gäste. Er blickte in die Runde und seine Augen verfinsterten sich sofort, als er Ella entdeckte.

Ella spürte seinen bohrenden Blick und zuckte unweigerlich zusammen. Ein kalter Schauer lief ihr über den Rücken, als diese bedrohlichen Augen weiter auf ihr verharrten. »Verdammt, wir müssen hier weg!«, wisperte sie den anderen zu und wollte sich in Bewegung setzen, an dem Auto vorbeigehen, einfach wegrennen.

Langsam öffnete sich die Wagentür und der Mann stieg aus. Er war noch größer, als er hinter dem Lenkrad gewirkt hatte. Seine breiten Schultern warfen einen mächtigen Schatten und die riesigen, groben Pranken glichen denen eines Bären.

»Du schuldest mir einen Blumentopf«, sagte er ruhig, fast genüsslich und wandte seinen Blick nicht von ihr ab.

Ella schoss kalter Angstschweiß ins Gesicht. Die Stimme des Mannes, die Ella bereits durch das Fenster seiner Villa gehört hatte, passte zu seiner imposanten Erscheinung. Ein dunkles, bedrohliches Brummen. Jetzt hatte sie ein Gesicht dazu.

»Señor Barreto«, meldete sich der sichtlich verängstigte Raúl zu Wort und wollte zu einer Erklärung ansetzen.

Barretos Miene verfinsterte sich.

»¡Cállate!«, schnitt ihm Barreto das Wort ab. »Halt deine verdammte Klappe, du Narr!«, schrie er und fixierte Ella mit seinen Augen.

Ella zuckte erneut zusammen. Panik machte sich in ihr breit.

Auch Mimi und Rosa standen jetzt mit deutlich gebückter Haltung da und man sah ihnen ebenfalls die Angst an, die dieser Mann bei ihnen hervorrief.

Raúl hatte seinen Blick schweigend auf den Boden gerichtet.

Barreto ging langsam auf die Gruppe zu und blieb wenige Schritte von Ella entfernt stehen. »Soso«, begann er mit einem unheimlichen Lächeln.

»Das Oliven- und das Salzmädchen. Ihr wolltet euch also in Ruhe meine Saline anschauen, hm?«

Ella wusste, dass er keine Antwort auf diese Frage erwartete.

»Erst dein Vater und jetzt du …«, setzte er fort. »Ihr kommt hierher und denkt, ihr könntet euch einfach so in meine Geschäfte einmischen. Das denkt ihr doch, oder?«, fragte er und wusste offensichtlich um seine einschüchternde Wirkung.

»Äh, wir …«, stotterte Ella. Ihre Kehle war wie zugeschnürt. Sie bekam keinen weiteren Ton heraus.

»Äh, wir«, äffte Barreto sie nach. »Du haust jetzt von hier ab und lässt dich nie wieder blicken! Hast du verstanden!«, schrie er sie an und sein Gesicht färbte sich rot vor Wut. »Los, hau ab!«

Ängstlich setzten die drei sich in Bewegung und wurden erst schneller, als sie das Auto hinter sich ließen, doch sie hörten Barreto noch immer toben.

»Und du … du haust gleich mit ab!«, schrie er Raúl ebenfalls an.

»Señor Barreto …«, sagte dieser.

Es folgten wütende spanische Ausrufe von Barreto, während er Raúl die Schlüssel für die Anlage entriss, bevor dieser mit gesenktem Kopf das Gelände verließ.

Mittlerweile bogen Ella, Rosa und Mimi oben am Hang in den Feldweg ab, in dem sie das Auto abgestellt hatten, und blieben wortlos stehen. Ihre Körper zitterten immer noch.

»Das ist also die Konkurrenz«, stellte Mimi mit blasser Miene fest.

21

Ella und Mimi hatten den ganzen Tag gebraucht, um den Schock zu verdauen. Lange hatten sie über den Vorfall auf Barretos Saline diskutiert und waren sich einig. Dieser Mann war gefährlich und sie sollten es unbedingt vermeiden, sich mit ihm anzulegen. Aber wie waren Barretos Worte gewesen? Erst dein Vater und jetzt du? Hatte Barreto wirklich Ellas Vater gekannt und vielleicht einen ähnlichen Moment erlebt? Oder hatte sie in der Panik etwas durcheinandergebracht? Ella wollte stark sein und hatte sich fest vorgenommen, sich nicht einschüchtern zu lassen.

Der Tag hatte immerhin auch etwas Gutes gebracht. Nachdem sie von der Saline vertrieben worden waren, hatten sie noch einige Minuten zitternd vor dem Auto gestanden, als Raúl mit gesenktem Kopf herangetrottet kam und vor ihnen stehen geblieben war. Ella hatte ein furchtbar schlechtes Gewissen. Sie hatten nicht mehr alles mitbekommen, was Barreto zu Raúl gesagt hatte, aber es war offensichtlich, dass er für heute nicht mehr gebraucht wurde.

»Es tut mir so leid! Bitte sag ihm das Rosa!«, sagte Ella und vergaß für einen Moment ihren Schock.

Raúl berichtete Rosa, dass er entlassen worden sei. Er erzählte auch, dass er seit acht Jahren für diesen Tyrannen gearbeitet hatte. Er hatte sich vom Saisonarbeiter zum ganzjährig tätigen Wachmann hochgearbeitet und war stets zuverlässig und anständig gewesen. Zwar sah er natürlich ein, einen Fehler gemacht zu haben, gestand, dass er schon einmal Touristen hineingelassen hatte, konnte aber nicht verstehen, warum Barreto diesmal dermaßen ausgeflippt war.

Ella spürte, wie sie bleich wurde, als er erklärte, dass er nun nicht wusste, wie er seine Frau und seinen kleinen Sohn ernähren sollte. Sie war egoistisch gewesen, hatte nur an ihre Saline und nicht an die Zukunft dieses Mannes gedacht.

Traurig blickten die vier sich gegenseitig an, als eine Idee in Ella reifte.

»Raúl, du hast so viel Ahnung von der Salzproduktion und ich bin schuld an deinem Ärger«, begann sie. »Ich baue gerade eine eigene Saline auf. Willst du mir helfen und für mich arbeiten?«, schoss es aus Ella heraus, ohne dass sie darüber nachgedacht hatte, ob sie sich das überhaupt leisten konnte.

Nachdem Rosa übersetzt hatte, hob Raúl ungläubig den Kopf, sah Ella an, lächelte und warf sich ihr vor Freude um den Hals. »Du bist mein Engel!«, rief er und blickte in den Himmel. *»¡Gracias, muchas gracias Señora!«*

Seine freundlichen Augen funkelten vor Erleichterung und Freude. Ella wusste sofort, dass Raúl eine treue Seele war und sie das Richtige tat. Sie versprach, sich in den nächsten Tagen bei ihm zu melden, und er lief glücklich nach Hause, um seiner Familie die Neuigkeiten zu erzählen.

Mimi und Rosa hatten Ella zuerst erstaunt angesehen und anschließend breit gegrinst.

»So schnell kann das gehen«, hatte Mimi gescherzt.

»Eben werden wir noch von Barreto rausgeschmissen und dann schenkt er dir einen seiner erfahrensten Arbeiter«, hatte sie trocken festgestellt.

* * *

Zwei Tage später fand das erste Treffen mit Raúl, Carlo und Michele statt. Ella hatte keine Erfahrungen damit, wie man Arbeiten verteilte, geschweige denn ein Team führte, aber es fühlte sich auch überhaupt nicht danach an – eher wie gemeinsam mit Freunden etwas zu planen und anzupacken. Außerdem ging es heute mehr darum, sich kennenzulernen und zusammen herauszufinden, welche Arbeiten in welchem Zeitraum zu schaffen waren. Trotzdem war sie irgendwie angespannt und aufgeregt. Jetzt würde es tatsächlich losgehen.
Vor einigen Wochen hatte Ella noch bei Herrn Hüttler gearbeitet und keine Ahnung gehabt, was sie mit ihrem Leben anfangen sollte, und nun lebte sie auf Mallorca und plante die Instandsetzung der Saline ihres Vaters. Die Veränderung gefiel ihr sehr.

Ellas Helfer saßen auf einigen alten Holzkisten vor dem frisch renovierten Haus und genossen einen frühen Kaffee. Mimi hatte angeboten, ein paar Notizen zu machen, und Rosa saß neben ihr und übersetzte.

Ella hatte sich vorgenommen, als Erstes zu erklären, was sie überhaupt vorhatte. Sie wollte ihre noch nicht ganz ausgereifte Vision vorstellen, damit sie ein gemeinsames Ziel hätten, worauf man hinarbeiten konnte. »Ich bin sehr dankbar, dass ihr hier seid, denn ich muss zugeben, dass ich keine Ahnung davon habe, wie man eine Saline aufbaut oder Meersalz gewinnt«, begann sie ihre Ansprache noch etwas verunsichert.

Die Gruppe schaute sich irritiert an.

»Du bist schon spanischer, als du denkst«, stellte Michele amüsiert fest, woraufhin alle lauthals anfingen, zu lachen.

Das Eis war gebrochen und es bestand Einigkeit darüber, dass ein bisschen Verrücktheit dazugehörte, diese wundervolle Saline zu erneuern und bald das erste Salz zu gewinnen.

Um auszudrücken, wie viel Ella daran lag, erzählte sie eine kurze Version ihrer Verbindung zu diesem Grundstück. Davon, dass sie dieses Land auf der Suche nach ihren Wurzeln geerbt hatte, Hals über Kopf nach Mallorca gezogen war und nun das Werk ihres Vaters weiterführen wolle. Sie gab auch zu, nicht zu wissen, ob das vorhandene Geld ausreichen werde, das Ziel zu erreichen und am Ende erfolgreich zu sein. Aber momentan wusste sie nur eines: dass sie die Herausforderung angenommen hatte.

Es war ein sehr emotionaler Moment, den Raúl nutzte, um sich noch einmal bei Ella für die Chance zu bedanken, bei dieser tollen Sache dabei sein zu können.

Der Einstieg war geschafft und nach einer kurzen Vorstellungsrunde präsentierten Mimi und Ella einen groben Plan, den sie zusammen vorbereitet hatten. Raúl sollte aufgrund seiner Erfahrung die Instandsetzung der Salzfelder leiten. Dazu musste er sich zunächst einmal in Ruhe ein Bild des Zustandes machen und eine Liste mit nötigen Hilfsmitteln anfertigen, die Ella anschließend besorgen wollte. Carlo würde ihn dabei unterstützen. Michele, Mimi und Ella wollten sich währenddessen um die Renovierung des Werkzeugschuppens und des Lagers kümmern. So gerne Rosa ebenfalls geholfen hätte, sie musste leider bald wieder nach Hause fahren, um die nächsten Ölbestellungen abzuarbeiten. Ella wusste, dass Rosa am liebsten mit angepackt hätte, und zeigte es mit einem dankbaren Blick. Je weiter die Planung ins Detail ging, desto schneller wurde klar, dass früher oder später weitere Unterstützung nötig wäre, um die ungefähr sechs Hektar großen Salzfelder in Betrieb nehmen zu können. Alles Weitere würde sich aber erst nach der Begehung zeigen.

»Lasst uns loslegen!«, rief Ella zum Abschluss des Gesprächs, was von ihren Helfern mit einem lauten *»¡Vamos!«* beantwortet wurde, bevor sich die Gruppe ans Werk machte.

»Ich bin so stolz auf dich!«, sagte Mimi anschließend und umarmte Ella. »Du machst das richtig gut.«

»Findest du wirklich?«, stammelte Ella verlegen und doch auch erleichtert.

Sie war zwar von sich selbst überrascht gewesen, aber trotzdem unsicher, ob es tatsächlich gut gelaufen war.

»Na klar!«, bestätigte Mimi. »Das wird alles richtig gut, glaub mir«, fuhr sie fort.

»Ja, du tolle Chef werden!«, rief auch Rosa, die Ella neckisch in die Hüfte kniff. »Müssen jetzt los, aber kommen bald wieder zum Helfen!«, versprach sie und bestieg ihr Auto.

»Danke, Rosa! Wir sehen uns zum Sprachunterricht«, verabschiedete sich Ella und freute sich schon darauf.

Die Stunden mit Rosa machten ihr sehr viel Spaß und Ellas Spanisch wurde von Tag zu Tag besser.

»Dann lasst uns anfangen! *¡Vamos a empezar!*«, sagte sie, grinste Mimi und Michele an, streifte sich ein paar Arbeitshandschuhe über und betrat den Werkzeugschuppen.

Die Vielzahl an verrosteten Werkzeugen erinnerte Ella daran, wie viel sie noch über die Salzproduktion zu lernen hatte. Anscheinend waren eine Menge Geräte dazu notwendig und sie konnte die meisten davon nicht zuordnen. Allerdings schien die Sammlung neben allerlei Hilfsmitteln zur Salzgewinnung und -abfüllung auch Werkzeuge für viele andere Arbeiten zu beinhalten. Sie wollten die komplette Ausstattung hinter dem Haus sammeln und anschließend mit Raúl thematisch sortieren, sodass sie herausfanden, welche Werkzeuge sie in welcher Stückzahl brauchten und Ella sie entweder besorgen oder Michele sie anfertigen konnte.

Mimi, Ella und Rosa hatten sich gestern schon einmal mit Raúl getroffen, um sich besser kennenzulernen und mehr über ihn und Barreto zu erfahren. Sie hatten vorne am Strand gesessen und stundenlang geredet.

Raúl war wirklich sehr sympathisch und interessiert. Seine treuen braunen Augen funkelten, wenn er von seiner Frau

Valentina und seinem Sohn Pedro erzählte, die er über alles liebte. Raúl war zweiundvierzig Jahre alt, für einen Mallorquiner relativ groß und hatte kurze, dunkle Haare. Sein ehrliches Lächeln offenbarte zwei Grübchen, die nicht erahnen ließen, dass er schon einige Schicksalsschläge hatte erleben müssen. Er lebte mit Valentina und Pedro in einem kleinen Dorf hinter Campos und war vor seiner Tätigkeit für Barreto lange Zeit arbeitslos gewesen. Seine Grübchen verschwanden, als er erzählte, dass seine ganze Familie bei einem Feuer umkam, als er noch ein Kind gewesen war. Daher hatte er weder einen Schulabschluss noch eine Ausbildung gemacht, sondern sich mit Gelegenheitsjobs über Wasser gehalten. Er hätte niemals so lange für Barreto gearbeitet, wenn es nicht alles gewesen wäre, was er gehabt hatte. Trotzdem liebte er das mallorquinische Salz, denn es hatte ihn und seine Familie vor der Armut bewahrt.

Mimi und Ella waren von seiner Offenheit sehr gerührt und es tat ihnen erneut leid, dass ihre heimliche Salinenbesichtigung Raúl den Job gekostet hatte.

Ein Grund mehr, alles dafür zu geben, dass wir es schaffen, dachte Ella.

Anschließend berichtete Raúl von Barretos Saline. Er sagte, die Produktion laufe zwar gut, aber Barreto habe sein Vermögen hauptsächlich mit weiteren Salinen auf Ibiza und Menorca gemacht, die wesentlich größer und besser ausgerichtet seien. Die Qualität des Salzes sei allerdings nur mittelmäßig, da Barreto es wegen seiner tyrannischen Art nicht schaffe, die guten Arbeitskräfte zu behalten und die neuen Arbeiter entsprechend zu fördern. Daher verkaufe er das Salz in großen Säcken, welche in Supermärkten und im Großhandel landeten. Allerdings habe Barreto durch sein Vermögen und die lange Familiengeschichte weitverzweigte Kontakte und somit viele Möglichkeiten, sein Monopol auszubauen.

Obwohl Ella durch Raúls Geschichten etwas mulmig wurde, besserte sich die Stimmung, als er von seinem Wissen über die Salzgewinnung und -verarbeitung berichtete. Raúl hatte in den letzten acht Jahren Einblicke in fast alle Bereiche der Salzgewinnung erhalten und seine Kenntnisse darüber waren für Ella von unschätzbarem Wert.

»Ich bin sehr froh, dass du hier bist, Raúl. Ich weiß nicht, ob wir es ohne dich schaffen würden«, hatte sie ihm gestanden.

Raúl, der um seine Fassung gerungen hatte, hatte noch einmal bestätigt, dass er sehr glücklich sei, Teil dieser neuen Saline zu werden, und versprochen, dass er alles dafür geben werde, das beste Salz der Balearen zu gewinnen.

22

Ella wurde unsanft geweckt. »Hey, du Schlafmütze«, rief Mimi, die schon fertig angezogen an der Küchenzeile stand und Kaffee kochte.

»Lass mich in Ruhe!«, brummte Ella. »Ich will noch schlafen. Am liebsten den ganzen Tag!«, sagte sie und zog sich die Decke über den Kopf.

»Keine Chance, Sonnenschein! Du willst doch die letzten beiden Tage mit mir genießen, oder?«, summte Mimi gut gelaunt.

»Oh Mann, Mimi. Die Zeit vergeht so schnell, oder? Am liebsten würde ich dich hierbehalten.« Ella lugte unter der Decke hervor. »Obwohl …«

»Ey, ich kann auch heute schon fahren, wenn du willst!«, rief Mimi gespielt verärgert und warf ein Küchentuch nach Ella, die sich hastig wieder versteckte.

»Okay, okay, ich steh ja schon auf«, willigte sie nun ein und kletterte aus dem Bett.

Morgen würde Mimi bereits abreisen. Die zwei Wochen waren zwar wunderschön, aber viel zu kurz gewesen. Die beiden hatten nicht nur eine Menge Spaß gehabt, sondern auch viel erreicht. Mimi war wirklich eine treue Seele. Ella hatte

Muskelkater im ganzen Körper und hätte einen Pausentag gebrauchen können, doch es ging Schlag auf Schlag weiter. In den letzten fünf Tagen war bereits einiges passiert. Sie hatten den Werkzeugschuppen entrümpelt, die Wände verputzt und neue Fenster eingesetzt.

Jetzt musste noch ein neuer Boden verlegt, der Strom angeschlossen und der Raum mit Werkbänken und Regalen ausgestattet werden. Raúl und Carlo hatten das Grundstück ausgiebig inspiziert und einen Plan für die Anlage mit Becken, Wasserzulauf, Arbeits- und Transportwegen, Lager- und Reinigungsstätten bis hin zur Verpackungshalle gemacht.

Die bestehende Anlage sah Raúls Meinung nach noch ganz gut aus, allerdings mussten sie auf die Aushebung der Becken warten. Gemeinsam hatten sie die ersten Besorgungen erledigt, einen Minibagger geliehen, Schaufeln und weitere Gartengeräte sowie einen Anhänger zum Abtransportieren der Abfälle organisiert.

Ellas Herz hatte wie wild geklopft, als die Gruppe um das vorderste Becken versammelt gestanden und Carlo den kleinen Bagger angelassen hatte. Als der erste Aushub auf dem Hänger landete, ließ Ella eine Flasche Sekt knallen und das Team applaudierte.

»*¡A un futuro exitoso!* Auf eine erfolgreiche Zukunft!«, hatte Ella bereits gelernt.

Ella ließ die Flasche einmal im Kreis wandern und freute sich über die strahlenden Gesichter ihrer Helfer, die ihr so viel Kraft schenkten.

Doch als die ersten Beckenränder zu sehen waren, runzelte Raúl die Stirn.

»Was ist los, Raúl?«, fragte Ella in holprigem Spanisch.

»Hmm, die Becken unter der Erde sind etwas brüchig«, gab er zu verstehen und erklärte, es sei zu reparieren, nehme aber mehr Zeit in Anspruch als gehofft.

Als er merkte, dass Bedenken in Ella aufkamen, fügte er schnell hinzu, dass das völlig normal sei. Es würden sicher noch einige Überraschungen auf sie warten, aber nichts, was sie nicht bewältigen konnten.

In Gedanken fing Ella an zu rechnen. Je länger sie für die Instandsetzung brauchten, desto teurer wurde das Vorhaben natürlich, abgesehen von den zusätzlichen Kosten, die für Baumaterialien entstehen würden.

»Das Geld wird schon reichen«, sagte Mimi, die Ella tief in die Augen sah und offensichtlich ahnte, was gerade in ihr vorging. »Du kannst immer noch an anderen Stellen sparen.«

»Okay, wahrscheinlich hast du recht, Mimi. Ich möchte nur so sehr, dass alles funktioniert.«

»Ich weiß, Süße. Aber wir schaffen das!«

Die beiden hatten zwar eine gute Planung ausgearbeitet, doch es war kein großer Puffer mehr vorhanden und Ella konnte keine weiteren Rückschläge vertragen. Also hatten sie Raúl und Carlo in Ruhe arbeiten lassen und sich wieder der Werkstatt zugewendet.

* * *

Nachdem Ella und Mimi sich für den Tag fertiggemacht hatten, fuhren sie los, um einige Dinge für den Abend einzukaufen. Ella wollte eine kleine Abschiedsparty für Mimi veranstalten. Natürlich ließ sich vor der neugierigen Mimi nichts verheimlichen, also organisierten sie die Feier gemeinsam. Heute war Markt in Llucmajor, von dem Raúl erzählt hatte, dass es einer der schönsten Märkte der Insel sein sollte. Die beiden planten, sich an ihrer ersten Paella zu versuchen und dazu noch Brot, Käse und Wein zu besorgen.

»Wir waren so in die Arbeit vertieft und haben gar nicht mehr über deine Oma gesprochen«, stellte Mimi fest, als sie in der Altstadt von Llucmajor angekommen waren und gerade einen Parkplatz suchten. »Vermisst du sie?«

»Ja, sehr«, antwortete Ella und war traurig, weil Mimi absolut recht hatte. »Ich komme mir total schlecht vor«, gestand sie nun. »Es ist so viel passiert in den letzten Wochen, dass ich nur sehr selten an sie gedacht habe. Dabei bin ich doch nur wegen ihr überhaupt hierhergekommen.«

»Du brauchst dich nicht schuldig fühlen. Ich glaube, das ist mehr als verständlich und deine Oma wäre sehr stolz auf dich. Ich denke, sie schaut von da oben aus zu und ist immer für dich da«, sprach Mimi ihr gut zu.

»Nach allem, was passiert ist, habe ich allerdings noch immer keine Ahnung, was meinen Vater damals hierhergebracht hat und ob es irgendetwas mit meiner Mutter zu tun hat«, sagte Ella mit herunterhängenden Schultern, als sie die kleinen Gassen entlanggingen.

»Ich kann mir gar nicht vorstellen, wie das für dich sein muss, Süße. Aber du konzentrierst dich jetzt am besten erst einmal auf deine Saline und vielleicht finden wir anschließend noch etwas heraus. Es wäre doch gelacht, wenn du nirgends einen Hinweis auf ›B‹ finden könntest. So groß ist die Insel ja auch nicht.«

Mimi hatte wahrscheinlich wie so oft recht. Ella musste schauen, dass sie die Saline mit dem vorhandenen Geld irgendwie in Gang setzte. Sie hatte Verantwortung übernommen, der sie gerecht werden wollte. Verantwortung für Raúls Familie, für Michele und Carlo und die Verantwortung ihrer Oma gegenüber, deren hart erspartes Geld nicht aus dem Fenster zu werfen. Trotzdem brannte tief in ihrer Seele der Drang, mehr über ihre Mutter zu erfahren und herauszufinden, warum ihre Oma so viele Geheimnisse um Mallorca gemacht hatte. Irgendetwas musste passiert sein, was Oma Margret nie wieder über die Insel hatte sprechen lassen.

Ella und Mimi waren geistesabwesend einigen Einheimischen nachgelaufen und standen jetzt vor einer kleinen Straßensperre. Dahinter öffnete sich der Marktplatz von Llucmajor, fast vollständig bedeckt mit kleinen Marktständen. Der Platz war von wunderschönen alten Häusern eingefasst, die mit ihren verzierten Steinfassaden und rostigen Balkongeländern einen ganz besonderen Charme ausstrahlten. Auf der linken Seite erstreckten sich kleine Cafés, in denen mit Tüten bepackte Marktbesucher saßen. Vor den mit Stofftüchern überdachten Marktständen stapelten sich viele große blaue Kisten, in denen frisches Obst, Gemüse, Käse, Wurst und weitere Leckereien angeboten wurden. Schon ein erster Blick auf die umherstreifenden Menschen und der Klang der umherfliegenden Wortfetzen verriet, dass hier nur wenige Touristen einkauften. Auf diesem traditionellen Markt im Landesinneren kauften überwiegend Einheimische ein.

»Da ich davon ausgehe, dass ich dich noch öfter besuchen komme und du sowieso regelmäßig hierherkommen wirst, vertagen wir das Schlendern und suchen nur unsere Zutaten zusammen, oder?«, fragte Mimi grinsend, als sie merkte, dass Ella sich gerne ausgiebig umgeschaut hätte.

»Jaajaa«, murrte Ella lächelnd und die beiden gingen los.

Raúl hatte ihnen ein Paella-Rezept von seiner Frau Valentina mitgegeben, sodass eigentlich nichts schiefgehen konnte. Er wollte auch eine entsprechende Pfanne mitbringen und Valentina bei der Zubereitung helfen. Ella freute sich auf den Abend. Sie hatten bereits Öl, Reis, verschiedene Kräuter, Gewürze und Weißwein eingekauft, als Ella plötzlich wie versteinert stehen blieb. Ihr entgleisten alle Gesichtszüge und ihr Magen zog sich zusammen.

»Hey, alles in Ordnung mit dir?«, fragte Mimi verunsichert.

Ella zeigte keine Reaktion. Mimi drehte sich in die Richtung, in die Ellas Blick gerichtet war, und sah einen jungen Mann auf sie zukommen. Er trug eine Schürze und sein markantes Gesicht offenbarte ein hoffnungsvolles, freudiges Lächeln.

»Ella?«, sagte der Mann ungläubig. »Du bist es wirklich«, sagte er und blieb zwei Schritte vor ihr stehen.

»Miguel«, krächzte Ella, nach ihrer Stimme suchend, und sah verschämt zu Boden.

»Oh«, kommentierte Mimi, die nun verstand. »Ähm, hi. Ich bin Mimi«, stellte sie sich vor.

»Miguel«, antwortete er mit einem kurzen Blick zu Mimi, bevor er wieder zu Ella sah. »Was. …was machst du hier?«, fragte er.

Ella hob den Kopf, seine glänzenden Augen nahmen sie gefangen. Ihr Herzschlag wurde immer schneller. Sie spürte die Plastiktüten langsam ihren feuchten Händen entgleiten und brachte kein Wort heraus. Oh Gott, was sollte sie jetzt machen?

Bisher hatte sie es erfolgreich vermieden, Miguel zu schreiben, ihn anzurufen oder gar an ihn zu denken, und nun stand er plötzlich vor ihr, genau wie bei ihrer ersten Begegnung vor ein paar Wochen am Brunnen. Damals hatte er sie genauso eindringlich angesehen, nur dass sie zu diesem Zeitpunkt bestohlen worden und völlig aufgelöst gewesen war. Jetzt hatte sie einen Plan, ein Ziel und er eine hochnäsige Freundin, von der er Ella selbst nach ihrem Kuss nichts erzählt hatte. Ella merkte, wie die Schmetterlinge in ihrem Bauch tanzten und sich ihr Gesicht rot färbte, bei dem Gedanken an den Kuss.

»Ella?«, fragte Miguel erneut.

»Ich muss weg«, brachte sie nun hervor, drehte sich ruckartig um und marschierte los.

»Ähm, ich auch!«, sagte Mimi irritiert und rannte Ella hinterher.

»Warte!«, rief Miguel, doch Ella reagierte nicht auf ihn und verschwand in der Menge.

* * *

Miguel stand fassungslos da und blickte in die Richtung, in die Ella gelaufen war. Was machte sie hier auf der Insel? War sie nicht längst schon wieder nach Hause geflogen und hatte ihr altes Leben aufgenommen? Verdammt, warum war er ihr nicht nachgelaufen? Es gab so viel, was er ihr hätte sagen und erklären wollen. Hatte sie denn gesehen, dass er fast jeden Tag versucht hatte, sie zu erreichen? Er musste sich eingestehen, dass sie ihm einfach nicht aus dem Kopf gegangen war. Sie hatte sein tiefstes Inneres berührt. Ein Gefühl, das er bisher nicht gekannt hatte. Leider war ihm das erst bewusst geworden, als es zu spät gewesen war, er sie hatte gehen lassen und ihr nichts von Ana und Barreto erzählt hatte.

Und dann hatte er sie plötzlich hier auf dem Markt gesehen. Völlig aus dem Nichts hatte sie dagestanden und sein Herz zum Beben gebracht. Diese schüchternen braunen Augen, die trotzdem so viel Stärke in sich trugen. Und so schnell sie aufgetaucht war, war sie auch wieder verschwunden.

War sie so sauer auf ihn, dass sie nicht ein Wort mit ihm wechseln konnte? Was hatte er da angerichtet? Enttäuscht trottete Miguel zurück zu seinem Stand und ließ sich auf einer Obstkiste nieder.

»Na, mein Freund, was war das denn da gerade?«, fragte der Verkäufer des benachbarten Blumenstandes.

»Ach, lange Geschichte«, antwortete Miguel mit gesenktem Kopf.

»Wir haben noch einen langen Vormittag vor uns«, scherzte der Verkäufer. »Aber sag mal, war das nicht dieses Salzmädchen?«

Miguel hob erstaunt den Kopf. »Woher weißt du davon?«, wollte er wissen.

»Da ist so ein Mädchen, das baut eine Saline auf, unten an der Küste. Ich habe von meinem Cousin davon gehört und meine, sie letztens dort gesehen zu haben. Sie hat einen Bagger gemietet.«

* * *

Als Mimi wieder beim Auto angekommen war, blieb sie fassungslos stehen. »Was war das denn?«

Verschämt schaute Ella auf den rissigen Boden. »Das …«, stammelte sie, »war Miguel.«

»Ja, ist mir nicht entgangen. Aber wieso bist du einfach abgehauen? Der war doch eigentlich ganz nett.«

»Mimi …, ich glaub, ich bin verliebt.«

Mimi wollte sofort alles darüber wissen.

Ella umklammerte das Lenkrad immer fester, als sie Mimi zu erklären versuchte, was da gerade passiert war.

»Mimi, ich weiß doch auch nicht. Da ist irgendwas. Keine Ahnung, was es ist. Mein Herz hat sich angefühlt, als würde es explodieren, und mein Magen hat sich zusammengezogen wie … ach, ich weiß auch nicht!«, beschrieb sie. »Aber ich kann das nicht! Ich will das nicht!«

»Ella«, begann Mimi, »das hört sich für mich wirklich danach an, als würdest du es ernst meinen.«

»Ja, aber das bringt doch nichts. Er hat doch Ana und … ach egal!«

»Also für mich hat es ausgesehen, als hätte er sich ehrlich gefreut, dich zu sehen«, versuchte Mimi, einzulenken.

»Und womöglich ist er ja gar nicht mehr mit Ana zusammen. Vielleicht fühlt er ja sogar das Gleiche? Willst du nicht noch mal mit ihm reden?«

»Nein, ganz sicher nicht. Nach der peinlichen Aktion letztes Mal und dann auch noch heute. Nein, das will ich nicht. Ich muss mich auf die Saline konzentrieren, das hast du selbst gesagt.«

»Aber hier geht es um echte Liebe. Die hat Vorrang.«

Mimi zwang Ella zu nichts, ergänzte jedoch, es sei vielleicht alles ja gar nicht so schlimm, wie es momentan aussehe. Trotzdem wollte Ella nichts mehr davon hören. Ihr Entschluss stand fest. Sie wollte Miguel weder sehen noch mit ihm sprechen. In Gedanken stand sie allerdings immer noch auf dem Marktplatz und sah in seine Augen.

23

Am liebsten hätte sich Ella im Bett vergraben und wäre erst Tage später wieder aufgewacht. Aber das konnte sie Mimi nicht antun, die sie doch die ganzen letzten Wochen so sehr unterstützt und die Abschiedsfeier verdient hatte. Nein, sie wollte alle Gedanken an Miguel verdrängen. Und zwar nicht nur für einen Abend, sondern für immer. Also beschlossen Mimi und Ella, erst mal nicht mehr über ihn zu reden und sich um die Vorbereitungen zu kümmern.

Als die beiden am Haus ankamen, erwartete sie schon die nächste Überraschung. Dieses Mal war es allerdings eine erfreuliche. Michele stand stolz vor dem Haus und zeigte auf einen langen Holztisch mit passenden Sitzbänken.

»*¿Qué es?*«, fragte Ella verwirrt.

»*Esa es una mesa*«, antwortete Michele trocken und fing anschließend an, zu lachen.

»Er sagt, es sei ein Tisch«, übersetzte Ella und musste ebenfalls lachen.

Michele erklärte, dass er noch einige alte Holzbohlen hinter dem Lagerhaus gefunden hatte und dachte, dass die Gäste heute Abend nicht auf Kisten sitzen sollten. Also hatte er daraus kurzerhand zwei rustikale Bänke und einen Tisch gezimmert.

Die Oberflächen hatte er nur grob angeschliffen, was die alte Struktur des Holzes bewahrt hatte.

Ella liebte den Tisch jetzt schon. Sie umarmte Michele und küsste ihn auf die mit Bartstoppeln besetzte Wange, was ihn augenscheinlich darüber nachdenken ließ, noch weitere Möbelstücke zu bauen.

Ella übersetzte für Mimi und die beiden trugen amüsiert die Einkäufe ins Haus.

Durch ihre Flucht vom Markt hatten sie nicht alle benötigten Zutaten bekommen und daher den Rest im Supermarkt besorgen müssen. Besonders die frischen Meeresfrüchte sahen wunderbar aus. Nachdem sie Michele am Nachmittag noch bei den Arbeiten in der Werkstatt unterstützt hatten, fingen sie nun an, den Tisch mit Kerzen zu dekorieren und die Paella-Pfanne daneben aufzubauen. Wenig später trafen auch schon Raúls Frau Valentina und ihr Sohn Pedro ein. Valentina war eine sehr hübsche und schlanke Frau, etwa in Raúls Alter. Ihre schwarzen, glatten Haare hielt sie mit einem schmalen Haarband zusammen, welches ihre feinen Gesichtszüge unterstrich. Sie trug ein rosafarbenes, dünnes Kleid und dazu Sandalen. Ihr zehnjähriger Sohn Pedro ging neben ihr und hielt sie schüchtern an der Hand. Er sah Raúl wie aus dem Gesicht geschnitten aus, hatte allerdings die schlanke Statur seiner Mutter.

Strahlend kamen die beiden auf Ella zugelaufen und von Raúl wusste sie, dass die beiden sie unbedingt kennenlernen wollten, die Frau, von der Raúl so geschwärmt hatte.

Eine herzliche Umarmung mit anschließenden Küssen später fühlten sich Valentina und Pedro bereits wie zu Hause. Pedro lief zu Raúl, um sich die Salzfelder anzuschauen, und Valentina half in der Küche bei den Vorbereitungen.

Mimi öffnete die erste Flasche mallorquinischen Weines und die drei stießen auf die Saline und natürlich auf Mimi an. Als die Paella langsam in der großen Pfanne garte, traf auch

Rosa ein, die sofort mit Valentina losplapperte und die Details erklärte, für die Ellas Spanisch noch nicht ausreichte.

»*La comida está lista*«, rief Ella irgendwann zu den Feldern hinüber, als die Sonne bereits tief über den Dünen stand.

Pedro kam aufgeregt zu den Frauen gelaufen und erzählte seiner Mutter alles über die Aushebung der Becken. Er sagte, er wolle unbedingt auch einmal hier mit seinem Vater arbeiten.

»Das hat noch ein bisschen Zeit«, antwortete Valentina, der die Vorstellung allerdings gefiel.

»Wenn alles gut läuft, finden wir auch für dich einen Platz«, ermutigte Ella ihn und freute sich über Pedros Neugier.

Als auch Raúl, Carlo und Michele am Tisch versammelt waren, schenkte Ella den Wein aus und ergriff das Wort. Sie wollte heute ihre erste Ansprache auf Spanisch halten und hatte sich dafür ein paar Sätze zurechtgelegt. Sie schluckte ihre Aufregung hinunter und fing einfach an.

»*Gracias por estar aquí. Vosotros no sólo estáis un gran apoyo, sino mi familia. Como sabéis, Mimi nos dejará mañana. Por eso brindamos hoy por ella.*«

Einige Tränen lösten sich von Ellas Augenlid und Mimi stand sofort auf, um Ella fest zu drücken.

»Das klang total schön, Süße. Aber was hast du denn gesagt, dass du sogar feuchte Augen bekommst?«, wollte sie wissen.

Ella schluchzte.

»Dass ich euch sehr dankbar bin, da ihr wie eine Familie für mich seid, und wir heute auf dich trinken«, stotterte sie. »Am liebsten würde ich dich hierbehalten, Mimi«, fügte sie leise hinzu.

Mimi schluckte nun ebenfalls. Mit so vielen Emotionen hatte sie anscheinend heute nicht gerechnet. »Das ist total lieb von dir, Ella. Ich weiß gar nicht, was ich sagen soll, außer *Ich komme ganz bestimmt wieder*!«

Die Gruppe lächelte die beiden herzlich an und alle hoben ihr Glas.

»*¡Por Mimi!*«, stimmten sie gemeinsam ein.

Es wurde ein sehr schöner und langer Abend, an dem sich alle noch besser kennenlernten und der aus ihnen ein richtiges Team machte. Mit Valentinas Hilfe gelang auch die Paella und es war das Beste, was Ella und Mimi seit Wochen gegessen hatten.

Selbst Carlo schien irgendwie gelöster als sonst und erzählte ein wenig von seinen Eltern. Die Schweinezucht seines Vaters lief sehr erfolgreich und die *Salchichón de cerdo negro*, die Salami vom schwarzen Schwein, verkaufte sich bestens auf den Märkten.

Nach einigen Flaschen Wein bemerkte Ella, dass Mimi und Carlo immer näher zueinander zu rücken schienen. Sofort dachte sie wieder an Miguel. Was er wohl gerade machte? Würde er sich die gleichen hellen Sterne anschauen, die sie über sich sah?

* * *

Der nächste Morgen kam schneller, als Ella und Mimi gehofft hatten. Die beiden saßen bei einer Tasse Kaffee vor dem Haus und erzählten sich Geschichten über den gestrigen Abend.

»Michele hat der Wein so gut geschmeckt, er wäre fast von der Bank gefallen!«, sagte Mimi lachend und steckte Ella damit an.

»Und Raúl musste von Valentina fast nach Hause getragen werden! Danke, Ella, es war wirklich ein schöner Abend!«

»Ja, das war es«, sagte Ella nachdenklich. »Aber was läuft da mit dir und Carlo?«, fragte sie nun und konnte sich ein Grinsen nicht verkneifen.

»Er ist nett«, erwiderte Mimi zurückhaltend.

Sie wollte sich wohl nicht weiter dazu äußern. »Und dabei hast du doch kein Wort verstanden von dem, was er erzählt hat«, stellte Ella amüsiert fest.

»Ich hab schon gemerkt, was er meinte«, verteidigte sich Mimi. »Aber egal! Heute ist Abreisetag. Kann ich dir noch irgendwas helfen?«, lenkte Mimi ab.

»Du kannst bleiben«, sagte Ella halb im Scherz und halb ernst.

»Ich würde wirklich gerne, aber ich muss leider wieder nach Hause. Ich hab keine Urlaubstage mehr übrig.«

»Ja, ich weiß, Mimi. Doch du weißt auch, dass du jederzeit willkommen bist, ja?«

»Ja, das weiß ich. Und du wirst es noch bereuen, das gesagt zu haben.«

Fröhlich gingen die beiden ins Haus. Mimi packte ihre Sachen und Ella dachte schon über die nächsten Schritte auf der Saline nach.

Eine Stunde später kam am Flughafen der Moment des Abschieds. Es war wirklich eine tolle Zeit mit Mimi gewesen. Sie würde sie sehr vermissen. Besonders ihre unbeschwerte Art, ihr Tatendrang und ihre Herzlichkeit würden Ella sehr fehlen. Es folgte eine tränenreiche Verabschiedung vor der Sicherheitskontrolle und nun saß Mimi über den Wolken auf dem Weg nach Hause.

Ella war wieder auf sich alleine gestellt. Während der Fahrt verdrückte sie noch einige Tränen und gleich bei der Ankunft wollte sie Mimi noch eine Nachricht schreiben, denn trotz der netten Menschen um sie herum fühlte sie sich plötzlich wieder einsam. Aber das konnte sie sich jetzt nicht leisten. Es gab so viel zu tun und sie musste stark sein. Also biss sie die Zähne zusammen und nahm sich vor, ihrem Selbstmitleid keine Chance zu geben. Obwohl sie ihren Helfern für heute freigegeben hatte, wollte sie doch sofort mit der Arbeit im Lagerhaus weitermachen.

Überraschenderweise spazierte Michele gerade über den Feldweg in Richtung Saline, als sie von der Landstraße abfuhr.

»*¿Que estas haciendo aquí?*«, fragte Ella überrascht.

»Helfen«, antwortete Michele in holprigem Deutsch und grinste.

Ella war gerührt. Selbst an diesem Morgen, an dem Michele sicher mit Kopfschmerzen aufgewacht war, fand er die Energie, Ella unter die Arme zu greifen. Dankbar hielt sie neben ihm an und bedeutete ihm, einzusteigen.

Michele griff an seinen Kopf und machte dabei ein schmerzverzerrtes Gesicht.

»Kopfschmerzen«, erklärte ihm Ella und legte ihm mitfühlend die Hand auf die Schulter. »Ich auch. *Estas el primero*«, fügte sie hinzu und beide fingen an, loszulachen. Mit neuer Motivation fuhr sie weiter bis zum Tor, öffnete es und gemeinsam machten sie sich an die Arbeit.

* * *

Nachdem Miguel vom Markt nach Hause gekommen war, stand er völlig neben sich. Was wollte er heute noch gleich erledigen? Er kam nicht darauf. Seine Gedanken kreisten einzig und alleine um die unerwartete Begegnung mit Ella. Auf dem Markt hatte er es schon wieder vermasselt. Anstatt ihr hinterherzulaufen und ihr alles zu erklären, hatte er wie angewurzelt dagestanden und ihr nur nachgeschaut.

Er kratzte sich am Bart, als er über die Worte des Blumenverkäufers nachdachte. Das Salzmädchen, grübelte er.

Hatte sie erneut jemand verwechselt oder war Ella wirklich zurück auf die Insel gekommen, um eine Saline aufzubauen? Der Gedanke schien ihm völlig abwegig. So eine Saline kostete eine Menge Geld und Ella hatte nicht den Eindruck gemacht, als käme sie aus einem reichen Elternhaus. Irgendetwas stimmte da nicht. Erst jetzt fiel ihm auf, dass Rosa in letzter Zeit erstaunlich oft unterwegs gewesen war. Hatte sie vielleicht etwas damit zu tun? Das Ganze kam ihm merkwürdig vor.

»Da bist du ja, Miguel«, rief seine Mutter Emilia durch das Küchenfenster, als er aus dem Auto gestiegen war. »Dein Vater wartet schon auf dich. Du wolltest ihm doch beim Pflanzen der neuen Setzlinge helfen.«

Ach, das war es, was er noch erledigen musste. Um der hoffentlich steigenden Nachfrage gerecht zu werden, hatte Miguel noch einmal neue Setzlinge bestellt. Diese mussten schnellstmöglich eingepflanzt werden, bevor sie verdorrten. Das würde ihn vielleicht auf andere Gedanken bringen, wobei er sich keine schöneren Gedanken vorstellen konnte als die an Ella.

Trotzdem ging er den Weg an den Feldern entlang und fand seinen Vater bereits auf der roten Erde kniend. José nickte ihm zu und Miguel griff nach einem jungen Olivenbaum, um mit der Arbeit zu beginnen.

Als der Abend hereingebrochen war, brachte Emilia eine Karaffe mit eiskaltem Wasser vorbei. Miguel und José waren immer noch nicht fertig, arbeiteten bereits im Scheinwerferlicht des Traktors und es würde sicher noch einige Stunden dauern.

»Wo ist eigentlich Rosa?«, fragte Miguel, als er nach einem Glas Wasser griff und es in einem Zug leerte.

»Sie ist heute verabredet«, antwortete Emilia kurz.

»Was ist denn so wichtig, dass sie nicht beim Pflanzen helfen kann?«, fragte Miguel genervt.

»Ich weiß es nicht, mein Schatz. Aber sie sagte, es sei dringend.«

»Hmhm«, gab er nur zurück und griff nach der nächsten Pflanze.

Erst spät in der Nacht hörte Miguel den Pick-up vorfahren. Wo war Rosa wohl gewesen? Er beschloss, sich am nächsten Morgen auf den Weg zu machen, um nach Ella zu suchen. Er wollte sie unbedingt sehen, er musste sie sehen und ihr alles erklären. Vielleicht war es noch nicht zu spät.

* * *

Miguel war heute früher aufgestanden als sonst, um unbemerkt das Haus zu verlassen. Der Blumenhändler hatte nicht genau gewusst, wo diese Saline sein sollte, aber eine Gegend genannt, in der es am wahrscheinlichsten war. Also stieg er in den Pick-up und fuhr los. Wenn er Ella tatsächlich finden würde, was wollte er ihr sagen? Dass er nur mit Ana zusammen war, damit Señor Barreto nicht seine Familie zerstörte? Es musste für Ella lächerlich klingen. Aber sie konnte nicht wissen, wie erbarmungslos Barreto mit Menschen umging. Miguel musste es einfach versuchen. Er durchfuhr Campos und nahm die Landstraße Richtung Süden.

Nach fünfundzwanzig Minuten kam er an der Küste in Colònia de Sant Jordi an und hatte weit und breit keinen Hinweis auf eine neue Saline entdeckt. Der Blumenhändler musste sich geirrt haben. Aber so schnell wollte Miguel nicht aufgeben. Er fuhr die Strecke langsam wieder zurück, bog immer wieder in kleine Wege ein und fragte die wenigen vorbeigehenden Menschen, ob sie von einer neuen Saline in der Gegend wussten.

Zwei Stunden später suchte er noch immer. Es war aussichtslos. Einen Versuch wollte er aber noch machen. Erneut an der Landstraße angekommen, hielt er neben einer älteren Frau, die ihre Einkäufe nach Hause trug.

»Entschuldigung, wissen Sie, ob es hier in der Gegend eine neue Saline gibt?«, fragte er höflich.

»Eine neue Saline?«, antwortete die Frau scheinbar skeptisch.

Miguel wollte sich schon bedanken und weiterziehen, als die Frau sich noch einmal zu Wort meldete.

»Da war mal früher eine Saline, vielleicht wird die wiedereröffnet. Die fünfte Straße links.«

Miguels Herz machte einen kurzen Aussetzer. *»¡Muchas gracias, Señora!«*, rief er aufgeregt und drückte aufs Gaspedal.

Miguel zählte bis zur fünften Straße und bog links ab. War er hier richtig? Der zugewachsene Feldweg sah nicht gerade viel befahren aus. Das Schild an der Einfahrt hing verrostet und unleserlich nach unten. Aber da war etwas. Am Ende des Weges konnte er tatsächlich ein Tor erkennen. Würde er Ella hier finden? Hätte er überhaupt den Mut, mit ihr über Ana zu sprechen und womöglich seine Gefühle zu gestehen?

Er parkte den Pick-up hinter einem großen Busch und überlegte. Er beschloss, sich das Gelände erst einmal aus sicherer Entfernung anzuschauen, und schlich los. Es wirkte tatsächlich, als wäre auf dem Land gearbeitet worden. Er konnte einen Anhänger entdecken und sah, dass eines von drei Häusern frisch renoviert war. Und dahinten stand ein kleiner Bagger. Das musste es sein!

So aufgeregt kannte sich Miguel gar nicht. Seine Augen zuckten, als er versuchte, zu erkennen, ob jemand hier war. Zumindest parkte kein Auto vor den Häusern und es war niemand zu sehen. Sollte er einfach durch das Tor schlüpfen und am Haus anklopfen? Ja, er würde es tun!

Miguel wollte gerade den Schutz des Busches verlassen und auf das Tor zugehen, als er das Brummen eines alten Dieselfahrzeuges hörte. Er überlegte kurz und entschied, in seiner Deckung zu bleiben und abzuwarten. Das Fahrzeug kam näher. Es war ein alter Ford Pick-up, so viel konnte er schon erkennen. Seine Knie wurden weich, als das Auto langsam an ihm vorbeifuhr.

»Das kann doch nicht …«, flüsterte er ungläubig.

Er sah Ella fröhlich den Wagen Richtung Tor lenken. Aber sie war nicht alleine. Neben ihr saß ein ebenso gut gelaunter Mann.

Nein, Ella, wollte er ihr zurufen.

Die beiden schienen sich sehr vertraut zu sein. Miguel beobachtete, wie Ella die Schulter des Mannes tätschelte und dabei herzhaft lachte. Sie sprang aus dem Wagen, öffnete das Tor und war verschwunden. Fassungslos blieb Miguel hinter dem Gebüsch stehen. Ella hatte also einen Freund. Miguel hatte ihn nur schemenhaft erkennen können, aber die beiden mussten ein Paar sein. Deswegen hatte sie sich gestern einfach umgedreht und war abgehauen. Jetzt wurde Miguel alles klar. Falls Rosa davon wusste, hatte sie ihm sicher nichts erzählt, weil sie ihn nicht verletzen wollte. Miguel schmerzten die Finger, so fest hatte er sich an einen Ast gekrallt. Ella war also wieder hier. Sie hatte so fröhlich und selbstbewusst ausgesehen, so unbeschwert. Hatte sie diesen Kerl vielleicht auf dem Weg zum Flughafen kennengelernt und beschlossen, gleich hierzubleiben? Bedrückt stieg Miguel in seinen Wagen und fuhr langsam den Weg zurück. Ella sah glücklich aus, das freute ihn. Aber warum war alles so kompliziert? Warum konnten sie nicht *gemeinsam* glücklich sein?

24

Weitere zwei Wochen vergingen und die Saline machte große Fortschritte. Es war bereits Anfang März und die Insel zeigte sich von ihrer schönsten Seite. Überall blühten wilde Blumen, das Gras war saftig grün, die Schafe dick und rund und die Nächte wurden Tag für Tag wärmer. Es sollte nicht mehr lange dauern, bis die Sonne genug Kraft hatte, um das feine Salz vom Meerwasser zu befreien. Ella und ihre Helfer mussten sich also beeilen, ihre Arbeiten rechtzeitig abzuschließen. In der Zwischenzeit waren auch die Werkstatt und das Lagerhaus fast bezugsfertig. Es mussten nur noch die Dächer ausgebessert und die Fenster erneuert werden. Auch Raúl und Carlo hatten ihren Teil dazu beigetragen und bereits zehn der zwanzig Becken von Erde und Wildwuchs befreit, und während Carlo sich um die restlichen Salzfelder kümmerte, hatte Raúl angefangen, das erste Bassin instand zu setzen. Dazu mussten die Becken zuerst ordentlich geschrubbt werden, um anschließend Risse und beschädigte Wände reparieren zu können. Raúl hatte nochmals erklärt, dass diese Arbeiten fast jedes Jahr zu machen seien, da der Untergrund hier sehr weich sei und deshalb die Gefahr groß, dass die Becken an manchen Stellen absackten. Nichtsdestotrotz war Ella zufrieden mit den Fortschritten, und wenn es in diesem Tempo weiterging, würden sie in absehbarer Zeit das erste Meerwasser in die Salzfelder einlassen können.

Auch Raúls Frau Valentina und der kleine Pedro kamen häufig vorbei, entweder um sie auf den Feldern zu unterstützen oder um Essen für die hungrigen Helfer zuzubereiten. Ella war ihnen sehr dankbar und wollte sich gerne revanchieren, allerdings akzeptierten sie kein Geld für ihre Hilfe. Stattdessen versprach Ella, sich etwas anderes für die beiden zu überlegen.

Selbst wenn Ella abends oft die Kraft fehlte, um sich noch für irgendetwas zu motivieren, drängte Rosa sie weiterhin zu den täglichen Sprachstunden. Ella wusste, dass Rosa das nicht aus Eigennutz tat, sondern weil sie fand, dass Ella unbedingt Spanisch sprechen musste, um hier eine Chance auf Erfolg zu haben. Also war sie sehr froh, weil Rosa so unnachgiebig mit ihr war. Ellas Wortschatz wurde dadurch täglich besser, sodass die Verständigung mit Raúl, Carlo und Michele mittlerweile überraschend gut funktionierte.

In den letzten Tagen war Rosa allerdings etwas komisch gewesen, besonders gestern. Ella konnte gar nicht genau beschreiben, warum, aber sie hatte irgendwie das Gefühl, Rosa hätte ein schlechtes Gewissen.

Gerade als Ella darüber nachdachte, ob Rosa vielleicht nur einen schlechten Tag gehabt hatte und sonst wohl alles mit ihr in Ordnung wäre, piepte Ellas Handy. Rosa schrieb kurz und bündig, sie werde es heute Abend nicht schaffen. Das sah ihr gar nicht ähnlich.

Sie wollte Rosa morgen fragen, was los war, und sich stattdessen heute einen gemütlichen Abend machen. Den hatte sie auch dringend nötig. Nach einem erfolgreichen Tag verabschiedete sie sich also noch von Michele, der am längsten geblieben war, und setzte sich mit einem Glas Wein auf die Bank vor ihrem Haus.

Als es langsam dunkel wurde, zündete sie eine Kerze an und wickelte sich in eine warme Decke. Sie wollte die angenehme Stille genießen und Kraft für die nächsten Tage tanken. Ella hatte es gerade geschafft, ihren Kopf abzuschalten, als sie Scheinwerfer am Tor entdeckte.

»Oh nein, was ist denn jetzt«, grummelte sie vor sich hin.

Die Scheinwerfer erloschen und sie hörte, wie sich das Tor einen Spalt weit öffnete. Wer konnte das so spät noch sein? Zum ersten Mal wurde Ella bewusst, dass sie völlig alleine auf diesem großen Grundstück wohnte und sie bekam sofort ein mulmiges Gefühl.

»¿Hola? ¿Quién es? Wer ist da?«, rief sie und stand auf, um näher an der Haustür zu sein.

Schritte kamen auf sie zu.

»¿Hola?«, rief sie erneut.

»Ich bin's«, sagte eine ihr vertraute Stimme und brachte ihr Blut zum Gefrieren.

Der Mann kam immer näher, bis er im Schein der Kerze stand.

»Miguel«, sagte Ella in einer Art Schockstarre. »Was … was machst du hier?«, wollte sie wissen. »Und woher weißt du, dass ich hier bin?«, fuhr sie fort. »Rosa«, beantwortete sie ihre Fragen selbst und ärgerte sich, weil Rosa ihr Wort gebrochen hatte.

»Nein, Rosa hat nichts damit zu tun. Ich habe von einem Kollegen gehört, wo deine Saline ist«, lenkte er ein. »Rosa hat mir nur etwas anderes Wichtiges verraten«, sagte er vorsichtig und unsicher. Er trat einen Schritt auf Ella zu, die Miguels Nähe nun deutlich spüren konnte.

»Sie hat mir verraten, dass du doch keinen Freund hast.«

Ella liefen abwechselnd warme und kalte Schauer über den Rücken. »*Doch* keinen Freund?«, fragte sie irritiert. Warum war ihm das überhaupt wichtig? Ellas Magen verkrampfte sich.

»Das ist eine andere Geschichte. Ich bin eigentlich gekommen, um dir etwas zu sagen. Etwas zu erklären«, sagte er mit bebender Stimme.

Oh Gott, was sollte Ella jetzt machen? Diesen Moment hatte sie sich die ganzen letzten Wochen heimlich ausgemalt und die verschiedenen Szenarien anschließend gekonnt wieder verdrängt.

»Setz dich. Ich komme gleich wieder«, sagte sie reflexartig und verschwand durch die Haustür.

Sie lehnte sich von innen dagegen und atmete einmal tief durch. Ihre Beine zitterten vor Anspannung.

»Okay, du hörst dir an, was er zu sagen hat und schickst ihn dann wieder nach Hause!«, redete sie sich gut zu. »Das wird schon!«

Hastig richtete sie sich ihre Haare, schlüpfte in eine saubere Jeans und streifte sich einen frischen Pullover über. Anschließend griff sie nach einem Weinglas und der offenen Flasche.

Miguel saß am Tisch und schaute sich um, als Ella sich ihm gegenübersetzte und vor Aufregung das Glas beinahe randvoll einschenkte.

»Oh«, kommentierte Miguel und fügte ein leises »Danke« hinzu.

Ella wurde knallrot, wollte sich ihre Unsicherheit jedoch nicht anmerken lassen. »Was willst du?«, entkam es ihr unerwartet schroff.

»Zuallererst freue ich mich, dass du wieder nach Mallorca gekommen bist«, begann er. »Ich weiß zwar nicht, wie das alles entstanden ist, aber du bist wohl dabei, hier etwas Tolles auf die Beine zu stellen. Ich freue mich wirklich für dich.«

»Okay, danke«, kommentierte sie kurz.

»Du musst wissen, dass ich sehr viel an dich gedacht habe in den letzten Wochen. Ich …«

»Aber du hast ja Ana«, schnitt Ella ihm den Satz ab. Sie traute sich nicht, ihm in die Augen zu schauen, spielte stattdessen verkrampft am Stiel ihres Weinglases.

»Genau deswegen bin ich auch hier«, setzte Miguel erneut an. »Nicht, weil ich Ana habe, sondern weil ich sie eben nicht habe«, verzettelte er sich.

»Also habt ihr euch getrennt?«, fragte Ella und hob erwartungsvoll ihren Blick zu Miguel. Ihr Puls beschleunigte sich spürbar.

»Nein … also ja. Also wir sind gar nicht richtig zusammen«, stammelte er.

Ella hatte keine Ahnung, was Miguel da gerade versuchte, zu erklären. Sie merkte, wie sie unruhig auf der Bank hin und her rutschte. »Was soll das heißen, Miguel?«, fragte Ella und wollte es endlich verstehen.

Miguel machte eine für Ellas Geschmack viel zu lange Pause, um sich zu sammeln.

»Es soll bedeuten, dass ich in dich verliebt bin, Ella.«

In Ella stieg eine Hitze auf, als stünde sie am Rand eines Vulkans. Damit hatte sie überhaupt nicht gerechnet. Oh Gott, Miguel war verliebt in sie? Aber war sie auch verliebt in ihn? Ja, das war sie. Definitiv war sie das! Ella wäre am liebsten aufgesprungen und hätte ihn geküsst. Genauso wie vor einigen Wochen in den Olivenfeldern, nur viel länger. Am liebsten die ganze Nacht. Aber was war mit Ana? Sie merkte, wie ihre zitternde Hand sich weiter am Weinglas festklammerte, sodass es fast zerbrach. Miguel sah bestimmt, wie unsicher sich Ella unter seinem Blick fühlte. Sie wusste nicht, was sie sagen sollte. Was erwartete er nun von ihr?

»Du musst nichts dazu sagen, wenn du nicht willst«, begann er. »Ich weiß, dass ich mich vor einigen Wochen wie ein Idiot benommen habe. Ich wollte dir von Ana erzählen. Sie bedeutet mir nichts, das musst du mir glauben.«

Sie bedeutete ihm nichts? Das sollte Ella ihm glauben? Warum waren sie dann zusammen?

Miguel fasste sich ein Herz und erzählte, wie alles angefangen hatte, dass Ana auf seiner Schule gewesen war, ein reiches, gelangweiltes Mädchen, das alles haben konnte, was sie wollte – außer Miguel. Miguel hatte sie abblitzen lassen und wollte mit ihren Intrigen, die sie damals schon gesponnen hatte, nichts zu tun haben. Auch nach der Schulzeit hatte er keinen Kontakt mit Ana gehabt – bis der Hof seiner Familie in Not geraten war. Wie Ella wisse, sei es einige Zeit sehr schlecht um die Geschäfte der Casa Emilia gestanden. Miguel erklärte, dass große Investitionen gemacht werden mussten und sie damals trotzdem weniger Oliven und Öl verkauften, als nötig gewesen wäre. Anas Vater, Señor Barreto, hörte von ihrer Notlage und bot schließlich an, mit einem Kredit auszuhelfen. Es stellte sich als große Fehlentscheidung heraus, das Angebot anzunehmen. Nachdem der Vertrag abgeschlossen war, erfuhren Miguel und seine Familie, dass Barreto nur auf eine Zahlungsunfähigkeit spekulierte, sodass er ihren Hof übernehmen könnte. Ana erkannte die Notlage ebenfalls und nutzte sie, um Miguel zu erpressen. Miguel sollte ihr fester Freund sein, ansonsten würden sie und ihr Vater Miguels Familie das Leben zur Hölle machen. Sie wollte dafür sorgen, dass niemand mehr auf der Insel auch nur eine Olive von ihnen kaufen werde. Miguel wusste um Barretos Macht, also hatte er keine andere Möglichkeit gesehen, als das böse Spiel mitzuspielen. Ana hatte ihn in der Hand und erst bei vollständiger Rückzahlung des Kredits hätte seine Familie wieder eine Zukunft.

Ella liefen die Tränen, als Miguel seine Geschichte beendete. Sie saß regungslos da und starrte auf den Tisch. Das war also der Grund für Miguels abweisende Art gewesen. Miguel tat ihr auf einmal so leid und sie kam sich erneut einfach nur blöd vor. Was hatte er alles ertragen müssen, um seine Familie zu beschützen. Und Ella hatte gedacht, Miguel wäre ein Mistkerl, der ihr falsche Hoffnungen gemacht hatte, um sich dann wieder um seine hübsche Ana zu kümmern.

Miguel war die Erleichterung darüber, dass er endlich offen mit Ella gesprochen hatte, anzusehen. Seine Gesichtszüge wurden weich. Noch immer überlegte Ella, ob sie ihm nach diesem Geständnis ihre Gefühle ebenfalls gestehen wollte. Würde es nicht alles kompliziert machen? Sie hatte sich ja Anas Vater bereits selbst zum Feind gemacht.

Nachdem sie eine Weile dagesessen und geschwiegen hatten, stand Miguel auf.

»Ella, ich bin froh, dass du mir zugehört hast. Danke«, sagte er aufrichtig. »Ich werde am besten jetzt gehen. Du möchtest bestimmt alleine sein.«

Ella hatte immer noch den Blick auf den Tisch gerichtet. Ihre Gedanken überschlugen sich.

»Ich hoffe, wir sehen uns bald wieder«, verabschiedete sich Miguel, drehte sich um und ging.

»Ich bin auch verliebt!«, rief Ella ihm hinterher, sprang auf und lief um den Tisch herum. »Seit dem ersten Tag«, flüsterte sie.

Miguel drehte sich langsam um, ging auf Ella zu und blieb wenige Zentimeter vor ihr stehen. Er legte seine Hände um ihre Hüfte, fand ihre Lippen und küsste sie voller Leidenschaft.

Ella umschlang Miguel und schmiegte sich an ihn. Ihr Körper zitterte bei seinen Berührungen. »Du weißt gar nicht, wie sehr ich mir das gewünscht habe«, flüsterte Ella ihm ins Ohr, als Miguel ihren Hals sanft streichelte.

»Ich liebe dich«, konnte sie nur mehr wispern und führte Miguel in die Wärme des Hauses.

* * *

Ella spürte Miguels nackten Körper an ihrer Seite, als sie am nächsten Morgen aufwachte. Sie fühlte sich schläfrig, behütet, geliebt und lebendig zugleich. Neben ihr lag der Mann, an den sie wochenlang gedacht hatte – den sie heute Nacht geliebt hatte und den sie immer lieben würde. In den letzten Wochen hatte sie ihre Gefühle immer wieder unterdrückt, aber gestern waren alle Dämme gebrochen, nachdem Miguel sich ihr geöffnet und die komplizierten Umstände erklärt hatte.

Und dann war da dieser Kuss. Sie hatten ihrer Leidenschaft freien Lauf gelassen, jeden Zentimeter ihrer Körper erkundet, um anschließend nebeneinandergekuschelt einzuschlafen. Es war eine wundervolle Nacht gewesen, voller Zärtlichkeit und voller Nähe.

Sie drehte sich auf die Seite, lediglich in die Hälfte der Bettdecke gehüllt und sah Miguel verträumt an. Ihn neben sich schlafen zu sehen, machte sie glücklich.

»Guten Morgen«, flüsterte sie, als er wenig später aufwachte und sich seine wunderschönen Augen öffneten.

Er lächelte. »Guten Morgen«, erwiderte er sanft. »Hast du gut geschlafen?«

»Wie könnte ich nicht gut geschlafen haben«, antwortete Ella und wurde leicht rot, als sie an die gestrige Nacht dachte.

Miguel richtete sich etwas auf, kroch unter ihre Decke und küsste sie. Seine Beine berührten ihre, seine Hand liebkoste Ellas Schulter. Ella stöhnte leise auf. Miguel legte sich sanft zwischen ihre Schenkel und sie spürte seine Erregung. Sie umfasste Miguel und drückte ihn zärtlich an sich.

Plötzlich hämmerte es fest an der Tür und beide schreckten auf. Miguel drehte sich zur Seite und Ella fing an, zu kichern.

»Oh Gott, wer stört denn ausgerechnet jetzt?«, fragte sie und sah Miguel an.

»Sollen wir nicht einfach so tun, als wäre niemand zu Hause?«, versuchte Miguel, Ella zu überreden, und hielt sie behutsam am Arm.

»Ich würde so gerne«, erwiderte Ella, griff nach seiner Hand und küsste sie. »Aber vielleicht ist es etwas Wichtiges«, fuhr sie fort, stieg aus dem Bett und streifte sich Hose und Shirt über.

»Ich bin immer noch hier, falls du mich suchst«, sagte er grinsend, während er sich die Bettdecke bis zum Hals zog.

»Hallo?«, fragte Ella und öffnete die Tür einen Spaltbreit.

Sofort wurde die Tür von außen aufgedrückt und eine schmale Person stürmte ungefragt herein. Ella wusste gar nicht, wie ihr geschah.

»Ich weiß, dass du hier bist, Miguel! *¡Cabrón!*« Ana marschierte geradewegs auf das Bett zu und riss an der Bettdecke.

Erschrocken klammerte sich Miguel daran fest.

Danach drehte sich Ana zu Ella, die immer noch wie erstarrt an der offenen Haustür stand.

»Das wirste du bereuen, du Schlampe!« Ihre Augen waren zu schmalen Linien geformt, die puren Hass verströmten. »Ich mache dich fertig«, sagte sie nun in einem ruhigeren Tonfall, der Ella einen kalten Schauer über den Rücken laufen ließ.

»Wenn du nicht in einer Minute draußen bist, dann werde ich dafür sorgen, dass deine Eltern auf die Straße schlafen«, richtete Ana noch einmal gelassen das Wort an Miguel, bevor sie erhobenen Hauptes aus der Tür stolzierte.

Ella sah Miguel verängstigt an, der hastig in seine Klamotten schlüpfte.

»Ella, ich …«

Nachdem Ella realisiert hatte, was da gerade passiert war, beschleunigte sich ihr Atem und Tränen liefen ihre Wangen hinunter. »Oh Gott, Miguel! Ich habe alles kaputtgemacht!«, schluchzte sie hysterisch. »Ich habe deine ganze Familie in Gefahr gebracht!«

»Nein, Ella, du hast gar nichts falsch gemacht!«, versuchte Miguel zu beschwichtigen. Er ging auf sie zu, schloss sie in die Arme und drückte ihr einen Kuss auf die Stirn.

»Alles wird gut, versprochen«, sagte er ruhig.

Ella wollte ihm so gerne glauben. Aber nach all dem, was er ihr über die Barretos erzählt hatte, konnte sie es nicht. »Nein, Miguel«, wisperte sie, als er vorsichtig versuchte, ihr die Tränen aus dem Gesicht zu wischen.

Langsam befreite Ella sich aus seiner Umarmung und trat einen Schritt zurück. Sie kämpfte um ihre Fassung.

»Ella«, begann Miguel.

»Es geht nicht, Miguel«, schluchzte sie. »Deine Familie …« Ella konnte nicht weitersprechen, aus Angst, das Gesagte könnte Wirklichkeit werden. Sie stützte sich an der Küchenzeile ab, um nicht den Halt zu verlieren, und schaute resigniert zu Boden.

»Du musst gehen, Miguel.«

»Nein, Ella, ich will …«

»Bitte geh jetzt«, sagte sie nun mit fester Stimme.

Miguel versuchte verzweifelt, ihren Blick einzufangen, doch es gelang ihm nicht. »Ella, ich liebe dich«, sagte er gefühlvoll.

»Ich weiß, Miguel«, antwortete Ella, immer noch um ihre Fassung ringend. »Aber wir können nicht zusammen sein.« Ella hielt weitere Tränen zurück, um den Abschied nicht noch schwerer zu machen.

»Bitte geh. Du musst deine Familie schützen«, hauchte sie und deutete mit der Hand zur offenen Tür.

Miguel ging auf die Tür zu und drehte sich noch einmal zu Ella um. »Ich werde für uns kämpfen«, sagte er mit bebender Stimme, bevor er leise das Haus verließ.

Ella sackte zusammen und weinte. Sie weinte so lange, bis ihre Augen keine Tränen mehr formen konnten.

25

Nachdem Miguel und Ana verschwunden waren, fand Ella nicht die Kraft, aufzustehen, und blieb auf dem Boden sitzen. Sie liebte Miguel, das wusste sie. Sie liebte ihn so sehr. In dieser Nacht hatten sie endlich zusammengefunden. Endlich, nachdem Miguel ihr seine Gefühle gestanden und damit ihre schützenden Mauern eingerissen hatte. Bei dem Gedanken daran, dass Miguel und Ana zusammen zum Tor gegangen waren, verkrampfte sich ihr ganzer Körper. Sie spürte, wie sich dieses Bild in ihren Kopf einbrannte und es sie innerlich zerfraß.

Weinend ergab sie sich ihrem Schicksal, dem Schicksal, das ihr deutlich zeigte, dass sie und Miguel keine Zukunft haben konnten. Ana hatte nicht nur Ella gedroht, sondern Miguels gesamter Familie. Von Miguel wusste sie, Ana hatte die Macht, dafür zu sorgen, dass niemand mehr Casa Emilias Oliven und Öl kaufen würde. Miguels Familie wäre damit zahlungsunfähig und würde ihren Hof verlieren. Das durfte Ella nicht zulassen. Ihr eigener Erfolg wäre Ella egal gewesen, aber die Zukunft von Miguel, Rosa, José und Emilia konnte sie nicht riskieren.

Michele fand Ella weinend auf dem Boden vor. Er setzte sich still neben sie und nahm sie wortlos in den Arm. Ella wollte nicht darüber reden und Michele schien es in ihren Augen lesen zu können. Nach zwei Stunden half er ihr auf und brachte sie ins Bett. Ella krabbelte erschöpft hinein, schaltete ihr Handy aus und schlief ein.

* * *

Zwei Wochen lag die Nacht mit Miguel nun zurück. Auch wenn Ella am liebsten alle Erinnerungen daran ausgelöscht hätte, so hatte es doch gutgetan, mit Mimi und Rosa darüber zu sprechen. Es hatte ihr den Schmerz nicht genommen, aber zumindest etwas gelindert. Sie musste ihre Gefühle der Zukunft von Miguels Familie gegenüberstellen und bei dieser Betrachtung gab es keine andere Lösung, als Miguel gehen zu lassen.

Rosa war Ella dafür sehr dankbar. Miguel hatte ihr schon angedeutet, was vorgefallen war, aber als Ella die ganze Geschichte erzählte, kamen Rosa die Tränen. »Es tun mir so leid, dass nix gesagt habe, aber ich konnte einfach nicht. Dachte nicht, dass du lieben Miguel so sehr«, sagte sie mit feuchten Augen. »Ich hatte nur so viele Angst um meine Eltern.«

Ella konnte sich vorstellen, in was für einer Zwickmühle Rosa und auch Miguel gesteckt haben mussten. Es war nicht ihre Schuld, also verzieh sie Rosa. Ella wollte nicht, dass dieses Unglück ihre Freundschaft belastete. »Hätte ich mich doch bloß nicht darauf eingelassen, Rosa. Aber … ich war vorher noch nie so verliebt. Ich konnte einfach nichts dagegen tun«, gestand Ella.

»Miguel ist guter Mann«, sagte Rosa. »Es wird kommen der Tag, an dem nicht mehr abhängig von Barreto. An dem Tag Miguel wird kommen zurück«, verkündete sie hoffnungsvoll.

Ella bekam eine Gänsehaut bei dem Gedanken. Konnte sie so lange auf Miguel warten und akzeptieren, dass er bis dahin mit Ana zusammen war? Wieder hatte sie das Bild von Ana und Miguel im Kopf, wie sie gemeinsam ihre Saline verlassen hatten. Ella wusste nicht, ob sie es konnte. Sie wusste nicht, ob es vielleicht besser war, ihn zu meiden, ihn zu vergessen. Sie hatte schon genug Unheil angerichtet.

Michele, Raúl und Carlo gaben Ella den Freiraum, den sie brauchte, um wieder klare Gedanken fassen zu können. Auch wenn Ella an manchen Tagen nicht ganz bei der Sache zu sein schien, hielten sie den Plan ein und leisteten tolle Arbeit. Mittlerweile waren Werkstatt und Lagerhalle fertig renoviert und Michele hatte sogar schon einige Werkbänke, Tische und Regale gezimmert.

Die beiden Häuser sahen toll aus, strahlten in freundlichem Beige und boten ausreichend Platz. Nun war Michele dabei, passende Werkzeuge zu bauen, die er nach den verrosteten Vorbildern aus der Werkstatt anfertigte.

Raúl und Carlo waren ebenfalls gut vorangekommen. Sie hatten alle Salzfelder ausgehoben und bereits das dritte Becken fertig instandgesetzt. Durch das wechselhafte Wetter der letzten Tage gestaltete es sich allerdings schwierig, die Risse in Boden und Mauern zu reparieren, da der Mörtel durch die Feuchtigkeit nicht austrocknen konnte. Wenn der ganze März so weiterginge, würden sie bald mit Zeltplanen arbeiten müssen, um den Regen fernzuhalten. Ella versprach, alles Nötige zu organisieren.

Heute hatte sie sich erst mal darum gekümmert, alle bisher angefallenen Rechnungen zu sortieren und abzuheften. Ihr Kontostand war schon um einen beträchtlichen Teil geschrumpft und es würde eine Herausforderung werden, dieses Jahr zu überstehen. Auch wenn alles funktionierte, müsste sie bereits die erste Salzernte schnellstmöglich verkaufen, um überhaupt die Arbeiter bezahlen zu können.

Es klopfte an der Tür.

»*Sí?*«, fragte Ella und tippte einige Beträge in eine Excel-Tabelle.

»*Hola*«, sagte eine Stimme. »Ist hier vielleicht ein Zimmer frei?«

Hatte sich Ella da verhört?

»Mimi!«, schrie sie und rannte zur Tür. »Was machst du denn hier?«

Ella fiel Mimi so heftig in die Arme, dass sie sie beinahe erdrückte. Freudentränen liefen ihr über die Wangen. »Es tut so gut, dich zu sehen, Mimi!«

»Das dachte ich mir auch, deswegen habe ich gekündigt und den nächsten Flieger nach Palma genommen.«

Erst jetzt bemerkte Ella, dass Mimi drei große Reisetaschen dabeihatte. »Du hast *was*?«, rief Ella fassungslos.

»Ich habe auf mein Bauchgefühl gehört«, antwortete Mimi und grinste. »Zwar habe ich keinen Brief von meiner verstorbenen Oma bekommen oder ein Grundstück geerbt, aber ich fühle mich wohl hier. Also bleibe ich«, erklärte sie nüchtern und man konnte ihr anmerken, wie aufgeregt sie eigentlich war.

Ella stand mit offenem Mund da.

»Und wenn es für dich okay ist … also … könnte ich vielleicht erst mal hier wohnen?«, fragte sie nun zögerlich. »Ich weiß, es ist etwas kurzfristig, aber ich werde mir schnellstmöglich einen Job und eine Wohnung suchen.«

»Mimi, mach dich nicht lächerlich!«, entgegnete Ella sofort. »Natürlich kannst du hierbleiben! So lange du willst!«

Ella drückte Mimi noch einmal. »Wie schön, dass du da bist, du verrücktes Huhn!«

Mimi sagte, Ella habe sie inspiriert, einfach etwas Neues auszuprobieren. Es habe ihr hier so gut gefallen, dass sie gar nicht anders gekonnt habe, als sofort herzukommen.

Fröhlich drehten beide eine Runde über die Felder und erzählten den anderen von der aufregenden Neuigkeit. Carlo umarmte Mimi besonders lange. Auch wenn Mimi leugnete, dass zwischen den beiden mehr war als Freundschaft – Ella konnte Mimis Unsicherheit deutlich spüren und freute sich für die beiden. Sie hoffte, Mimi werde mehr Glück in der Liebe haben, als sie selbst bisher gehabt hatte.

Am Abend saßen sie zusammen und malten sich aus, wie es sein würde, gemeinsam hier auf der Insel zu leben, eine wunderschöne Vorstellung.

»Mimi, du weißt aber schon, dass du gerne hier mithelfen kannst, oder? Also ich will damit sagen, dass du dir keinen Job suchen musst.«

Es war Ella irgendwie unangenehm, darüber zu sprechen, weil sie Mimi nicht für sich beanspruchen wollte. »Also ich meine … also ich hatte dir ja gesagt, dass ich dich auch bezahle. Ich kann momentan nicht viel …«

»Danke Ella, das würde ich sehr gerne!«, warf Mimi dankbar ein. »Ich hatte gehofft, dass du das sagst, und ich helfe natürlich gerne!«

Ella war erleichtert. Sie freute sich sehr darüber, die anstehenden Abenteuer nun zu zweit bestreiten zu können. Die beiden einigten sich darauf, dass Mimi erst mal bei Ella wohnen blieb und sie so lange auf ein Gehalt verzichtete, bis die Saline auf soliden Beinen stand. Hauptsache, die beiden hätten genug Geld, um über die Runden zu kommen.

Am späten Abend schlief Mimi mit einem glücklichen und zufriedenen Gesicht ein. Nur Ella lag noch einige Zeit wach und dachte darüber nach, dass sie vor zwei Wochen noch das Bett mit Miguel geteilt hatte. Wie er wohl mit der Situation zurechtkam?

* * *

Als Michele die Werkzeugarbeiten beendet hatte, half auch er auf den Feldern. Trotz des schlechten Wetters kamen die Männer gut voran und Carlo hatte bereits angefangen, den

Wassergraben entlang des Zaunes auszuheben. Es würde aufregend werden, wenn sie in hoffentlich wenigen Wochen das erste Wasser in die Becken lassen konnten. Bis es so weit wäre, lag noch einige Arbeit vor ihnen. Aber es würde heißen, dass die Saline dann bereit für die Salzgewinnung wäre. Ein spannender Moment, den Ella schon tausendmal gedanklich durchgespielt hatte. Sie müsste weitere Leute finden, die bei der Salzernte und ebenso bei der Reinigung, Trocknung und Verpackung halfen. Außerdem hatte Ella sich noch gar nicht damit beschäftigt, über welche Vertriebskanäle das Salz zu verkaufen war. Es gab noch einige Hürden zu nehmen, bevor sich zeigte, ob die Saline tatsächlich funktionierte und Geld einbrachte.

»Hmm, probier mal«, forderte Mimi sie auf und reichte ihr ein Schälchen.

Ella tauchte eine Fingerspitze ein und kostete. »Oh ja, lecker. Sehr angenehme Schärfe.«

Die beiden standen in der Küche und probierten unterschiedliche Salzmischungen aus. Nach viel Recherche und einigen Telefonaten mit Herrn Hüttler hatten sie beschlossen, nicht nur das reine Salz, sondern auch besondere Salzmischungen anzubieten. Dafür hatte Herr Hüttler ihnen *Fleur de Sel* aus Frankreich geschickt, welches sie nun mit verschiedenen getrockneten Gewürzen vom Markt mischten und die Rezepturen genau dokumentierten. Es erwies sich als gar nicht so einfach, die exakt richtige Menge für jedes Gewürz zu finden, sodass der Geschmack des Salzes, aber auch eine feine Note des jeweiligen Gewürzes perfekt zur Geltung kamen. Viele verschiedene Fläschchen und Schälchen standen nun in der Küche verteilt, worin sich Salzmischungen mit Chili, Rosmarin, Oregano, Majoran, Hibiskusblüten und weiteren Gewürzen befanden. Ella und Mimi hatten in den letzten Tagen auch schon einen Termin in einer Verpackungsfabrik wahrgenommen und sich unterschiedliche Proben mitgeben lassen. Ella hatte dazu die alte Salzdose mitgenommen, die sie in der Lagerhalle gefunden hatte. Sie wollte die Verpackung ihres Salzes genau so gestalten, wie ihr Vater es damals gemacht hatte. Eine kleine Metalldose mit Metalldeckel für ungefähr einhundertfünfzig Gramm Salz. Allerdings sollte die Dose nicht beschriftet werden, sondern von einem weißen, bedruckten Karton umfasst sein. Es kam Ella vor wie eine Ewigkeit, seit sie das letzte Mal an ihren Vater gedacht hatte. Als sie die verrostete Dose in ihren Händen hin- und herdrehte, überlegte sie, was ihn wohl dazu gebracht hatte, diese Saline zu bewirtschaften. Es musste »B« gewesen sein, eine Frau, über die sie bisher nichts hatte herausfinden können, die ihrem Vater aber anscheinend sehr nahegestanden hatte. Sie vermisste ihn. Sie vermisste auch Oma Margret. Ella wurde auf einmal bewusst, dass die beiden wahrscheinlich ebenfalls schon einmal genau hier zusammengesessen hatten. Vielleicht hatten sie auch über die Gestaltung dieser Dose gesprochen. Vielleicht sogar diese eine Dose in der Hand gehabt. Und vielleicht hatten sie auch darüber diskutiert, wo man das Salz am besten verkaufte.

»Wie wär's, wenn wir ein paar Mischungen fertigmachen und kleine Läden fragen, ob sie Interesse daran haben?«, fragte Ella und brachte noch einige neue Schälchen.

»Das finde ich super!«, antwortete Mimi. »Dann können sie es direkt probieren und sind hoffentlich begeistert!«

Genau wie Ella es mit Rosa bereits für das Olivenöl gemacht hatte, tüftelte sie nun mit Mimi an einem Logo für die Verpackung. Mit Buntstiften, Linealen und Kleber saßen sie einige Stunden zusammen und entwarfen verschiedene Layouts für die Dosen.

Ella drehte dabei ihren Ring und betrachtete sich erneut das Symbol darauf. »So soll es aussehen«, sagte sie gedankenverloren und brachte das Muster zu Papier.

Für jede Mischung benutzten die beiden eine andere Farbe. So würde man die Salze später im Regal gut unterscheiden können. Viele Entwürfe später legten sie fünf Blätter vor sich aus.

»Das ist perfekt!«, rief Mimi und lehnte ihren Arm an Ellas Schulter.

Auf dem Papier leuchteten nun Kreise, die aus jeweils einer kräftigen Farbschraffur bestanden. In der Mitte der Kreise war *Flor de Sal Mallorca* in einer weißen, leicht geschwungenen Schrift zu lesen. Darunter war der Name der jeweiligen Salzmischung ausgeschrieben. Ellas Wangen glühten vor Aufregung.

»Es ist wunderschön geworden«, sagte sie gerührt, als sie die Zeichnungen erneut mit ihrem Ring verglich.

»Dein Dad und deine Oma wären so stolz auf dich, Süße«, sagte Mimi, als sie erkannte, was Ella gerade dachte.

»Und sie würden wollen, dass wir jetzt losziehen und die ganze Insel davon überzeugen.«

Ella grinste. »Das würden sie ganz bestimmt«, erwiderte Ella und wusste Mimis Aufmunterung zu schätzen.

Nachdem sie fünf Dosen befüllt und mit der Papierbordüre beklebt hatten, stiegen sie ins Auto und fuhren los. Zuerst wollten sie ihr Glück in den etwas größeren Städtchen versuchen, die ihr Sortiment bereits auf den Tourismus ausgerichtet hatten. Anschließend wollten sie den Umkreis erweitern und auch für einen Tag nach Palma fahren. Da es auf Mallorca viele kleine Feinkost- und Touristenläden gab, in denen einheimische Köstlichkeiten angeboten wurden, war es kein Problem, passende Geschäfte ausfindig zu machen. Ellas Spanisch war mittlerweile auch so gut, dass sie zur Not problemlos danach fragen konnte.

Zuerst fuhren sie nach Santany*í,* das im Südosten der Insel lag. Sie parkten am Stadtrand und gingen auf die große Kirche zu, deren Spitze sie bereits von Weitem erkannt hatten. Wie erhofft, erstreckte sich davor der kleine Marktplatz, die Plaça

Major. Santanyí war wunderschön. Der gepflasterte Platz strahlte in verschiedenen Beigetönen und wurde von kleinen traditionellen Häusern eingefasst, in denen Cafés und Geschäfte Platz fanden. Hinter ihnen stand die imposante Kirche, deren Fassade schon hunderte von Jahren alt sein musste. An der Seite des Platzes befand sich ein alter Olivenbaum, der in ein Rondell eingemauert war und Ella einen Augenblick lang an Miguel denken ließ. Schnell konzentrierte sie sich aber wieder auf das heutige Ziel – einen oder mehrere Läden zu finden, die das *Flor de Sal Mallorca* in ihr Sortiment aufnehmen würden.

Da heute kein Markt stattfand, war der Platz relativ leer. Trotzdem schienen die meisten Geschäfte geöffnet zu haben. Als Ella und Mimi den Platz überquerten, sahen sie bereits einen Laden, zu dem ihr Salz wunderbar passen konnte. Schon im Eingang des Geschäfts hingen dicke Schinken und Würste. Das kleine Schaufenster war liebevoll dekoriert und zeigte verschiedene Öle, Gewürze, Pasteten und Weine.

»Versuchen wir unser Glück!«, redete Mimi Ella gut zu und schob sie Richtung Tür.

Ella hatte zwar Erfahrung darin, Feinkost zu verkaufen, allerdings stand sie normalerweise hinter der Theke. Jetzt musste sie ihr eigenes Produkt an einen Feinkostladen verkaufen und war verunsichert. »Sollen wir da einfach reinmarschieren und fragen, ob sie unsere Salze verkaufen möchten?«, fragte Ella schüchtern.

»Na klar!«, antwortete Mimi unbekümmert. »Was soll denn passieren? Mehr als nein sagen können sie nicht.«

Wieder einmal beneidete Ella sie für ihre forsche Art. Wahrscheinlich war Mimi die deutlich bessere Verkäuferin von beiden. »Okay, probieren wir es!«, ermutigte sich Ella selbst und betrat den Laden. Hinter der Theke stand ein älterer Herr, der gerade einige Flaschen in das dahinterliegende Regal einsortierte.

»*Buenos días*«, begrüßte Ella ihn.

Der Mann drehte sich um und war sichtlich erfreut über die spanische Begrüßung. Sein faltiges Gesicht formte ein freundliches Lächeln und die beiden begannen sofort ein Gespräch, in dem Ella ihm erklärte, dass sie aus Deutschland kämen, aber hier auf der Insel Fuß fassen wollten. Anschließend erzählte sie ihm, dass sie ein Produkt für ihn hätten, welches perfekt in seinen Laden passe. Sie würden es selbst herstellen und es sei eine lokale Köstlichkeit.

Ella hatte seine Aufmerksamkeit gewonnen und er war sehr neugierig auf das Produkt. Er sagte, dass er immer neue Spezialitäten für seine Kunden suche und schon sehr gespannt sei. Mimi half Ella dabei, die fünf Dosen auf der Theke aufzubauen. Innerlich platzten die beiden vor Anspannung, denn schon dieses erste Verkaufsgespräch lief absolut spitze. Würden sie hier bereits ihren ersten Abnehmer finden?

Interessiert griff der Verkäufer nach einer Dose und setzte seine schmale Lesebrille auf die große Nase. Innerhalb eines kurzen Augenblicks veränderte sich sein freundlicher Gesichtsausdruck. Gefiel ihm die Verpackung nicht? Oder die Mischungen? Oder hatte er schon solche Salze im Sortiment? Ella und Mimi sahen sich ratlos an.

Der Verkäufer wechselte ein paar Worte mit Ella, bevor sie die Dosen wieder in die Stofftasche steckte und enttäuscht den Laden verließ.

Mimi trottete hinterher. »Hey! Ella! Was war das denn?«, wollte Mimi umgehend wissen. »Der Anfang ist doch super gelaufen, oder? Ich dachte, der ordert gleich eine ganze Wagenladung. Was hat er gesagt?«

Ella kroch die Verunsicherung durch den ganzen Körper. »Wenn ich ihn richtig verstanden habe, hat er gesagt, dass er das Salz nicht in sein Sortiment aufnehmen *darf*«, erklärte sie und grübelte.

»Wie? Nicht aufnehmen *darf*?«, hakte Mimi unruhig nach.

»Ich hab keine Ahnung, Mimi. Vielleicht hat er Verträge mit anderen Lieferanten. Oder er ist gar nicht der Besitzer.«

»Aber da war doch kein einziges Salz in den Regalen!«, stellte Mimi fest.

»Ich weiß auch nicht. Was machen wir jetzt?«

»Okay, vergiss den Laden. Wir gehen natürlich weiter. So lange, bis wir die erste Bestellung aufnehmen können!«, sagte Mimi voller Überzeugung.

Nach einigen Minuten war die Enttäuschung weitestgehend verflogen und sie stellten sich bei dem nächsten Geschäft vor. Auch dieser Laden lehnte ab. Diesmal mit der Begründung, die Produkte würden nicht in das Sortiment passen. Dem nächsten Geschäft war die Qualität zu gering. So ging es den ganzen Tag lang, bis sie bei mindestens fünfzehn Geschäften vorstellig geworden waren.

»Mimi, das kann doch nicht wahr sein«, maulte Ella, die völlig frustriert war.

»Wenn das so weitergeht, dann brauchen wir die Saline gar nicht erst zu öffnen«, stellte sie ernüchtert fest.

»Nicht unterkriegen lassen, Süße! Ich weiß zwar auch nicht, warum keiner das Salz haben will, aber irgendwie habe ich ein komisches Gefühl«, grübelte Mimi.

»Komm, einen Versuch machen wir noch«, sagte sie jetzt fest entschlossen und ging mit Ella auf einen etwas größeren Feinkostladen zu, der schon vor dem Schaufenster eine sehr schöne, in weißen Kisten arrangierte Auslage hatte.

»Hallo, wie kann ich euch helfen?«, fragte eine nette Frau, die ungefähr Mitte vierzig sein musste und die ihrer Bräune nach schon länger auf der Insel lebte.

»Oh, Sie sprechen Deutsch. Das ist ja prima!«, erwiderte Mimi.

Nachdem die beiden erklärt hatten, was sie auf die Insel verschlagen hatte, nahm die Verkäuferin sich gerne die Zeit, um sich das Salz anzusehen.

»Die Verpackungen sind wirklich sehr gelungen und die Salzmischungen schmecken köstlich«, bemerkte sie. »Aber ich bin ehrlich. Mein Chef hat letzte Woche eine Mail geschickt, dass eventuell jemand kommen werde, um uns Salz anzubieten«, erklärte die Verkäuferin.

Ella und Mimi sahen sich entgeistert an.

»Er hat geschrieben, dass wir ablehnen sollen«, sprach sie weiter.

»Ich habe anschließend kurz mit ihm gesprochen und er meinte, dass wahrscheinlich niemand hier dieses Salz ins Sortiment aufnehmen könne«, beendete sie die Erklärung.

»Aber … hä? Wieso das denn?«, wollte Mimi wissen und war verwirrt.

Woher hatte jemand gewusst, dass sie herkommen würden? Und warum *konnte* niemand das Salz ins Sortiment aufnehmen?

»Ana«, sagte Ella trocken.

Ella und Mimi saßen auf einer Treppenstufe eines Hauseingangs nahe dem Marktplatz und sahen sich enttäuscht an.

»Das gibt's doch nicht!«, schimpfte Mimi.

»Das ist wohl die Macht der Barretos«, antwortete Ella niedergeschlagen.

»Diese blöde Ana sagt einfach ihrem Dad Bescheid und schon kauft keiner auf der Insel mehr dein Salz?«, fauchte Mimi.

»Es sieht wohl so aus.«

»Aber das ist doch sicher illegal! Wir müssen doch irgendwas tun können.«

»Keine Ahnung, Mimi. Vielleicht war das alles eine dumme Idee.«

»Sag doch so was nicht, ich …«

Die Tür, vor der sie saßen, ging schwungvoll auf, erwischte Ella an der Schulter und die Salzdosen rollten die Stufe hinunter.

»*¡Oh, perdóname!*«, sagte eine alte Frau, die im Türrahmen stand und sich auf ihren Gehstock stützte.

»*Fue nuestra culpa, perdón*«, erwiderte Ella.

Die Dame stieg die Stufe zwischen Ella und Mimi hinab und blieb vor den Salzdosen stehen. Sie deutete mit ihrem Stock auf eine der Dosen. »*¿Esto es la sal de Mallorca?*«, wollte sie wissen.

»*Sí, es nuestra sal*«, antwortete Ella und ergänzte, dass sie eine Saline in der Nähe habe und gerne diese Salzmischungen verkaufen würde. Sie war überzeugt, dass ihr eigenes Salz dem aus Frankreich, mit dem sie die Mischungen hergestellt hatten, in nichts nachstehen würde, weshalb sie sich die kleine Notlüge erlaubte.

»*Conozco esta sal*«, bemerkte die Dame und runzelte die Stirn.

Ella war verwirrt. Diese alte Frau *kannte* ihr Salz? Wie konnte das sein? Ellas Augen wurden immer größer, als die Dame erklärte, sie habe das Logo schon einmal gesehen. Das müsse aber schon dreißig Jahre her sein. Es habe damals geheißen, dass ein Deutscher und eine junge Mallorquinerin die alte Saline im Süden renoviert hätten.

Ellas Hände zitterten, als sie eine der Dosen umklammerte. Was wusste diese alte Frau noch? Kannte sie ihren Vater? Eine junge Mallorquinerin? Wer war sie?

Als Ella die Dame mit Fragen löcherte, schüttelte diese nur abweisend den Kopf. Nein, sie wisse nicht mehr, außer dass die Saline nach kurzer Zeit wieder schließen musste und man weder von dem Deutschen noch von der Mallorquinerin je wieder etwas gesehen oder gehört habe.

Ella fing an, zu weinen, als sie Mimi das Gespräch übersetzte. Sie wurden nie wieder gesehen. War das ihre letzte

Chance gewesen, mehr über ihren Vater oder »B« zu erfahren? Bevor die Frau ging, nannte sie noch den Namen eines Geschäftes in einem anderen Ort. Da sollten sie versuchen, ihr Salz zu verkaufen. Es würde prima dorthin passen, sagte sie.

Doch Ella wollte nach Hause. Es war ein langer Tag voller Abweisungen gewesen. Mehr konnte sie für heute nicht verkraften.

Mimi versuchte alles, um Ella zu trösten, aber es half nichts. Egal wobei, Ella hatte das Gefühl, einen Schritt vor und zwei Schritte zurück zu machen.

»Ella, sieh es mal so. Die Frau kannte das Salz. Das heißt, dass dein Vater es geschafft hat, das Salz zu ernten und irgendwie in den Handel zu bringen. Er hat nicht aufgegeben und das machen wir auch nicht!«, motivierte Mimi sie.

»Aber dann wurde die Saline wieder geschlossen«, sagte Ella.

»Das kann tausend Gründe gehabt haben. Fest steht: Ihm war es gelungen und wir packen das auch!«

Ein Funken Hoffnung keimte in Ella auf. Mimi hatte mal wieder recht. Sie würden weitermachen, bis ihr eigenes Salz in den Dosen abgefüllt war. Und dann würden sie einen Weg finden, es zu verkaufen! Barreto würde ihnen keinen Strich mehr durch die Rechnung machen!

26

Ella ging auf dem schmalen Weg entlang der Becken und prüfte die schleusenartigen Öffnungen, durch die in wenigen Stunden frisches Meerwasser fließen würde. Sie konnte es kaum fassen, aber sie hatten es tatsächlich geschafft. Nachdem sie Tag und Nacht gearbeitet hatten, gebaggert, zementiert, gemäht, gestrichen, gepflastert und geplant, war es endlich soweit. Heute würde die Saline offiziell eröffnen. Zwei Monate hatte die Fertigstellung noch gedauert. Zwei lange Monate, in denen Ella einige Male kurz davorgestanden hatte, alles hinzuschmeißen. Mal kamen Handwerker nicht, mal wurden dringend benötigte Teile nicht geliefert, doch am Ende hatte das Team zusammengehalten und alle Hürden erfolgreich gemeistert.

Die Anlage sah nun wunderschön aus. Der Hof war neu gepflastert, die Rasenflächen frisch gemäht und die Wege gefestigt und neu angelegt. Ella konnte gar nicht beschreiben, wie glücklich sie war. Nach all den Unwägbarkeiten der letzten Monate und nach all den Höhen und Tiefen konnte sie heute bei einem Eröffnungsfest die Schalter umlegen, um das Meerwasser in die Felder einzulassen. Der Sommer war angebrochen und die Sonne hatte nun genügend Kraft, um durch die Verdunstung des Wassers das köstliche Meersalz freizugeben. Raúl und Valentina hatten ihr dabei geholfen, einige

Männer und Frauen zu gewinnen, die künftig bei der Feldarbeit sowie den Verpackungsarbeiten helfen würden. Somit war die Mannschaft der Saline auf mittlerweile acht Personen angewachsen. Um Besuchern den Zugang zur Saline zu ermöglichen, hatte die Gruppe auch den Weg bis zum Tor neu angelegt und ein großes weißes Schild an der Zufahrt angebracht. *Salina de Mallorca* stand darauf. Mimi und Ella hatten sich überlegt, dass sie das Salz einfach hier auf der Saline verkaufen konnten, solange sich noch keine weiteren Geschäfte finden ließen, die es in das Sortiment aufnahmen. Nur der kleine Laden, den die alte Frau von der Treppe ihnen empfohlen hatte, hatte das Angebot dankbar angenommen und wollte von jeder Salzmischung die ersten zehn Dosen abnehmen. Außerdem hatte Mimi heimlich einige Proben an Herrn Hüttler geschickt, dem die Salzmischungen vorzüglich geschmeckt hatten.

»Wenn ihr euer Salz auch nur annähernd so gut hinbekommt wie dieses, dann sorge ich dafür, dass meine Lieferanten euch den Laden einrennen werden!«, hatte er euphorisch versprochen.

Es fühlte sich gut und richtig an und Ella war fest davon überzeugt, dass schon die erste Ernte ein Erfolg werden würde. Carlo, der nach den Aushubarbeiten wieder auf der Casa Emilia gebraucht wurde, war trotzdem regelmäßig wiedergekommen, um mit anzupacken. Dabei war Ella nicht entgangen, dass er sich ab und zu mit Mimi weggeschlichen hatte. Die beiden waren zwar kein offizielles Paar, aber Ella wusste, es war nur eine Frage der Zeit, und freute sich für Mimi. Auch Rosa hatte fast täglich vorbeigesehen, um Ella zu unterstützen und weiterhin am Sprachunterricht festzuhalten. Ella konnte mittlerweile nicht nur auf Spanisch fluchen, sondern über beinahe alle Themen des täglichen Lebens sprechen und sogar einfache Verhandlungsgespräche führen. Es machte ihr Spaß, die Sprache zu lernen, und sie fühlte sich dadurch nicht mehr nur wie ein Gast auf Mallorca, sondern fast schon wie eine Mallorquinerin.

Obwohl es Ella meist vermied, sich bei Rosa nach Miguel zu erkundigen, konnte sie manchmal nicht anders. Rosa hatte ihr erzählt, Miguel sei seit dem Vorfall sehr in sich gekehrt und arbeite noch mehr als sowieso schon. Auch Rosa wurde nicht schlau aus ihm, meinte aber, dass er sich schon wieder fangen werde. Ella schmerzte es, so etwas von Miguel zu hören. Aber nachdem Ana schon sämtliche Händler der Insel gegen Ella verschworen hatte, wollte sie sich gar nicht ausmalen, was sie alles gegen Miguels Familie anrichten konnte. Sie kämpfte gegen jeden Gedanken an Miguel und ihr blutete das Herz, wenn sie an die Nacht mit ihm dachte. Sosehr hätte Ella sich gewünscht, dass er an diesem großen Tag heute auch käme. Aber sie wusste, dass es nicht passieren würde.

Gedankenverloren marschierte sie den Weg zurück zum Haus. Mimi und Carlo spannten gerade die letzten Girlanden über den Hof. In der Mitte standen mehrere mit Kerzen dekorierte provisorische Tische.

Raúl hatte eine alte Badewanne organisiert, die sie später mit Eis füllen würden, um die Getränke zu kühlen, und eine Musikanlage, die Michele sich bei einem Bekannten geliehen hatte. Außerdem waren die frisch angefertigten Salzdosen zu einer großen Pyramide gestapelt. Die kleine Fabrik hatte die Dosen genau nach Ellas und Mimis Vorstellungen umgesetzt. Sie sahen nicht nur edel aus, sondern fühlten sich auch sehr wertig an.

Mit dem heutigen Eröffnungsfest wollte Ella allen Menschen danken, die sie so tatkräftig unterstützt hatten. Sogar Herr Hüttler war der Einladung gefolgt und wollte sich diesen großen Moment nicht entgehen lassen. Ella konnte gar nicht fassen, dass er extra wegen ihr hergeflogen war.

Als sie am Haus ankam, strömten bereits wundervolle Düfte aus dem Fenster. Valentina hatte angeboten, einige Tapas vorzubereiten, und zauberte schon den ganzen Vormittag in der Küche.

Da in einer halben Stunde ein Journalist vorbeikommen wollte, musste sich Ella schon einmal fertig machen. Er hatte von dieser besonderen Saline gehört und wollte einen Artikel darüber schreiben. Also hatte Ella ihn gleich zur Eröffnung eingeladen.

Ellas Aufregung stieg bei dem Gedanken, dass morgen eine Zeitung über sie berichtete, und sie hoffte, der Artikel wäre eine gute Werbung. Jetzt freute sie sich aber erst mal auf einen schönen Abend unter Freunden.

* * *

»Das ist also die berühmte Saline von Mallorca?«, hörte Ella und drehte sich freudestrahlend um.

»Herr Hüttler, Sie sind tatsächlich gekommen! Ich freue mich ja so, Sie zu sehen!«, rief sie und fiel ihm in die Arme.

»Meine Frau wird sich zu Tode ärgern, dass sie nicht mitkommen konnte«, sagte er. »Ich bin einfach überwältigt, Ella! Ich weiß zwar nicht, wie es hier vorher war, aber das sieht richtig, richtig gut aus! Herzlichen Glückwunsch!«

Es beruhigte Ella, diese vertraute Stimme zu hören. Und dann auch noch so ein Kompliment. Herr Hüttler hatte schließlich schon Produktionsstätten auf der ganzen Welt gesehen. Ella fiel ein Stein vom Herzen. Sie hatte ihm gerade ihr Team vorgestellt, als weitere Gäste eintrafen.

Einen kurzen Moment lang hielt Ella die Luft an, als sie Rosa durch das Tor kommen sah. Sie kam nicht alleine. Nach dem ersten Schreck ging sie aber erleichtert auf die Gruppe zu und strahlte vor Freude. So lange hatte sie José und Emilia nicht gesehen. Carlos Eltern waren sogar auch gekommen. Und jetzt spazierten sie auf Ella zu und Emilia hörte gar nicht mehr auf, sie zu küssen. Sofort fing sie an, loszuplappern, und war mehr als überrascht, als Ella ihr auf Spanisch antwortete.

»Das hat mir Rosa beigebracht«, sagte Ella kichernd, was Emilia noch mehr strahlen ließ.

José überreichte Ella schließlich einen großen Eimer getrockneter Oliven. Emilia erklärte, dass sie daraus eine neue Salzmischung machen könne, da Oliven immer gerne von den Touristen gekauft würden. Und Carlos Eltern Javier und María freuten sich ebenfalls aufrichtig, Ella wiederzusehen. Es war ein wunderbarer Start in den Abend.

Mimi und Ella versorgten alle Gäste mit Sekt und erhoben das Glas mit einigen kurzen Dankesworten. Der Journalist war in der Zwischenzeit auch angekommen und schoss bereits fleißig Fotos von der Anlage, von Ella und Mimi und der Dosenpyramide.

»Tief durchatmen«, sagte Mimi, die Ellas Aufregung bemerkte. »Gleich ist es soweit. Der Moment, auf den du seit Monaten hingearbeitet hast. Also genieß es!«, ermunterte sie Ella.

»Wer möchte mit mir zusammen diese Saline eröffnen?«, rief Ella nun auf Deutsch und Spanisch und die Gäste jubelten.

Ella ging voraus, gefolgt von ihren Freunden und Helfern. Die mallorquinische Sonne leuchtete feuerrot, als sie vor dem ersten Becken stehen blieb. Sie roch bereits den Duft des Salzwassers, welches sich in dem Kanal entlang des Zaunes staute. Gleich würde sie die erste Schleuse öffnen und damit das vorderste Feld mit Wasser fluten. Doch vorher wollte sie einige Worte an die Gäste richten. Sie musste zwischen Spanisch und Deutsch hin- und herspringen, damit alle sie verstanden, aber zum Glück hatte sie sich schon im Vorhinein überlegt, was sie sagen wollte. Trotz ihrer Nervosität war sie sehr stolz auf das, was sie hier zusammen geschafft hatten. Daher schluckte sie ihre Aufregung hinunter und genoss die Aufmerksamkeit.

»Ihr alle wisst, warum wir hier sind. Es war eines der schlimmsten und gleichzeitig eines der schönsten Jahre meines Lebens. Ihr alle habt dafür gesorgt, dass ich wieder positiv in die Zukunft blicken kann. Gemeinsam haben wir diese wunderbare Saline zum Leben erweckt, auf der mein Vater vor vielen Jahren das erste Salz geerntet hat. Ich möchte euch allen danken. Mimi, ohne dich wäre ich vielleicht niemals nach Mallorca gefahren. Rosa, durch dich kann ich jetzt überhaupt diese Rede halten. Michele, Raúl und Carlo, ihr habt Tag und Nacht gearbeitet, um das alles hier zu ermöglichen. Valentina und Pedro, ihr habt uns mit leckerem Essen versorgt und immer geholfen, wenn Hilfe gebraucht wurde. Herr Hüttler, sie haben mir alles Wichtige mit auf den Weg gegeben und mich immer unterstützt. Emilia und José, ihr habt mich aufgenommen, als ich nicht weiterwusste. Javier und María, wir haben mein erstes spanisches Fest zusammen gefeiert. Ich danke euch allen für die letzten Monate und freue mich auf viele wunderbare Jahre mit euch.«

Die Gäste applaudierten. Es flossen sogar einige Tränen, so gerührt waren Ellas Gäste.

Mimi kam mit feuchten Augen auf Ella zu und umarmte sie. »Das war eine richtig schöne Rede! Und jetzt lass schon das Wasser ein!«, sagte sie mit belegter Stimme.

»Okay, los geht's!«, rief Ella und legte die Hand auf den Hebel der Schleuse.

Als sich der Kanal wenige Zentimeter geöffnet hatte und die Gäste gerade zum Applaus ansetzten, ertönte eine Sirene vom Eingangstor. Ella zuckte zusammen, so laut war das Geräusch. Es entstand ein wirres Gemurmel und alle drehten sich zum Tor. Vor dem Eingang standen drei Polizeiwagen mit leuchtendem Blaulicht.

»Was ist da los?«, rief Raúl zum Tor und ein großgewachsener, bärtiger Mann stieg aus dem vordersten Wagen.

Ella spürte, wie gleichzeitig Wut und Angst in ihr aufstiegen. Ihre Beine fühlten sich taub an. Sie hatte das Gefühl, festgefroren zu sein.

Gefolgt von drei Polizisten in Uniform kam der Mann auf Ella zu.

»Ella, was ist da los?«, wollte Mimi wissen. »Weißt du, wer das ist?«, hakte sie nach.

Ella wurde schlecht. Was würde jetzt passieren? Ausgerechnet heute am Tag der Eröffnung?

»Pablo«, flüsterte sie mit heiserer Stimme.

»Was!«, reagierte Mimi entsetzt.

Pablo blieb vor Ella stehen und schaute sich erst einmal in Ruhe um. Sein Ausdruck hatte nichts mehr mit dem freundlichen Mann zu tun, den Ella im Rathaus von Palma kennengelernt hatte. Jetzt sah er eiskalt und abgebrüht aus. Seine schmalen Lippen und die Zornesfalte auf der Stirn verhießen nichts Gutes. In seiner Hand hielt er mehrere Papiere.

»Im Namen der Gemeinde Ses Salines und des Rathauses von Palma schließe ich diese Saline«, begann er und schien den Moment zu genießen.

Stimmengewirr entstand, da Rosa für die anderen übersetzte.

Schockiert griff Ella nach den Dokumenten, die Pablo ihr nun überreichte.

»Außerdem erhebe ich ein Bußgeld von fünfundzwanzigtausend Euro für die Inbetriebnahme der Saline ohne gültige Lizenz«, fuhr er fort, drehte sich schmunzelnd um und ging.

»Was … Das …«, stotterte Ella.

Es verschwamm alles um sie herum. Ellas Beine gaben nach und sie sackte zu Boden.

27

Mimi hatte das Fest sofort abgebrochen und die Gäste nach Hause geschickt. Es herrschte absolutes Chaos. Michele half ihr dabei, Ella schnellstmöglich ins Haus zu tragen und ins Bett zu legen. Raúl wollte zwar vorsichtshalber einen Krankenwagen rufen, aber Mimi wusste, dass es nur der Schock war, der für Ellas Zusammenbruch gesorgt hatte. Der Journalist war wirklich dreist gewesen und hatte auch noch Fotos von der auf dem Boden liegenden Ella geschossen, bevor Carlo ihn von der Saline geworfen hatte.

Die ganze Nacht redete Ella im Schlaf wirres Zeug und erst, nachdem Mimi ihr einen kalten Waschlappen auf die Stirn legte und ihre Hand hielt, kam sie etwas zur Ruhe. Mimi saß bis zum nächsten Morgen bei Ella am Bett und machte sich Sorgen. Das konnte doch alles nicht wahr sein. Sie hatten so viel Arbeit in die Saline gesteckt und wirklich alles gegeben. Und dann kam dieser Pablo genau in dem Moment, als Ella die Schleuse öffnete, und legte eine einstweilige Verfügung vor. So ein abgekartetes Spiel! Barreto zog wirklich alle Register, um Ella Steine in den Weg zu legen. Mimi fühlte sich hilflos. Was sollten sie jetzt nur machen?

Als die ersten Sonnenstrahlen durch das Fenster drangen, wachte Ella langsam auf. Sie sah kraftlos aus. Ihre Lippen waren ganz ausgetrocknet, so viel hatte sie in der Nacht geschwitzt. Mimi legte ihre Hand auf Ellas Stirn und reichte ihr ein Glas Wasser. »Du hast kein Fieber«, sagte sie mitfühlend, »aber du musst etwas trinken.«

Ella setzte sich auf und nahm einen großen Schluck. »Mimi, bitte sag mir, dass das alles ein furchtbarer Traum war«, flehte sie förmlich.

»Beruhig dich, Ella. Du musst erst mal wieder zu Kräften kommen«, entgegnete sie ruhig.

Ella schossen die Tränen ins Gesicht und ihre Lippen zitterten. »Das war's Mimi. Es ist vorbei«, schluchzte sie und vergrub sich unter der Bettdecke.

Wenige Stunden später saßen die beiden draußen am Tisch und Mimi tippte mehrere Nachrichten in ihr Handy. Sie informierte die Gäste, dass Ella aufgewacht und alles in Ordnung sei. Dabei war nichts in Ordnung.

Ella fing wortlos an, mehrere Teller zu stapeln. Die Tische waren immer noch von gestern gedeckt und vertrocknete Tapas standen überall verteilt. Die Kerzen waren bis auf die Tische heruntergebrannt und die Girlanden wackelten im lauen Sommerwind.

»Lass, Ella, ich mach das gleich«, forderte Mimi sie auf.

»Nein, wir können direkt alles wegschmeißen. Alles hier können wir wegschmeißen, unsere Koffer packen und nach Hause fahren!«, stieß sie aus, stützte ihre Ellbogen auf den Tisch und vergrub das Gesicht in ihren Händen.

Ratlos sah Mimi zu ihr. Vor Ella lagen die Dokumente, die Pablo ihr gestern überreicht hatte. *25.000 €* stand in fett gedruckter Schrift auf dem Papier. Das war Ellas letztes Geld, wusste Mimi. Anschließend hätte sie niemanden mehr bezahlen können, um auch nur ein Körnchen Salz zu gewinnen. Und überhaupt, was hatte es mit dieser Lizenz auf sich? Anscheinend *durfte* sie die Saline überhaupt nicht betreiben. War Ella wirklich zu blauäugig an das Ganze herangegangen? Nein! Mimi schüttelte den Kopf. Sogar die Hilfe eines Steuerberaters hatte Ella in Anspruch genommen, um als selbstständige Kleinunternehmerin angemeldet zu sein, sodass sie auch die Gehälter offiziell zahlen konnte und bei späteren Einnahmen die Steuer. Beide hatten gedacht, so werde schon alles gut werden. Jetzt stand Ella da und hatte nichts. Und alle anderen hingen mit in dem Schlamassel. Raúl hatte keinen Job mehr, Mimi selbst hatte nun ebenfalls keinen Job mehr, Michele hatte sich auf sie verlassen.

»Ich bin dem Ganzen einfach nicht gewachsen, Mimi«, hauchte Ella. »Ich glaube, der Traum ist hier vorbei. Ich bin eben nicht wie mein Vater.«

»Moment, dein Vater hat hier auch Salz geerntet und in die Läden gebracht«, überlegte Mimi laut. »Das heißt, er muss eine Lizenz gehabt haben, oder?«

»Oder er musste sie auch so schnell schließen, weil er eben keine hatte.«

* * *

Mimi wollte nicht so schnell aufgeben. Sie ertrug es nicht, ihre Freundin so niedergeschlagen zu sehen. Also machte sie einen deutschen Anwalt in Palma ausfindig, der kurzfristig einen freien Termin hatte. Er kam sogar extra auf die Saline, um sich die Dokumente anzusehen. Der Anwalt hatte in der Morgenzeitung den Artikel über die Saline gelesen und Ellas Schicksal rührte ihn. Der Artikel war sehr negativ geschrieben und stellte Ella als gescheiterte deutsche Jungunternehmerin dar. Mimi entschied, Ella erst mal nichts davon zu erzählen, da sie froh war, dass Ella überhaupt noch über das Ganze sprach. Leider bestätigte der junge Anwalt die Korrektheit der Dokumente. Die Strafe war also rechtmäßig und ohne gültige Lizenz durfte die Saline nicht betrieben werden. Nach Rücksprache mit seinen Kollegen erläuterte er, dass solche Lizenzen schon seit vielen Jahren nicht mehr vergeben wurden. Entweder man hatte sie durch den Vorbesitzer übertragen bekommen, oder das Land würde keine Lizenz mehr erhalten.

»Es tut mir leid Mimi, aber ich schaffe das nicht mehr. Ich werde die Strafe bezahlen und morgen nach Hause fliegen. Diese Insel hat mir nur Unglück gebracht«, sagte Ella weinend und stand offensichtlich kurz davor, erneut zusammenzubrechen.

»Es tut mir so leid für dich, weil du an mich geglaubt und alles aufgegeben hast.«

Mimi setzte sich neben Ella und hielt ihre Hand. Auch ihre letzte Hoffnung löste sich langsam in Tränen auf.

* * *

Miguel war so wütend gewesen, dass er am liebsten irgendetwas zerschlagen hätte. Rosa hatte ihm noch am Abend von dem furchtbaren Vorfall auf der Saline erzählt. Er hatte sofort nach dem Autoschlüssel gegriffen und wollte losfahren. Er musste bei Ella sein. Er musste sie beschützen.

Rosa hielt ihn weinend fest und stellte sich ihm in den Weg. »Nein, Miguel, das darfst du nicht machen! Ella ist völlig fertig und sie wird es nicht verkraften, dich jetzt zu sehen!«, schrie sie fast. »Gib ihr etwas Zeit.«

Miguel musste mit sich kämpfen, aber Rosa hatte wahrscheinlich recht. Sosehr es ihn innerlich zerriss – er war sicher der Letzte, den Ella momentan sehen wollte. Alle seine Muskeln verkrampften bei dem Gedanken, dass Ana und ihr Vater hinter all dem steckten. Würde er sie jetzt sehen, er könnte für nichts garantieren. Es war ihm egal.

Er schob Rosa zur Seite und öffnete die Tür. »Ich verspreche dir, nicht zu Ella zu fahren«, sagte er Rosa voller Zorn.

»Miguel, bitte mach keinen Unsinn!«, rief sie ihm hinterher, aber er stieg bereits ins Auto und fuhr los.

Eine Dreiviertelstunde später rollte er mit seinem blauen Pick-up vor das große eiserne Tor, hinter dem die lange Palmenallee zur Villa der Barretos führte. Miguel atmete einmal tief durch. Die ganze Fahrt über hatte er sich am Lenkrad festgekrallt und seine Wut aufgestaut. Jetzt saß er da und hatte immer noch keinen richtigen Plan. Die einzige Idee, die er hatte, war, zu Ana zu schleichen und sie anzuflehen, ihre Intrigen zu stoppen. Er würde alles dafür tun.

Unsicher parkte er den Wagen in einer Seitenstraße. Anschließend kletterte er über das eiserne Tor und ging geduckt über den Rasen Richtung Haus. Er wusste genau, wo sich die Bewegungsmelder für das Licht befanden, und schaffte es ohne Probleme bis zur Garage rechts vom Haus. Von dort aus schlich er weiter bis zur seitlichen Eingangstür, die als Lieferanteneingang mit Zugang zur Küche genutzt wurde. Die Tür war verschlossen. Als er sich umsah, entdeckte er ein offenes Fenster im ersten Stock. Ohne nachzudenken, kletterte Miguel an der Dachrinne hinauf und hangelte sich bis zu dem Fenster. Er stieg hinein und stand in einem geräumigen Büro. An der Wand reihten sich deckenhohe Regale, die mit dicken Büchern gefüllt waren. Rechts erblickte er einen schweren, hölzernen Schreibtisch, vor dem braune Ledersessel standen.

Sein Herz klopfte. Er hörte Schritte.

Hektisch sah er sich noch einmal um. Ein Schlüssel wurde in das Schloss gesteckt.

Miguel rannte an der Wand entlang und huschte in letzter Sekunde hinter einen dunklen Stoffvorhang, der bis zum Boden reichte. Die Tür ging auf. Das Klackern von Absatzschuhen führte bis zum Schreibtisch. Es folgten das Klirren eines Glases und das Gluckern einer Kristallkaraffe. Es kostete Miguel alle Kraft, still stehen zu bleiben. Er versuchte, seinen schnellen Atem zu beruhigen, und musste seine ganze Wut hinunterschlucken. Dem beißenden Aftershave nach musste es Barreto sein, der sich einen Sherry eingeschenkt hatte und sich nun in seinen Schreibtischstuhl fallen ließ.

Minutenlang war nichts zu hören, außer einem leisen Nippen an dem Glas. Miguels Anspannung stieg von Sekunde zu Sekunde. Wie lange müsste er hier noch stehen bleiben? Weitere Minuten vergingen, bevor wieder Schritte zur Tür führten. Ein dunkles Klopfen.

»*Sí*«, brummte Francisco Barreto.

»*Bona nit, Señor*«, meldete sich eine Männerstimme.

Also war der Gast auch Mallorquiner, wenn er Barreto auf Mallorquí begrüßte, nahm Miguel zur Kenntnis.

»Ich hoffe, du bringst diesmal gute Nachrichten«, sagte Barreto trocken.

»Ja, Señor. Es ist alles erledigt«, antwortete der Mann unterwürfig.

»Also ist die kleine Göre endlich am Ende?«, fragte Barreto misstrauisch.

Miguel zuckte zusammen.

»Ich habe die Unterlassung und die Geldstrafe überbracht. Morgen gehört die Saline Ihnen. Das Mädchen ist fertig.«

»Was ist mit der Lizenz?«

Miguel hörte Papier knistern.

»Die habe ich mitgebracht.«

»Okay, du kannst gehen«, knurrte er den Mann an.

»Gute Nacht, Señor Barreto«, verabschiedete sich der Mann leise und verließ das Zimmer.

Eine Lizenz? Hatte Barreto eine Lizenz für Ellas Saline? Wie konnte das sein? Miguels Wut wuchs ins Unermessliche. Am liebsten wäre er aus seinem Versteck gekommen und hätte

Barreto ins Gesicht geschrien, was er für ein Monster war. Stattdessen hörte er eine Schublade zugehen und ein Schloss einrasten. Barreto musste das Papier in seinem Schreibtisch eingeschlossen haben.

Verdammt, dachte Miguel und konzentrierte sich darauf, keinen Laut von sich zu geben.

28

Sechs große Reisetaschen standen vor Ellas Haus. Mimi saß auf einer der Taschen und sah müde aus. Sie trug die gleiche Latzhose und den gleichen grauen Pullover wie bei ihrer ersten Ankunft am Flughafen. Aber heute würde sie damit nicht in ein neues Abenteuer aufbrechen, sondern zurück in ihre Heimat fliegen. Irgendwie war mit dem gestrigen Abend auch ihr Traum vom Leben auf Mallorca geplatzt. Natürlich konnte sie auch hierbleiben und versuchen, alleine klarzukommen, aber es wäre nicht dasselbe.

»Hast du alles?«, fragte Ella mit betretener Miene.

»Ich denke schon«, antwortete Mimi kraftlos.

Ella zog die Tür zu und schloss ab. Die beiden hatten Rosa gebeten, sie zum Flughafen zu fahren. Den Pick-up wollte Ella Valentina als Dankeschön für ihre Hilfe schenken. Sie selbst brauchte ihn nicht mehr. Mit hängendem Kopf setzte sich Ella ebenfalls auf eine der Reisetaschen. Sie hatten alles abgewogen, waren alle Optionen durchgegangen, aber ohne Lizenz war die Saline sinnlos. Sie konnten hier nichts mehr ausrichten. Selbst Mimi hatte keinen Antrieb mehr, keine Idee, wie sie hier weitermachen könnten.

Ella sah in den strahlend blauen Himmel, den sie so sehr liebte. Sie atmete die frische Meeresluft ein und schloss für einen Moment die Augen. Wie ein Daumenkino sah sie die letzten Monate an sich vorbeiziehen, Bruchstücke einer aufregenden Zeit, in der sie in ein neues Leben katapultiert worden war, wunderbare Menschen kennengelernt hatte, ihr Herz gebrochen worden war und Träume geplatzt waren.

Als die Bilder an ihr vorbeizogen, hörte sie ein Auto vorfahren. Das musste Rosa sein. Ella stand gerade auf, als sie feststellte, dass ihr die schwarze Limousine nicht bekannt vorkam. Statt Rosa ging ein chic gekleideter junger Mann durch das Tor, sah sich kurz um und kam dann auf sie zu.

»Frau Ella Wagner?«, rief er fragend zu ihnen herüber und fuhr sich noch einmal durch die akkurat frisierten Haare.

»Ja?«, fragte Ella misstrauisch.

»Daniel Hartmann. Es freut mich sehr, Sie nun persönlich kennenzulernen.«

Seine Zähne strahlten so hell wie die Hauswand, als er Ella anlächelte und mit ausgestreckter Hand auf sie zukam.

Abwesend schüttelte Ella ihm die Hand und blickte ihn fragend an.

»Wir hatten bereits telefoniert. Ich bin Makler hier auf Mallo…«

»Ist das jetzt Ihr Ernst?«, fragte Ella schroff, als ihr nun dämmerte, wer er war.

»Passen Sie auf, Frau Wagner. Ich habe davon gelesen, dass Sie leider hier Ihre Zelte abbrechen müssen, da keine Lizenz zur Salzgewinnung vorhanden ist. Also habe ich meinen Klienten noch einmal gefragt, ob sein Kaufinteresse nach wie vor besteht.«

Ella schüttelte ungläubig den Kopf. Das konnte doch wohl nicht wahr sein. Erst hetzte Barreto ihr die Polizei auf den Hals und nun wollte er auch noch von ihrer Misere profitieren.

»Er hat zugestimmt, dass ich sein Kaufangebot gerne noch einmal vortragen könne. Durch die prekäre Lage der fehlenden

Lizenz ist das Angebot allerdings auf sechshunderttausend Euro gesunken«, teilte er übertrieben mitleidig mit.

»Sie haben wirklich Nerven«, entgegnete Ella gedankenlos.

Sie schaute Mimi an, die offenbar nicht genau wusste, wie sie ihre Gefühle einordnen sollte.

»Geben Sie uns ein paar Minuten«, forderte Mimi den Makler auf, der sich sofort verständnisvoll zu seinem Auto zurückzog.

»Was meinst du, Mimi?«, fragte Ella aufrichtig. Ella hatte keine Kraft mehr, um zu weinen oder sich zu ärgern. Sie fühlte, dass sie innerlich aufgegeben hatte.

»Ich weiß es auch nicht«, antwortete Mimi zögerlich. »Ich weiß es ehrlich nicht. Das ist eine Menge Geld. Damit könntest du etwas Neues aufbauen. Andererseits würde Barreto dann dein Land gehören«, sagte sie nachdenklich.

»Aber was will er nur damit? Er kann doch gar nichts damit anfangen, oder?«, wunderte sich Ella.

Ihre Oma hatte das Grundstück von ihrem Vater geerbt. Warum hatte sie es so lange behalten, wenn es doch keine Lizenz dafür gab? Hätte es eine gegeben, dann hätte Oma Margret sie Ella zusammen mit den bisherigen Angeboten zukommen lassen.

»Keine Ahnung, Ella. Vielleicht geht es ihm einfach ums Prinzip. Er kann es sich offenbar leisten.«

Ella versuchte, einen klaren Gedanken zu fassen. Mit der anfallenden Strafe hatte sie das ganze Vermögen ihrer Oma ausgegeben. Alleine um das Haus in Heidelberg zu unterhalten und eventuelle Reparaturen zu bezahlen, fehlte ihr das Geld. Sie konnte also das Grundstück behalten und müsste dafür das Haus aufgeben, oder sie würde das Grundstück Barreto überlassen und so wenigstens das Haus behalten.

»Was habe ich nur angestellt, Oma?«, flüsterte sie. Ella winkte dem Makler, wiederzukommen.

Er stieg aus dem Wagen und ging siegessicher über den Hof.

Ella schaute Mimi tief in die Augen und wusste, dass sie sich dafür hassen würde. Aber sie hatte keine andere Wahl.

»Ich verkaufe«, sagte Ella mit schmerzverzerrtem Gesicht.

»Das ist ja wunderbar!«, stieß der Makler aus und merkte offensichtlich, dass seine Reaktion nicht ganz angemessen war, so wie er kurz das Gesicht verzog.

Ella starrte ihn an. Ihm ging es bestimmt letztlich nur um seine Provision.

Gelassen klappte er seine Ledertasche auf und zog zwei Papierstapel heraus. »Ich habe den privaten Kaufvertrag bereits vorbereitet«, berichtete er stolz. »Sie müssten nur noch einmal hier und einmal hier unterschreiben und später kümmern wir uns um die notarielle Abwicklung«, sagte er und deutete auf zwei mit roten Aufklebern markierte Stellen.

»Das geht aber schnell«, bemerkte Mimi skeptisch.

Ella flog über die Zeilen. Sie hatte keine Ahnung von Verträgen, aber das sah alles in Ordnung aus. Noch zwei Unterschriften und sie hätte das Kapitel Mallorca ein für alle Mal abgehakt.

* * *

»Rosa, wo bist du? Bitte ruf sofort zurück!«, schrie Miguel auf Rosas Mailbox, während er den Pick-up über die Autobahn lenkte.

Er hatte die ganze Nacht in Barretos Büro ausgeharrt und gewartet, bis die Familie endlich das Haus verließ. Er war auf etwas Unglaubliches gestoßen. Dann hatte er festgestellt, dass Barreto die Bürotür und das abschließbare Fenster versperrt haben musste. Er hatte in der Falle gesessen. Nachdem er keinen anderen Ausweg gesehen hatte, hatte er das Fenster zertrümmert und sich aus dem Staub gemacht.

Rosa hatte ihm eine SMS geschrieben, in der stand, dass sie Ella und Mimi gleich abholen und zum Flughafen fahren werde. Er musste also schnell sein. Wollte Ella wirklich gehen? Wollte sie alles zurücklassen, was sie sich so hart erarbeitet hatte? Das konnte er nicht zulassen. Nicht nach dem, was er heute Nacht herausgefunden hatte.

Miguel trat das Gaspedal durch und raste erst über die Autobahn und dann über Landstraßen. Da vorne, das war Carlos Auto! Rosa musste es sich geborgt haben. Es war also noch nicht zu spät. Als der Wagen gerade abbog und das Schild *Salina de Mallorca* passierte, hatte er sie eingeholt. Rosa fuhr weiter den Weg entlang und parkte vor einem schwarzen Mercedes.

Mit einem Umschlag in der Hand sprang Miguel aus dem Wagen.

Rosa sah ihn überrascht an.

Klar, er hatte die gleichen Klamotten wie gestern Abend an und sicher sah sie ihm an, dass er die ganze Nacht nicht geschlafen hatte. »Rosa, du musst Ella den hier geben! Du darfst aber auf keinen Fall sagen, dass du ihn von mir hast. Das musst du versprechen!«

»Okay, okay, aber was ist denn mit dir los? So kenne ich dich gar nicht«, wollte sie wissen.

Miguel starrte an ihr vorbei. Was stand da auf dem Auto? *Ihr Mallorca Makler*? »Los, du musst dich beeilen! Sie darf nicht verkaufen!«

Rosa drehte sich um und entdeckte nun ebenfalls den Aufkleber. Hastig griff sie nach dem Umschlag und lief los.

* * *

»Ella, du musst nicht unterschreiben, wenn du nicht willst. Und vor allem nicht hier und jetzt.« Mimi verstand, dass Ella einen Schlussstrich ziehen wollte, aber ihr kam das alles gerade etwas überhastet vor. Das war überhaupt nicht Ellas Art. Zugegeben, Ella hatte in den letzten Monaten so einige unerwartete Dinge getan und eine außergewöhnliche Entwicklung gemacht. Aber sich so schnell von diesem Grundstück zu trennen, an dem sie noch gestern so sehr festgehalten hatte und welches ihre Oma über viele Jahre nicht verkaufen wollte? Mimi wusste auch nicht, wie sie in Ellas Situation gehandelt hätte. Sie war hin- und hergerissen. Andererseits sah Ella zugegebenermaßen richtig schlecht aus. Sie hatte eine gebückte, zerbrechliche Haltung und ihr Gesicht war ausdruckslos und blass. Vielleicht würde ihr der Verkauf eine gewisse Erleichterung bringen.

»Ich brauche einen Stift«, sagte Ella abwesend.

»Oh ja, selbstverständlich«, antwortete der Makler unruhig, griff in die Innentasche seines Sakkos und reichte Ella einen Kugelschreiber.

Ella setzte den Stift an.

»Stooopp!«, schrie eine helle Stimme aus der Ferne. »Stopp, Ella!«

Herr Hartmann zuckte zusammen und auch Mimi und Ella schreckten auf.

Rosa rannte hysterisch auf sie zu und wedelte mit einem Umschlag.

Ella setzte den Stift wieder ab. »Rosa. Was ist denn los?«, fragte Ella verwirrt.

Rosa sah das noch nicht unterschriebene Schriftstück und atmete tief durch. »Gut, noch nicht zu spät!«, schnaufte sie. »Hier. Erst lesen.« Rosa reichte Ella den braunen Umschlag.

Der Makler stieg ungeduldig von einem Fuß auf den anderen.

»Was ist das?«, wollte Ella wissen und öffnete vorsichtig das Kuvert.

Mimi und Rosa sahen ihr gespannt dabei zu.

Ella lugte in den Umschlag hinein und zog einige vergilbte Dokumente heraus. *LICENCIA* stand in Großbuchstaben am Anfang der Seite. Darunter war ein mit Schreibmaschine getippter spanischer Text zu sehen. Unsicher über das was sie gerade in der Hand hielt, blätterte Ella weiter. Dort war ein Grundriss aufgezeichnet. Moment, war das …? Unter dem Plan stand eine Adresse.

»Ella, das ist dieses Grundstück!«, flüsterte Mimi ungläubig.

Ella bekam Gänsehaut. »Was hat das zu bedeuten?«, flüsterte sie zurück.

»Darf ich mal sehen?«, fragte der Makler forsch und griff nach den Papieren.

»Finger weg!«, fauchte Mimi ihn an und er zuckte zurück.

Ella konnte nicht mehr still sitzen. Sie stand auf und starrte dabei weiterhin auf das Dokument.

»Rosa, wo hast du das her?«, wollte Ella wissen und blickte kurz zu ihr auf.

Unsicher nestelte Rosa an ihrem Shirt herum. »Äh, lag in unsere Briefkasten«, stotterte sie.

Ella blätterte weiter und fand das Wort *Salina* auf der letzten Seite.

»Ich glaube, du solltest dich wieder setzen«, sagte Mimi trocken, die bereits am Ende der Seite angekommen war.

Ella schnürte es den Hals zu. Der Inhaber der Lizenz war Paul Wagner. Darüber war der Vorbesitzer eingetragen worden und nun durchgestrichen. Ella schnappte nach Luft. Blanca Wagner.

»B.« hauchte sie.

* * *

Die Postkarte war schon ganz abgegriffen, so oft hatte Ella sie gedreht, gewendet und gelesen. *Besos, B & P* stand am Ende der Karte.

»Blanca und Paul Wagner«, flüsterte Ella ungläubig.

»Du warst verheiratet, Papa? Ist sie … meine Mutter?«, fragte sie, doch niemand antwortete.

Fast hätte sie das Werk ihres Vaters an Barreto verkauft. Nur wenige Sekunden später und ihre Unterschrift wäre auf dem Vertrag gewesen. Im ersten Moment hatte Ella gar nicht daran gedacht, was für Auswirkungen dieses Stück Papier haben könnte, das Rosa ihr in die Hand gedrückt hatte, sie hatte nur den Namen Blanca Wagner gesehen und an nichts anderes mehr gedacht.

Ella nippte an ihrem Orangensaft und versuchte, zu verstehen, wie das alles zusammenhing. Wieso hatte Oma Margret ihr nie etwas davon erzählt, dass ihr Vater verheiratet gewesen war? Und was war dann geschehen? Warum war er wieder nach Deutschland gekommen? Hatten sich Blanca und er getrennt? Es war so viel passiert in den letzten Monaten, dass Ellas Erinnerungen bereits durcheinanderkamen. Sie versuchte krampfhaft, sich an den genauen Wortlaut dessen zu erinnern, was ihre Oma sie hatte wissen lassen, als sie im Krankenhaus um ihre letzten Atemzüge gerungen hatte.

»Du musst nach Mallorca. Deine Mama … Mallorca.«

So musste es gewesen sein.

So ein Mist, dachte Ella. Es konnte alles heißen. Vielleicht hatte Margret auch Dinge vermischt, die gar nicht zusammengehörten. Aber Blanca Wagner musste die Frau von Ellas Vater gewesen sein und ihm irgendwann die Lizenz für die Saline übertragen haben. Ella sah sich erneut das Datum der Postkarte an. Sie war auf 1988 datiert, fünf Jahre vor Ellas Geburt. In diesen fünf Jahren hätte alles Mögliche passieren können.

»Na, was denkst du?«, fragte Mimi, die mit verknittertem Gesicht aus der Haustür kam.

Nach der kurzen Nacht davor hatte sie heute geschlafen wie ein Baby.

»Guten Morgen. Ich weiß auch nicht, Mimi. Es ist alles total verwirrend«, antwortete Ella.

»Das ist es«, stellte Mimi fest und setzte sich neben Ella.

»Aber ich bin so gespannt auf den Termin heute. Vielleicht wendet sich ja doch noch alles zum Guten?«

Nachdem sie gestern den Makler nach Hause geschickt hatten, hatten sie noch lange zusammengesessen und waren mit Rosa das Dokument Zeile für Zeile durchgegangen. Die Lizenz war tatsächlich für dieses Grundstück ausgestellt worden und berechtigte Paul Wagner dazu, hier eine Meerwassersaline zu betreiben. Das Schriftstück datierte auf 1986, zwei Jahre bevor Blanca und Paul die Postkarte verschickt hatten. Für die Übertragung von Blanca auf Paul Wagner war kein Datum angegeben. Ella hatte nicht mehr klar denken können. Sie hatte nur eines im Kopf gehabt – nämlich ob Blanca Wagner ihre Mutter war oder nicht und warum sie ihrem Vater die Lizenz übertragen hatte. Mimi und Ella waren sich allerdings darüber einig gewesen, dass sie unter den jetzigen Umständen definitiv nicht nach Hause fliegen konnten. Am Nachmittag hatte Mimi den deutschen Anwalt angerufen und einen Termin für heute vereinbart. Er wollte das Dokument prüfen und herausfinden, was es nun für Ella bedeutete. War die Lizenz noch gültig? Und konnte sie auf Ella übertragen werden? Konnten sie die Saline doch noch eröffnen?

* * *

»Das ist so abgefahren!«, rief Mimi, als der Anwalt durch das Tor verschwunden war.

»Mit diesem Dokument und Ihrem gültigen Erbschein sollte es kein Problem sein, die Lizenz auf Sie zu übertragen, Frau Wagner«, hatte er relativ schnell festgestellt.

Ella war sprachlos gewesen. Wie viele Höhen und Tiefen hatte sie bereits mitmachen müssen, um bis hierher zu kommen? Zu viele. Sie wusste nicht, ob sie sich freuen sollte, dass die Saline nun rechtmäßig betrieben werden durfte, oder ob sie diese Lizenz verfluchen sollte, weil sie Ellas Welt schon wieder auf den Kopf stellte.

»Und was ist mit der Strafe?«, hatte sie anschließend gefragt.

»So leid es mir tut, aber das Bußgeld wird sich nicht vermeiden lassen, da Ihnen formell die Genehmigung für den Betrieb noch nicht erteilt wurde«, hatte der Anwalt mitfühlend geantwortet.

Somit besaß Ella eine Saline, hatte jedoch keine Mittel, um sie zu bewirtschaften.

29

Die kräftige mallorquinische Sonne empfing Ella, als sie endlich wieder die Saline betrat. Sie war erschöpft und müde. Trotzdem formte sie ein Lächeln, als sie bemerkte, dass bereits fünf der Wasserbecken gefüllt waren. Gerade war sie vom Flughafen gekommen. Die ganze letzte Woche hatte sie in Heidelberg verbracht. Nachdem der Anwalt die gute Nachricht überbracht hatte, dass die Lizenz für die Saline auf Ella übertragbar war, hatte sie keine ruhige Minute gehabt. Dokumente, Übersetzer, Schriftwechsel und Notartermine waren nötig gewesen, bis schließlich ihr Name unter Blanca Wagner und dem Namen ihres Vaters stand. Sie hatte die offizielle Genehmigung erhalten, auf diesem Grundstück eine Meerwasser-Saline zu betreiben. Raúl, Valentina und Michele waren sofort vorbeigekommen und hatten mehrere Flaschen Sekt knallen lassen. Ella hatte vorher nichts von dem Besuch gewusst und sich riesig gefreut. In diesem Moment hatte sie erkannt, was ihr wirklich wichtig war. Als sie in die strahlenden und hoffnungsvollen Gesichter ihrer Freunde gesehen hatte, war ihr bewusst geworden, dass sie nicht aufgeben durfte. Bisher hatte sie zusammen mit ihrem Team alle Herausforderungen gemeistert. Jetzt musste es weitergehen.

Am nächsten Morgen hatte sie Doktor Reinhardt angerufen und um Hilfe beim Verkauf des Hauses gebeten. Anders als erwartet, schien er erleichtert über die Nachricht gewesen zu sein, dass Ella weiterhin auf Mallorca bleiben wolle, und hatte freudig seine Unterstützung zugesichert. Ella war noch am gleichen Tag nach Heidelberg gereist und hatte angefangen, das Haus zu entrümpeln. Tag und Nacht hatte sie Sperrmüll weggefahren, Möbel und Kleidung über Kleinanzeigen verkauft und einen Hausflohmarkt veranstaltet. Es war erstaunlich, wie viele Sachen sich über die letzten zwanzig Jahre angesammelt hatten, die auch ihre Oma nie wieder gebraucht hätte. Nur ausgewählte persönliche Dinge, Fotoalben und Schmuck hatte Ella zur Seite gelegt und in zwei große Reisetaschen verstaut. Von allen anderen Sachen hatte sie sich getrennt. Es war ihr schwergefallen, denn alles in diesem Haus war mit vielen Erinnerungen behaftet. Doch nicht nur das – bei jeder Schublade, die sie öffnete, hatte sie insgeheim die Hoffnung gehabt, einen Hinweis auf ihre Mutter oder irgendetwas über Mallorca zu entdecken. Ein paar Mal war sie kurz aufgeschreckt, doch auch nach dem Entleeren des letzten Möbelstücks hatte sie nichts gefunden. Fünf arbeitsintensive Tage waren nötig gewesen, um dann die Tür hinter sich schließen und mit Tränen in den Augen den Schlüssel an den Notar übergeben zu können. Zuletzt war sie noch einmal bei Herrn Hüttler gewesen. Er hatte sich sichtlich erleichtert darüber gezeigt, dass Ella wohlauf war, und seinen größten Respekt für ihren Mut ausgesprochen. Er hatte auch betont, sein Angebot, Ella beim Vertrieb ihres Salzes in Deutschland zu unterstützen, bleibe weiterhin bestehen.

Zwei Taxifahrten und zwei Flugstunden später war Ella wieder auf Mallorca angekommen. Es gab bereits drei Interessenten für ihr Haus, die wohl in diesem Augenblick die leeren Räume erkundeten, um ihre Zukunft darin zu planen. Ellas Zukunft würde nicht mehr in diesem Haus stattfinden. Sie wusste nicht, wie die ihr bevorstehende Zeit aussah, aber sie würde es bald herausfinden.

»Da bist du ja endlich wieder!«, rief Mimi freudestrahlend und umarmte Ella herzlich.

»Jetzt habe ich wirklich nichts mehr, was mich zurück nach Heidelberg zieht«, sagte Ella. Sie war zwar irgendwie erleichtert, aber merkte jetzt, dass es nun tatsächlich kein Zurück mehr gab.

»Kopf hoch! Ich muss dir was Cooles zeigen!«, rief Mimi, nachdem sie Ellas Gepäck verstaut hatte. »Komm mit!«, forderte sie Ella nervös auf.

Mimi führte sie zu den Becken, wo Raúl bereits auf sie wartete. Dieser nickte Ella freudig zu und deutete auf das Wasser.

»Wie cool ist das denn!«, stieß Ella aufgeregt aus.

An der ruhigen Wasseroberfläche, die nur wenige Zentimeter über dem Beckengrund lag, formten sich die ersten Salzkristalle.

Raúl bückte sich und fischte im Becken herum. Anschließend hielt er Ella die Hand hin. »Probieren«, forderte er Ella auf.

Sie griff nach einer der kleinen Salzkrusten und begutachtete sie ausführlich, bevor sie sich das Plättchen auf die Zunge legte und den Geschmack in sich aufsog. »Wow«, kommentierte sie leise. Das Salz war schneeweiß und absolut köstlich.

»Unser erstes Salz!«, rief sie und war überwältigt.

Raúl und Mimi strahlten sie stolz an. Das war es, wofür sich nun alle Anstrengungen gelohnt hatten. Das erste Salz aus ihrer eigenen Saline. Ella genoss diesen Glücksmoment und wollte sofort wieder an die Arbeit gehen.

Raúl erklärte ihr, dass sie gerade das wertvolle *Flor de Sal* probiert habe. Die äußeren Bedingungen und der Zustand der Becken seien also optimal. Die erste kleine Ernte könne bald eingefahren werden. Allerdings werde es für eine größere Menge mit weiteren Becken ein größeres Team brauchen.

Ella war bewusst, dass Mimi und sie sich überwiegend um die Beschaffung von Gewürzen und Verpackungen, Papierkram und den Vertrieb kümmern mussten. Da Ella momentan noch kein Geld hatte, um zusätzliche Arbeiter zu bezahlen, wären Raúl und Michele also vorerst alleine für das Salz zuständig. So würde es langfristig nicht funktionieren. Alles, was sie machen konnten, war, die Produktionsabläufe zu testen, sodass sie dafür gewappnet waren, wenn es endlich richtig losging.

Ella brauchte dringend das Geld aus dem Hausverkauf und hoffte, dass Doktor Reinhardt die Abwicklung beschleunigen konnte.

Gerade kam Michele aus der Werkstatt und trug einige Erntenetze mit sich. Auch er freute sich über das erste Salz und umarmte Ella zur Begrüßung. Die Erntenetze, die Michele angefertigt hatte, bestanden aus einem langen Holzstab, an dessen Vorderende ein rechteckig gespanntes, feines Netz in einem Holzrahmen befestigt war. Der Rahmen hatte ein Gelenk, mit dem man ihn leicht neigen und durch das Wasser führen konnte.

Raúl zeigte den Dreien, wie es funktionierte. Sachte zog er das Netz durch das Wasser und die feinen Salzkrusten sammelten sich darin. Anschließend klopfte er es über einem Korb aus. Nun durften Ella, Mimi und Michele es versuchen. Eigentlich war es ganz einfach. Man musste das Netz nur sehr behutsam bewegen, damit man keine Wellen schlug und die Salzkrusten versenkte.

Als sie den Korb zur Hälfte gefüllt hatten, führte Raúl sie zum Hof, auf dem bereits einige lange Tische standen, die aussahen wie Tapeziertische. Er entleerte den Korb auf einem der Tische und verteilte das Salz vorsichtig mit beiden Händen darauf.

Ella fuhr mit der Hand über den dünnen Salzteppich und spürte die kleinen Kristalle auf ihrer Haut. Es war ein wunderbares Gefühl. Ein echtes Naturprodukt. *Ihr* Produkt, wie ihr erstmalig bewusst wurde. Auf den Tischen musste die Ernte nun je nach Intensität der Sonne einige Stunden bis hin zu zwei Tagen trocknen. Anschließend konnte man eventuelle Verunreinigungen aussortieren und das fertige Produkt verarbeiten und abfüllen. Bei größeren Verschmutzungen musste das Salz allerdings vor der Trocknung vorsichtig gewaschen werden.

Der Gedanke an die Weiterverarbeitung erinnerte Ella daran, dass noch viele Dinge zu erledigen waren. Es standen mehrere Treffen mit lokalen Gewürzproduzenten aus und es mussten Gerätschaften zur Lagerung, Mischung und Abfüllung der Gewürze besorgt werden. Nachdem Ella die Aufgaben der nächsten Tage mit Raúl, Michele und Mimi besprochen hatte, forderte sie das Team mit einem fröhlichen *»¡Vamos!«* auf, loszulegen. Raúl und Michele würden die Becken abernten und Ella sich mit Mimi um die Gewürze kümmern.

Ella hatte gestern schweren Herzens das Bußgeld überwiesen. Sie hatte einen teuren Fehler gemacht, so etwas durfte nicht mehr passieren. Jetzt war also fast kein Geld zur Verfügung, womit sie Gewürze und Maschinen kaufen konnte. Sie mussten improvisieren.

»Wir sollten uns erst mal auf das reine Salz und eine Gewürzmischung konzentrieren, oder?«, schlug Ella vor. »Die Abfüllung machen wir dann so lange per Hand mit einer Küchenwaage, bis wieder Geld da ist.«

»Das klingt nach einem … arbeitsintensiven … Plan«, scherzte Mimi und beschrieb grinsend, wie sie in diesem großen Lager stehen und mit kleinen Küchenwaagen arbeiten würden.

Eine andere Möglichkeit gab es allerdings nicht. Also rief Ella kurz darauf bei einer der kleineren Gewürzmanufakturen an und bat, sich vor Ort umsehen zu dürfen. Die nette Dame am Telefon reagierte erst etwas verwirrt, freute sich dann aber aufrichtig, dass Ella nun doch vorbeikomme. Ella verstand nicht recht, aber die Dame erklärte, sie habe in der Zeitung über Ella gelesen und angenommen, dass es mit der Saline nicht weitergehen werde. Umso glücklicher sei sie, dass Mallorca bald doch eine liebevoll geführte Saline besitze, die sich auf feine Salzmischungen statt auf Massenprodukte konzentriere.

Ella hatte den Zeitungsartikel erst am Flughafen gelesen und war wütend über die Veröffentlichung gewesen. Dieser gemeine Journalist hatte sogar ein Bild von Ella eingefügt, in dem sie kraftlos auf dem Boden lag. Etwas Gutes hatte die Sache allerdings. Man schien über die Saline zu sprechen. Diese Aufmerksamkeit wollte Ella nutzen, um allen zu zeigen, dass sie es schaffen würde.

Ella freute sich auf den Termin bei der Gewürzmanufaktur, und schon als die junge Inhaberin sie und Mimi begrüßte, wurde Ella klar, dass sie gerne mit ihr zusammenarbeiten wollte. Josefina Zapatero war eine kleine, aber quirlige junge Mallorquinerin, die trotz ihrer Herzlichkeit alles und jeden im Blick hatte. Ihre kurzen schwarzen Haare wirbelten umher, als sie Ella und Mimi den Arbeitern vorstellte, ihnen die Anlieferung und Lagerung zeigte und von einem Gewürzbehälter zum nächsten sprang. Obwohl Josefina einen eleganten Hosenanzug trug, hatte sie keine Probleme damit, ihre Hände tief in den Gewürzen zu vergraben, um sie zu spüren und die feinen Aromen nahe an ihre Nase zu bringen. Sie erzählte, dass es einige Mitbewerber gebe, aber Ella nur hier die Leidenschaft für das Geschäft sehen werde. Der Familienbetrieb hatte sich auf einheimische Gewürze spezialisiert und wurde bereits in der neunten Generation geführt.

Ella genoss den Rundgang in vollen Zügen und träumte schon davon, jedes dieser Gewürze mit ihrem Salz zu veredeln. Doch sie musste sich für den Anfang leider mit einem einzigen begnügen.

Josefina riet ihr, erst einmal das eine Produkt zu kreieren, welches das größte Absatzpotenzial versprach. Anschließend könne man weitere Nischen bedienen und das Sortiment ausweiten. Sie schlug einen mediterranen Mix aus Rosmarin, Oregano, Thymian und Majoran vor. Die Mischung könne Ella fertig von ihnen beziehen und es sei nicht teurer als die gleiche Menge eines einzigen Gewürzes.

Ella und Mimi fanden die Idee prima. Eine mediterrane Mischung würde hervorragend zu vielen Gerichten passen und man hätte außerdem das Gefühl, ein Stück Urlaub mit nach Hause nehmen zu können. Über den Preis wurden sie sich schnell einig und wenig später gab Ella die erste Bestellung auf.

Nachdem Ella erzählt hatte, dass sie noch auf der Suche nach geeigneten Lagerungs- und Mischbehältnissen sowie einer Abfüllstation war, führte Josefina sie in einen alten Schuppen nahe der Lagerhalle.

»Ich glaube, ich habe da etwas für euch«, sagte sie schmunzelnd und schob das große Tor auf.

Dahinter standen angerostete, alte Maschinen, von denen manche wie Knetmaschinen aus einer Bäckerei und andere wie große Trichter aussahen.

Mimi und Ella betraten den Schuppen und sahen Josefina erwartungsvoll an.

»Diese Maschinen sind ungefähr sechzig Jahre alt«, sagte sie. »Mit ein wenig Geduld und etwas Werkzeug sollten sie aber noch funktionieren.«

»Josefina, das ist ja großartig!«, erwiderte Ella begeistert. »Aber ich fürchte, dass uns selbst diese Geräte momentan zu teuer sein werden«, musste sie eingestehen.

»Ach was«, lenkte Josefina sofort ein. »Wir hatten schon einmal versucht, die Dinger zu verkaufen, aber niemand wollte sie haben. Holt sie einfach ab, wenn ihr Zeit habt.«

Mimi und Ella konnten ihr Glück kaum fassen. Sie versprachen, bald mit Michele wiederzukommen und die Maschinen abzuholen.

»Wir Geschäftsfrauen müssen zusammenhalten«, sagte Josefina bei der herzlichen Verabschiedung und huschte sofort wieder los, um sich um eine Anlieferung zu kümmern.

Glücklich fuhren Ella und Mimi wieder nach Hause.

»Gleich zwei Fliegen mit einer Klappe!«, stellte Mimi amüsiert fest.

Michele teilte die Begeisterung von Ella und Mimi zwar nicht ganz, als er den Zustand der Geräte sah, er begann jedoch trotzdem sofort mit Raúl daran zu arbeiten.

Das Salzwasser durchlief momentan die verschiedenen Nähr- und Kristallisationsbecken und daher konnte sowieso erst wieder in einigen Tagen geerntet werden.

Drei Tage später hatten die Männer kaputte Teile ausgewechselt, die Maschinen von Rost befreit, abgeschmirgelt und mit einer lebensmittelfreundlichen Farbe weiß lackiert.

»Das sieht ja schon aus wie eine richtige Gewürzproduktion!«, rief Ella stolz, als sie das Werk von Michele und Raúl bewunderte.

Die drei großen Maschinen sahen bis auf die stark abgenutzten Knöpfe und Regler fast wie neu aus. Es waren zwei badewannengroße Mischmaschinen, in denen man entweder eigene Gewürzmischungen oder das Salz mit Gewürzen mischen konnte, und eine simple Abfüllanlage, in deren Trichter man die fertige Mischung einfüllte. Mit einer Hebelbewegung fiel anschließend eine fest eingestellte Dosierung direkt in die Verpackung. Die Maschinen waren simpel, aber würden hoffentlich ihren Zweck erfüllen.

Michele war gerade dabei, die Abfüllmaschine auf einhundertfünfzig Gramm Salz einzustellen, und fluchte wie ein Kesselflicker.

»Okay, ich lasse euch wieder in Ruhe«, sagte Ella, als sie merkte, dass Michele kurz davor stand, an der Feinjustierung zu verzweifeln.

»Wir rufen dich, sobald es klappt!«, rief er mürrisch.

Ella verließ die Halle und musste sich ein Grinsen verkneifen, denn normalerweise war Michele die Ruhe in Person. Draußen vor der Halle prüfte sie, ob das ausgebreitete Salz trocken genug war, um es weiterzuverarbeiten. Schon fünf lange Tische waren mit dem strahlend weißen Salz bedeckt und morgen würde Josefina die erste Gewürzmischung liefern lassen. Es sah alles danach aus, als ob sie bald die ersten Salzproben an Herrn Hüttler schicken konnten, die er anschließend seinen Lieferanten anbieten wollte. Was hätte sie nur ohne ihn gemacht? Er hatte schon die Existenz von Miguel und seiner Familie gesichert und würde hoffentlich bald auch Ellas Produkt in den Handel bringen.

Bei dem Gedanken an Miguel musste Ella sich kurz hinsetzen. Sie hatte lange darüber nachgedacht und war irgendwie enttäuscht von ihm. Die Begegnung mit Ana war ein Schock gewesen, das wusste sie. Die Existenz seiner Familie stand erneut auf dem Spiel und schließlich hatte Ella ihn weggeschickt und nicht andersherum. Aber interessierte es ihn überhaupt nicht, wie es ihr ging? Sie hatte eine riesige Angst davor gehabt, dass Miguel auch zur Salineneröffnung kommen würde, aber insgeheim hatte sie es doch irgendwie gehofft. Sie musste sich wohl eingestehen, dass er mit ihr abgeschlossen hatte.

30

Miguel saß an seinem Schreibtisch und prüfte die letzten Zahlungseingänge. Die Verkäufe liefen außerordentlich gut und besonders der Absatz in Deutschland hatte sich noch einmal gesteigert. Immer wieder stellte er sich den Moment vor, in dem er Barreto die letzte Zahlung überweisen und damit die Unabhängigkeit seiner Familie zurückerlangen würde. Und dann konnte er sich auch endlich von Ana lösen.

Nachdem Ana ihn aus Ellas Haus zitiert hatte und wutentbrannt weggefahren war, war es immer schlimmer geworden. Immer öfter kam sie zur Casa Emilia und spielte sich auf, als wäre sie die Hausherrin. Sie versuchte, Informationen über die Produktion und den Absatz zu bekommen, und quetschte sogar Carlo aus, der mit ihrer anzüglichen und aufdringlichen Art völlig überfordert war. Was sie mit den Informationen anstellen wollte, wusste Miguel nicht. Es kostete ihn viel Überwindung, seinen Zorn hinunterzuschlucken, aber er wollte ihr nicht noch mehr Angriffsfläche bieten. Was für eine große Genugtuung war es gewesen, als er Barretos Schreibtisch aufgebrochen und die Lizenz entwendet hatte. Bei der Vorstellung, dass er um ein Haar Ana angefleht hätte, wurde ihm jedes Mal schlecht.

Eines Abends war Ana noch zum Abendessen geblieben, und als Rosa und seine Eltern bereits ins Bett gegangen waren, hatte Ana sich plötzlich dicht neben ihn gesetzt und ihre Hand zwischen seine Schenkel gleiten lassen.

»Heute Nacht bleibe ich bei dir«, hatte sie ihm zugeflüstert.

Miguel war zur Seite gerutscht und hatte gesagt, dass er todmüde sei und schlafen wolle. Aber auch dadurch hatte sich Ana nicht abschütteln lassen. Sie folgte ihm auf sein Zimmer und nachdem sie kurz im Bad verschwunden war, legte sie sich in hauchdünner Unterwäsche neben ihn ins Bett. Er wusste, dass es die Abneigung ihr gegenüber und keine sexuelle Anziehung war, die sein Herz heftig schlagen ließ. Ana war eine hübsche Frau, das konnte er nicht abstreiten. Trotzdem widerte sie ihn an und er schaffte es schließlich, so zu tun, als würde er bereits schlafen.

Am nächsten Morgen war sie verschwunden und Miguel hatte tagelang Angst gehabt, Ana werde sich wegen dieser Abfuhr weitere Intrigen ausdenken. Bisher herrschte jedoch glücklicherweise Frieden. Vielleicht trug sogar Ana ein wenig Würde in sich und wollte diese nun wahren, indem sie sich nicht noch enger an Miguel heranschmiss.

Obwohl in der Nacht natürlich nichts passiert war, plagte Miguel ein furchtbar schlechtes Gewissen Ella gegenüber. Außerdem hatte er auch eine ständige Angst, dass ihn vielleicht doch jemand in Barretos Haus gesehen oder gehört haben konnte. Wo auch immer dieser Mistkerl Pablo das Dokument her gehabt hatte, es war nicht Barretos Lizenz gewesen und eigentlich hätte er ihn dafür anzeigen müssen. Weil Miguel jedoch eingebrochen war und die Schublade in Barretos Büro aufgebrochen hatte, konnte er schlecht zur Polizei gehen. Was hätte es auch gebracht? Wie man bei der Salineneröffnung gesehen hatte, kannte Barreto auch dort Leute, die machten, was er sagte. Egal was nach dem Einbruch mit Miguel passiert wäre,

Ellas erstauntes Gesicht aus der Ferne zu sehen, als Rosa ihr das Dokument überreicht hatte, hätte ihn für alles entschädigt.

In den letzten Wochen hatte Miguel immer wieder versucht, Rosa unauffällig über Ella auszufragen, wollte es aber auch nicht zu offensichtlich tun. Ella hatte sich nämlich nach der wunderschönen Nacht kein einziges Mal gemeldet. Interessierte es sie gar nicht, wie es ihm in dieser Situation ging? Oder hatte sie einfach zu viel Angst, dass der Kontakt böse Folgen haben könnte?

Miguel wusste es nicht. Vielleicht bereute sie es sogar, sich ein zweites Mal auf ihn eingelassen zu haben. Rosa hatte ihm nur erzählt, dass Ella sogar das Haus ihrer Oma in Deutschland verkauft habe, um die Saline weiter finanzieren zu können.

Einige Male war er heimlich zu Ellas Grundstück gefahren und hatte gesehen, dass seit seinem letzten Besuch viel passiert war. In den Becken sammelten sich nun dicke Salzkrusten und es waren mindestens sechs Personen damit beschäftigt, das Salz zu ernten, zu trocknen und in die Lagerhalle zu befördern. Es sah so aus, als hätte Ella es geschafft. Auch Herrn Hüttler hatte er am Telefon vorsichtig ausgefragt. Er hatte Miguel erzählt, Ella habe die Saline nun still und leise eröffnet, um ein erneutes Fiasko mit der Presse zu vermeiden. Das Salz habe eine tolle Qualität und er habe es bereits in mehreren Läden platzieren können. Außerdem habe Ella einen Werksverkauf eingerichtet, indem sie eine kleine Hütte am Eingangstor gebaut habe, um die Produkte an vorbeifahrende Touristen zu verkaufen. Miguel hatte nicht viele Fragen stellen müssen, denn Herr Hüttler schien so begeistert von Ellas Arbeit zu sein, dass er gar nicht mehr aufgehört hatte, zu erzählen.

Das große Schild an der Straße hatte Miguel schon entdeckt. Es war eine tolle Idee, denn viele Touristen würden hier auf dem Weg zu Mallorcas schönstem Strand, dem Es

Trenc, vorbeikommen und waren sicher nicht abgeneigt, eine Erinnerung an den Besuch mitzunehmen.

Leider wollte nach wie vor nur ein einziger Laden auf Mallorca Ellas Salz anbieten. Alle anderen Läden wurden wohl noch durch Barreto unter Druck gesetzt. Nicht nur Miguel wusste, dass Barreto viele wichtige Leute in den Gemeinden und in der Politik in der Hand hatte.

Gestern hatte Rosa zwei Salzdosen mitgebracht und ihren Eltern mit lieben Grüßen von Ella überreicht. Die Verpackung wirkte sehr hochwertig und als Miguel das Salz heimlich probiert hatte, lächelte er zufrieden. Es war eine tolle Qualität und auch die Gewürzmischung perfekt abgestimmt. Ella hatte wirklich ein Talent für solche Dinge.

Wie gerne wäre Miguel jetzt sofort zu Ella gefahren und hätte ihr gesagt, wie stolz er auf sie war. Wie gerne hätte er sie in den Armen gehalten und nicht mehr losgelassen. Obwohl er die Gedanken an Ella nicht so nahe an sich heranlassen wollte, konnte er sich nicht dagegen wehren. Wenn sein Leben auch nur einen Bruchteil so schön sein konnte, wie es diese eine Nacht mit Ella gewesen war, sollte er es nicht einfach riskieren? Er spürte die Liebe zu Ella in jeder Faser seines Körpers und lange würde er nicht mehr die Kraft aufbringen, dagegen anzukämpfen.

Miguel wollte gerade den Laptop zuklappen und wieder auf die Felder gehen, als sein Handy vibrierte.

»Hallo, Herr Hüttler, wie geht es Ihnen?«, fragte er, als Herrn Hüttlers Name im Display aufleuchtete.

»Hallo, Miguel. Gut soweit, ich hoffe, euch auch!«

»Ja, ich bin gerade die Zahlen des letzten Monats durchgegangen. Könnte schlechter laufen. Dank Ihnen.«

»Da seid ihr ganz selbst für verantwortlich. Sitzt du gerade?«, fragte Herr Hüttler und Miguel kratzte sich unsicher am Bart.

Ohne auf eine Antwort zu warten, redete Herr Hüttler weiter. »Ich konnte einen zweiten Lieferanten von euren Ölen überzeugen. In zwei Minuten wirst du eine Bestellung in deinem Postfach finden.«

Miguel schluckte und konnte nicht glauben, was er gerade gehört hatte.

»Herr Hüttler … ich …«

»Ich muss leider schon weiter«, unterbrach er Miguel. »Ihr habt es euch wirklich verdient! Bis bald mal wieder«, verabschiedete er sich und legte auf.

Miguel brauchte einen Moment, um das Gespräch zu verarbeiten. Ein helles *Ping* verriet, dass gerade eine E-Mail eingetroffen war. *Betreff: Bestellung.* Miguel flog über die Zeilen. Es war tatsächlich eine verbindliche Bestellung.

»Das kann doch nicht wahr sein!«, flüsterte er.

Viertausend Kanister! Hastig nahm er den Taschenrechner und tippte einige Zahlen ein. Miguel sackte in seinen Schreibtischstuhl und fühlte sich wie erschlagen. Sicherheitshalber wiederholte er die Rechnung, aber das Ergebnis war dasselbe. Mit dieser Bestellung würde er den Kredit vollständig ablösen können.

Miguel griff nach dem Autoschlüssel und rannte runter in den Hof. Er konnte nicht mehr anders. Er stieg in das Auto und raste los. Er musste Ella sehen. Er musste sie küssen. Er war nun endlich frei.

31

Das Becken war vollständig weiß bedeckt, als Ella Raúl dabei zusah, wie er mit einem Holzstab die Salzkruste brach, um sie anschließend mit dem Sieb zu ernten. Ella hatte Raúl offiziell zum Produktionsleiter ernannt, der neben Michele nun noch zwei weitere Helfer hatte. Er kümmerte sich um die Wasserverteilung der Becken, das Einhalten der entsprechenden Werte von Kalium und Magnesium und die Optimierung der Arbeitsprozesse, um eine möglichst gute Salzqualität zu erreichen.

Zufrieden marschierte Ella zur Lagerhalle, in der Valentina und zwei ihrer Freundinnen arbeiteten. Mittlerweile hatten sie fünf Salzmischungen kreiert, die gemischt und verpackt werden mussten. Nachdem das pure Flor de Sal und auch die mediterrane Mischung sehr gut bei Herrn Hüttlers Lieferanten angekommen waren, wollte Ella unbedingt weitere Salzmischungen auf den Markt bringen. Zwar konnte sie noch nicht so viel verkaufen, um kostendeckend zu arbeiten, aber das würde sich hoffentlich in den nächsten Monaten ändern.

Bereits kurz nach ihrer Abreise aus Heidelberg hatte das Haus vermittelt werden können. Dreihundertvierzigtausend Euro hatte der Verkauf eingebracht. Auch wenn Ella beim Unterschreiben der Verkaufsdokumente noch einige Tränen vergossen hatte, war es der richtige Schritt gewesen. Es hatte einfach so sein müssen.

»Ich bin sicher, dass du das Richtige tun wirst, Ella«, hatte in dem letzten Paket ihrer Oma gestanden, das Ella nahe der Kathedrale von Palma geöffnet hatte.

Sie hatte bisher den ein oder anderen Fehler gemacht, aber Ella war überzeugt, ihre Oma hätte gewollt, dass sie das Werk ihres Vaters weiterführte. Vielleicht sogar das Werk ihrer Mutter? Ella hatte immer noch nicht herausgefunden, wer Blanca Wagner gewesen war, und welcher Vorfall dafür gesorgt hatte, dass ihr Vater wieder nach Deutschland gezogen war. Auch der Notar Doktor Reinhardt hatte beteuert, dass er sehr gerne geholfen hätte, aber leider nichts darüber wisse.

Ob Ella sich wohl jemals damit abfinden konnte, dass so viele Rätsel um ihre Oma, ihren Vater und ihre Mutter ungelöst blieben?

Mimi saß gut gelaunt an dem wuchtigen Holztisch, über dem mittlerweile ein großes Sonnensegel gespannt war, und tippte auf ihrem Laptop.

»Na? Arbeit oder Vergnügen?«, fragte Ella neckisch und sah es Mimi förmlich an, dass sie sich gerade mit Carlo schrieb und nicht an ihrem Geschäftsplan arbeitete.

Mimi antwortete nicht, sondern grinste Ella nur schelmisch an.

Carlo und sie waren seit einigen Wochen endlich ein Paar. Jetzt mussten sie sich nicht mehr heimlich wegschleichen, um sich zu treffen. Stattdessen saßen die beiden stundenlang abends am Strand und knutschten ohne Pause. Es hatte Mimi schwer erwischt. So sehr, dass sie nun Tag und Nacht an ihrem Spanisch arbeitete, um Carlo noch eleganter sagen zu können, wie sehr sie ihn liebte. Ella kicherte bei dem Gedanken, wie die beiden sich anfangs nur verträumt angeschaut hatten, weil sie sich schlichtweg nicht verstehen konnten. Gleichzeitig schmerzte es aber auch, dadurch viele Abende alleine verbringen zu müssen. Ella ahnte, es würde nicht mehr lange dauern, bis Mimi und Carlo zusammenzögen. Aber sie hatte sich auch vorher schon in die Arbeit vergraben können, um auf andere Gedanken zu kommen. Das würde sie auch in diesem Fall schaffen.

Wenn alles lief wie geplant, war Mimi bald sowieso nicht mehr so oft hier. Da sich immer noch fast alle lokalen Geschäfte dagegen sträubten, das Salz in ihrem Sortiment aufzunehmen, hatten Ella und Mimi darüber nachgedacht, einfach selbst einen Einzelhandel zu eröffnen. Mimi hatte schon immer von einem eigenen Laden geträumt, also sollte sie das Geschäft führen und arbeitete gerade an den entsprechenden Vorbereitungen. Würden sie irgendwann eine passende Immobilie finden, hätten sie sofort alle nötigen Unterlagen und eine Geschäftsplanung vorliegen und könnten direkt mit dem Projekt starten.

Die kleine Verkaufshütte am Eingangstor war Mimis Idee gewesen. An manchen Tagen hatten sie und Carlo die Autos der Touristen am Strand gezählt. Die Saline lag direkt an der einzigen Straße, die zum Strand führte. Also war die Entscheidung schnell gefallen, dieses Potenzial zu nutzen und einen Verkauf an der Saline einzurichten. Michele hatte dafür die Holzhütte gebaut, die nicht nur Platz für Regale und eine Verkaufstheke, sondern auch für einige Tafeln mit Informationen über die Salzgewinnung bot. Das große Schild an der Landstraße hatte gleich am ersten Tag mehrere Touristen angelockt, die sogar versprochen hatten, noch einmal wiederzukommen, wenn es mehr als zwei Salzmischungen gäbe.

Die Holzhütte war weiß gestrichen und durch verschiedene Techniken in einen Shabby Chic Look verwandelt worden. Das Logo der Saline strahlte schon von Weitem in den passenden Pastelltönen der Verpackungen über der Eingangstür. Wenn Mimi die Kunden in einem richtigen Laden genauso begeistern würde wie hier im Lagerverkauf, würde das Geschäft ein voller Erfolg werden.

Ella wollte sich gerade ein Glas Zitronenlimonade aus der Küche holen, als sie einen Jungen auf das Haus zukommen sah.

»Ella Wagner?«, fragte er mit starkem Akzent.

»Sí, soy yo«, antwortete Ella und nahm einen mehrfach gefalteten Zettel entgegen.

So schnell er gekommen war, so schnell war der Junge auch wieder verschwunden.

»Was ist das?«, fragte Mimi, die neugierig von ihrem Laptop aufblickte.

»Scheint eine Nachricht zu sein. Aber nichts Offizielles«, vermutete Ella. War es vielleicht eine Botschaft von Miguel? Aufgeregt faltete sie das Blatt Papier auf und fing an zu lesen.

> *Auch wenn ich dir ungern schreibe, so ist es der letzte Wille meiner Mutter, dem ich hiermit nachkomme. Sie liegt im Sterben und ihr Wunsch ist es, dich zu sehen. Wenn du meine Mutter also treffen möchtest, komme noch heute zu uns nach Hause. Morgen könnte es bereits zu spät sein. Francisco Barreto*

Ungläubig reichte Ella Mimi den Zettel. Auch Mimi konnte man die Fragezeichen ansehen, die sich nach dem Lesen in ihren Gedanken formten.

»Was ist das denn bitte?«, fragte sie verstört und gab Ella den Zettel zurück.

»Ich hab keine Ahnung, Mimi. Will der mich veralbern? Als ob ich ihm das jetzt abkaufen würde.«

»Hmm«, murmelte Mimi in sich hinein. »Aber was, wenn sie dich wirklich sehen will? Vielleicht weiß sie etwas? Vielleicht etwas über Blanca?«, dachte sie laut. »Ich denke, wir sollten hinfahren!«, entschied sie fest entschlossen.

»Nee, Mimi, da hab ich echt keine Lust drauf. Das ist ja wohl total seltsam«, entgegnete Ella misstrauisch.

»Vielleicht kann Carlo mitkommen? Nur als Verstärkung?«

Ella brauchte einen Moment, um über Mimis Idee nachzudenken. Eigentlich hatte sie ja nichts zu verlieren. Sie hatte die Lizenz für die Saline, wieder ausreichend Geld, um auch eine Durststrecke überwinden zu können, und jede Menge Unterstützung.

»Es muss Barretos Mutter wirklich wichtig sein, wenn er sich überwindet und mir schreibt, oder?«, grübelte sie halblaut.

»Ja, eben! Und deswegen musst du zumindest mal schauen, was sie von dir will.«

Eigentlich hatte sich Ella geschworen, nie wieder etwas mit Barreto zu tun haben zu wollen, aber Mimis Überredungskünste brachten sie dazu, es sich noch einmal anders zu überlegen. Sie würde Barreto einfach weder ansehen noch mit ihm sprechen. Sie würde sich nur zu seiner Mutter bringen lassen und anhören, warum sie Ella unbedingt sehen wollte. Auch wenn Mimi noch einmal anbot, mitzukommen, wollte Ella nicht den Eindruck erwecken, sie habe Verstärkung nötig. Anders als bei ihrem letzten Treffen auf Barretos Saline wollte sie ihm nun zeigen, dass sie keine Angst vor ihm und seinen Machenschaften hatte.

Mimi und Ella gingen noch einmal alle Fragen durch, die Ella Barretos Mutter stellen sollte. Hatte sie Ellas Oma gekannt? Warum hatte Ellas Vater die Saline geschlossen und anschließend die Insel verlassen? Was hatte es mit Ellas Ring auf sich? Wer war Blanca Wagner und lebte sie vielleicht noch? War sie Ellas Mutter? Ella hätte noch so viele Fragen stellen wollen, aber sie wusste nicht, in welchem Zustand sie Barretos Mutter vorfinden würde. Vielleicht war sie genauso schwach wie Ellas Oma damals im Krankenhaus.

Damals …, dachte Ella.

Es war noch gar nicht so lange her, erst fünf Monate, dass Ella neben ihr im Krankenhaus gesessen und ihre schwache Hand gehalten hatte. Mit ihren letzten Worten hatte Oma Margret ihr überhaupt erst die ganzen Rätsel mit auf den Weg gegeben. Durch sie war sie nach Mallorca gekommen, hatte die Saline geerbt, den Entschluss gefasst, hierzubleiben und in das Salzgeschäft einzusteigen, und Nachforschungen über ihren Vater und ihre Mutter angestellt.

Jetzt stand sie vor Barretos Tür, vor dem Haus des Mannes, der mit allen Mitteln hatte verhindern wollen, dass Ella die Saline in Betrieb nahm. Sie griff nach dem großen, bronzefarbenen Türklopfer und schlug ihn vorsichtig gegen die Tür. Es dauerte eine Weile, dann hörte Ella leise Schritte.

Ana öffnete die Tür. Ihre Augen waren stark gerötet. Wahrscheinlich hatte sie gerade geweint.

»Was willst du denn hier?«, blaffte sie Ella an.

Es schien ihr unangenehm zu sein, dass Ella sie in solch einem schwachen Moment erwischte. Ella hatte nicht damit gerechnet, ihre Anwesenheit erklären zu müssen. Also hielt sie ihr wortlos den gefalteten Brief hin und versuchte, stark zu bleiben.

»Pff«, stieß Ana zornig aus, nachdem sie die Zeilen überflogen hatte.

Offensichtlich wusste sie nichts von dem Wunsch ihrer Oma, Ella zu sehen. Hatte Barreto sie doch unter einem falschen Vorwand zu sich nach Hause gelockt? Ella bekam ein mulmiges Gefühl im Bauch.

Doch dann trat Ana zur Seite und Señor Barreto erschien in der Tür. »Sie ist oben«, sagte er kurz und bedeutete Ella, hereinzukommen.

Wortlos ging Ella hinein und folgte ihm die mit bunten Kacheln verzierte Treppe hinauf. Es war kühl im Haus.

Genauso kühl wie die Stimmung, die zwischen Ella und Barreto herrschte. Ella versuchte, ein paar Mal tief durchzuatmen. Sie hatte keine Ahnung, was sie jetzt erwartete.

Barreto ging weiter in das zweite Stockwerk, bog dann nach rechts und blieb in der Mitte des dunklen Flures vor einer alten, hölzernen Tür stehen. Auf dem gefliesten Boden lagen lange, schmale Teppiche, die einen muffigen Geruch abgaben. An den Wänden hingen alte Ölgemälde, die die Landschaft Mallorcas zeigen mussten. Mit kurzen, bunten Pinselstrichen waren Felder, Hügel und Weinberge erstaunlich gut eingefangen.

»Hier ist ihr Zimmer«, brummte Barreto und öffnete leise die Tür.

Erst jetzt fiel Ella auf, dass selbst er etwas zerbrechlich wirkte. Er hatte wohl doch so etwas wie Gefühle.

Ella nickte und trat in das Zimmer. Es roch nach Rosenwasser und einem seltsamen Eigengeruch, der dem der Teppiche ähnelte. Der stark abgenutzte Holzboden knarzte, als Ella einen weiteren Schritt in das Zimmer setzte. Links an der Wand stand ein großer hölzerner Kleiderschrank, verziert mit Schnitzereien von Weintrauben. Vor Ella waren einige samtige Stoffsessel um einen kleinen Glastisch gruppiert. Die dunklen und weit zugezogenen Vorhänge ließen nur wenig Tageslicht herein. Zur Rechten öffnete sich der Raum. Hinten an der Wand stand ein geschnitztes Himmelbett, das mit sehr dünnen weißen Stoffvorhängen behängt war.

Vorsichtig setzte Ella einen Fuß vor den anderen und näherte sich dem Bett. Schlief Barretos Mutter gerade? Als Ella nur wenige Schritte von dem Bett entfernt war, hörte sie ein leises Röcheln.

»¿Hola?«, fragte Ella leise durch den Vorhang.

Die Frau antwortete nicht, sondern schien nur fest zu schlucken. Ella hatte Angst. Nicht davor, dass etwas Schlimmes passieren würde, sondern davor, dass die Situation sie zu stark an Oma Margret erinnern würde. Das flaue Gefühl in ihrem Magen wurde stärker und breitete sich in ihrem ganzen Körper aus.

»¿Hola?«, flüsterte Ella erneut und schob den Vorhang ein wenig zur Seite.

Sie schreckte leicht zurück. Unter der dicken Bettdecke lugte ein faltiges, eingefallenes Gesicht hervor. Die trüben Augen der alten Frau lagen tief in den Augenhöhlen. Ihr dünnes weißes Haar wellte sich in kurzen Locken über dem Kissen. Sie sah kraftlos aus. Ella konnte es sich nicht erklären, aber irgendwie kam ihr das Gesicht vertraut vor.

Die alte Frau kniff ihre Augen leicht zusammen, um sie anschließend weit aufzureißen. Offenbar hatte sie erst jetzt erkannt, dass jemand am Bett stand. Ihr Mund versuchte, einige Worte zu formen, aber es entsprang ihm nur ein leises Keuchen.

Die Situation überforderte Ella. Sie kannte diese Dame nicht und stand jetzt hier bei ihr am Sterbebett. Was sollte sie nur tun? »Es ist alles gut«, flüsterte sie ihr leise zu, um sie und auch sich selbst ein wenig zu beruhigen.

Die Dame schien erneut ihre Kräfte zu sammeln, um etwas zu sagen. Sie atmete tief ein. *»¡La niña de sal!«*, stieß sie jetzt angestrengt aus und Ella wich reflexartig einen Schritt zurück.

Fast wäre sie über die Teppichkante gestolpert. Konnte das wirklich sein? Nervös nestelte Ella an ihrem Ring herum und schaute der alten Dame direkt in die Augen.

Es ist die alte Frau vom Markt!, schoss es Ella nun in den Kopf.

»¡Vive! ¡La niña de sal está viva!«, hatte sie geschrien, als hätte sie den Teufel gesehen. »Es lebt! Das Salzmädchen lebt!«

Was hatte das zu bedeuten? Barretos Mutter hatte sie das Salzmädchen genannt, noch bevor Ella selbst gewusst hatte, dass sie eine Saline erben würde. Irgendetwas musste sie jetzt tun.

Die alte Frau hustete heftig. Ella ging um das Bett herum, griff nach einem Stuhl und setzte sich. Der Hustenanfall war überstanden und Barretos Mutter drehte langsam ihren Kopf zu Ella. Ellas Gedanken überschlugen sich. Welche Fragen wollte sie gleich noch mal stellen? Und welche zuerst?

»Woher kennen Sie mich?«, fragte Ella plötzlich.

Das Gesicht der Frau wurde blasser. Ihre Augen wurden kleiner.

»Nein! Bleiben Sie bei mir!«, flüsterte Ella ihr verzweifelt zu und griff nach ihrer lauwarmen Hand.

Mit letzter Kraft hob sie auf einmal die Hand und streckte ihren Finger aus, als würde sie auf den Boden nahe der Wand deuten. »Dort«, hauchte sie Ella zu.

Ella war hilflos. Wo sollte sie nachsehen? Da war nichts? Sollte sie Barreto holen? Sollte sie hier sitzen bleiben? Barretos Mutter hielt ihren Finger weiterhin ausgestreckt. Als könnte sie Ellas Zweifel erkennen, nickte sie nun langsam und formte ein schmales Lächeln.

Vorsichtig legte Ella den Arm der Dame wieder auf das Bett und ging zur Wand. Hier war nichts. Was sollte das? Ella betrachtete jede einzelne der alten Bodendielen. Meinte sie vielleicht etwas, was hinter der Wand lag? Aber Moment. An einer Diele waren leichte Kratzspuren zu sehen. Ella kniete sich auf den Boden und blickte kurz Richtung Bett. Die Frau nickte noch einmal. Vorsichtig tastete Ella nach der Diele. Sie schien locker zu sein. Sie nestelte in der Tasche nach ihrem Hausschlüssel, versenkte ihn in der schmalen Fuge und versuchte damit, die Diele herauszuheben.

Plötzlich hörte sie Schritte im Flur.

»Komm schon!«, spornte sich Ella an. Noch ein Versuch. Die Diele hob sich und sie schaute aufgeregt in den darunterliegenden Hohlraum. Da war etwas. Irgendetwas war in ein Leinentuch eingewickelt und unter den Boden geschoben worden.

Die Schritte näherten sich der Zimmertür.

Hastig zog Ella den Gegenstand aus dem Boden und setzte die Diele wieder ein. Sie sprang auf, als die Tür sich mit einem leisen Quietschen öffnete. Sie schaffte es gerade noch rechtzeitig, den Gegenstand in ihre Jeans zu stecken und das T-Shirt locker darüber fallen zu lassen.

Barreto trat ein und näherte sich dem Bett. Ella drehte sich ruckartig wieder zu seiner Mutter herum.

»Was …?« Barreto schaffte es nicht, den Satz zu beenden.

Ella zog scharf die Luft ein.

Er eilte um das Bett herum und griff nach der Hand seiner Mutter. Dann sackte sein Kopf nach unten. Sie war tot.

»Was hast du gemacht?«, blaffte Barreto und drehte sich zu Ella um.

»Ich … hab«, stotterte Ella.

Barretos Augen verfinsterten sich. Er richtete sich bedrohlich auf und Zorn trat durch seine Augen. »Hat sie noch etwas gesagt?«, knurrte er Ella an und schob aggressiv sein Kinn nach vorne.

Die feinen Härchen auf Ellas Arm stellten sich auf. Sie hatte Angst. »Äh … nein … sie …« Was sollte sie bloß sagen? Ihr Herz klopfte heftig bei dem Gedanken an den Gegenstand, der hoffentlich nicht unter ihrem Shirt herausschaute.

Barreto schnaufte wie ein wildgewordener Stier. »Dann hau ab!«, schrie er jetzt und Ella zuckte unwillkürlich zusammen.

Panisch drehte sie sich um und lief aus dem Zimmer, den Flur entlang, die Treppe hinunter und schnell raus aus dem Haus. Sie rannte weiter die Allee entlang bis zu ihrem Auto. Aufgeregt griff sie unter ihr Shirt. Der Gegenstand war noch da.

Barreto saß am Bett seiner Mutter und tobte innerlich. Seit Tagen hatte seine Mutter nur einen Satz gesagt.

»Ich will das Salzmädchen sehen.«

Jetzt, nach Ellas Besuch, lag sie regungslos da und schien zum ersten Mal seit vielen Jahren wieder zu lächeln.

32

Miguel klopfte leise gegen die Haustür.

»Ella? Ella, bist du da?«, rief er aufgeregt.

»Sie ist nicht hier«, antwortete Mimi kurz, als sie die Tür öffnete.

»Oh, hallo. Wo ist sie denn? Ich muss unbedingt mit ihr reden«, drängte Miguel.

»Sie ist weg«, sagte Mimi. »Und ich weiß ehrlich gesagt nicht, ob sie mit dir sprechen will, nachdem du dich so lange überhaupt nicht gemeldet hast.«

Das hatte gesessen.

Miguel schaute betroffen zu Boden. »Das verstehe ich«, sagte er leise. »Sie ist zu recht sauer. Aber ich hatte meine Gründe. Und jetzt hat es auch einen Grund, dass ich unbedingt mit ihr sprechen muss.«

»Setz dich«, lenkte Mimi ein. »Sie kommt bestimmt bald wieder.«

Mimi verschwand wieder im Haus. Als sie die Tür geschlossen hatte, fing sie an zu grinsen. Sie freute sich riesig, dass Miguel hier war und mit Ella reden wollte. Mimi wusste, dass die beiden sich liebten, die Situation es ihnen jedoch nicht erlaubte, ein Paar zu sein. Es war schrecklich mit anzusehen, wie Ella jeden Gedanken an Miguel mit Gewalt verdrängen musste.

Er musste irgendetwas Tolles zu berichten haben, aber so leicht wollte sie es ihm trotzdem nicht machen. Sollte er ruhig etwas schmollen, bis Ella wiederkam.

Als sie vorsichtig durch das Fenster nach draußen sah, tat er ihr schon ein bisschen leid. Mimi konnte sich vorstellen, dass es auch für ihn nicht einfach gewesen war, den Kontakt mit Ella zu vermeiden. Man sah ihm förmlich an, dass ihm etwas auf der Seele brannte. Nur durch die Intrigen dieser blöden *Chica* hatten beide sich derart verschlossen. Schon alleine bei der Vorstellung, sie dürfte nicht mit Carlo zusammen sein, platzte Mimi innerlich. Sie wollte gar nicht daran denken, wie Ella und Miguel sich die ganzen letzten Monate gefühlt haben mussten.

Mimi war sowieso schon gespannt wie ein Flitzebogen, was bei dem Treffen mit Barretos Mutter herausgekommen war. Und jetzt saß auch noch Miguel vor der Tür. Am liebsten hätte sie ihn selbst gefragt, was er von Ella wollte, aber das konnte sie natürlich nicht machen. Aufgeregt ging sie hin und her. Es wurde langsam dunkel und Ella war immer noch nicht zurück. Aber es war auch eine gute Stunde Fahrzeit bis zu den Barretos. Mimi griff nach einem frischen Teebeutel und ließ ihn in eine Tasse fallen. Ihr blieb nichts anderes, als zu warten.

* * *

Ella weinte, als sie den Pick-up nach Hause lenkte. Sie weinte nicht nur, weil sie traurig war, sondern vor allem, weil sie sich ärgerte. Sie hatte Barreto Stärke zeigen wollen und war nach seinem Wutausbruch erneut vor ihm davongelaufen. Sie hatte das Gefühl, dass dieser Mann eine Art von Macht über sie besaß, die sie aber nicht beschreiben konnte. Und das machte ihr Angst.

Nachdem sie kopflos in Richtung Saline gefahren war, schaffte sie es endlich, sich ein wenig zu beruhigen. Sie fasste an ihren Bauch. Der eingewickelte Gegenstand war noch da. Bei genauerem Abtasten fühlte er sich wie ein Buch an.

»Das Salzmädchen«, hatte Barretos Mutter erneut gesagt.

Es war ihr offenbar sehr wichtig gewesen, dass Ella dieses Buch bekam – so wichtig, dass sie ihre letzten Worte darauf verwendet hatte, Ella zu zeigen, wo es gelegen hatte. Wie lange hatte sie es dort wohl schon versteckt?

Ella hatte keine Ahnung, was darin sein könnte, traute sich aber auch nicht, es alleine zu öffnen. Sie wollte Mimi bei sich haben. Sie brauchte sie jetzt. Ob Barreto wohl von dem Buch wusste und ob er bereits herausgefunden hatte, dass es verschwunden war?

Ella war unwohl bei dem Gedanken und sie beschleunigte das Fahrzeug. Sie wollte schnellstmöglich nach Hause zu Mimi. Je mehr sie darüber nachdachte, was in dem Buch stehen mochte, desto wirrer wurden ihre Gedanken.

Ich muss zumindest nachschauen, ob es wirklich ein Buch ist, dachte sie und schob ihr Shirt ein wenig nach oben.

Sie griff nach dem mit Leinen umwickelten Gegenstand. Er klemmte fest. Kurz blickte sie nach unten. Eine Lederschnur schaute aus dem Leinentuch heraus. Wahrscheinlich hatte sie sich um den Hosenknopf gewickelt. Als Ella wieder hochschaute, sah sie ein Huhn mitten auf der Landstraße sitzen. Sie war viel zu schnell. Ella riss das Lenkrad herum. Das Auto schleuderte und sie bekam es nicht mehr unter Kontrolle. Sie sah nur noch eine Steinmauer auf sich zukommen. Danach wurde alles schwarz.

* * *

Mimi wurde langsam nervös. Die Sonne war schon längst untergegangen und Ella immer noch nicht zurück. War es ein Fehler gewesen, sie alleine zu Barreto fahren zu lassen? Bereits einige Male hatte sie versucht, Ella anzurufen, doch sie war nicht rangegangen.

Sollte sie Miguel einweihen und mit ihm zusammen nachsehen, ob es Ella gut ging? Mimi selbst hatte kein Auto, also musste sie es tun.

Miguel saß immer noch vor dem Haus im Dunkeln und wartete geduldig. Bestimmt fragte er sich, wo Ella wohl stecken mochte, glaubte aber vielleicht, dass sie einen Termin hätte.

Besorgt ging Mimi nach draußen zu ihm.

»Ist alles in Ordnung?«, fragte er nervös.

»Ich hoffe, schon. Ich …«

Gerade als Mimi ihm erklären wollte, wo Ella steckte, klingelte ihr Handy. Es war Ellas Nummer. »Ella, wo steckst du denn? Wie war das Treffen?«

»Hola, soy el doctor Garrido. ¿Usted es pariente de la Señora Wagner?«, fragte eine unbekannte Männerstimme.

»Äh, *un momento por favor*«, stotterte Mimi verunsichert und reichte Miguel das Handy. »Hier ist irgendein Mann dran. Ich verstehe nicht, was er sagt.«

Miguel nahm das Handy. *»¿Hola, quién es?«*

Mimi versuchte krampfhaft, etwas aus Miguels Miene herauszulesen.

»Sí.«

Wieder eine längere Pause.

»Oh nein, was ist los?«, flüsterte Mimi, als sie erkannte, dass Miguel sich wohl Sorgen machte.

»Sí«, antwortete er erneut und legte auf.

»Was ist los? Sag schon!«, forderte Mimi ungeduldig.

Miguel musste sich setzen. »Es war ein Doktor Garrido«, fing er an und starrte betroffen auf den Boden.

»Ella hatte einen Autounfall …«

* * *

Miguel und Mimi fuhren sofort los. Der Doktor hatte Miguel erklärt, dass Ella ins *Hospital Son Llatzer* in Palma eingeliefert worden war. Was genau passiert war und wie es Ella ging, hatte er nicht gesagt. Der Arzt hatte nur Ellas Handy in ihrer Hosentasche gefunden und die zuletzt gewählte Rufnummer angerufen.

Miguel kannte das Krankenhaus. Nach dem Flughafen fuhr er von der Autobahn ab, überquerte einige Kreisel, bevor er links auf die Straße zum Krankenhaus einbog und dem Schild *Habitaciones* folgte. Mit quietschenden Reifen hielt Miguel direkt vor dem vierstöckigen hellbeigen Gebäude.

Beide waren außer sich vor Sorge. Was war bloß passiert? Sie sprangen aus dem Wagen und stürmten zur Anmeldung.

»*Señora Ella Wagner. ¿Dónde está?*«, fragte Miguel schwer atmend.

Die Dame an der Rezeption tippte etwas in ihren Computer. »*Tercer piso, cuarto 303*«, antwortete sie ohne Umschweife.

»*Gracias!*«, sagte Mimi, als sie und Miguel bereits losgelaufen waren.

Sie hasteten das Treppenhaus hinauf.

»301, 302, 303. Da ist es!«, rief Miguel und blieb einen Moment vor der Tür stehen, um tief durchzuatmen.

»Geh du lieber vor, Mimi«, sagte er und trat einen Schritt zur Seite.

Mimi öffnete leise die Tür. Zwei Männer und eine Frau in weißen Kitteln standen um ein Bett herum und nahmen ihr die Sicht.

Als Mimi und Miguel den Raum betraten, drehten sie sich zu ihnen um.

Miguel wechselte ein paar hektische Worte mit dem Doktor und erklärte, dass sie telefoniert hatten. Als die drei schließlich zur Seite traten, schossen Mimi die Tränen in die Augen.

Sie eilte ans Bett und hielt sich verzweifelt die Hände vor das Gesicht.

»Oh Gott, Ella, was ist denn nur passiert?«, wisperte sie.

Miguel wurde blass und trat ebenfalls näher an das Bett heran. Auch seine Augen füllten sich mit Tränen. *»¿Como está ella?«*, fragte er den Arzt, ohne den Blick von Ella abzuwenden.

Miguel setzte sich auf den Stuhl neben dem Bett und sah Ella liebevoll an. Ihr Gesicht war voller Schürfwunden und die linke Wange blau unterlaufen. Ihr trockener Mund stand weit offen. Auch der linke Arm, der regungslos auf der Bettdecke lag, war übersät mit Schnittwunden und Blutergüssen. Ein schreckliches Bild!

»Was sagt er?«, drängte Mimi sofort, nachdem der Arzt offensichtlich alles erklärt hatte.

Miguel schwieg einen Moment.

»Sag schon!«

»Sie hat nur eine leichte Gehirnerschütterung, einige Quetschungen und Schnittwunden«, antwortete er einfühlsam. »Aber sie wird wieder okay.«

»Gott sei Dank!«, Mimi rieb sich die Tränen aus den Augen.

Ihre zittrigen Lippen lächelten. »Du bist bald wieder fit, Ella. Versprochen!« Sie drehte sich zu Miguel. »Ist sie bewusstlos? Oder was ist mit ihr?«

»Sie schläft nur«, flüsterte Miguel. »Der Arzt sagt, dass sie jetzt Ruhe braucht und wir sie noch etwas alleine lassen sollen«, erklärte er ruhig.

Nachdem der Arzt sie nach draußen begleitet und nochmals bestätigt hatte, dass Ella wieder gesund werden würde, überreichte er Miguel eine Plastiktüte mit Ellas persönlichen Sachen, die sie bei sich getragen hatte.

Mimi nahm die Tüte an sich.

»Komm, ich lade dich auf einen Kaffee ein«, sagte Miguel und holte aus dem Automaten im Erdgeschoss die

Getränke. Drei lange Stunden saßen die beiden auf Stühlen im Krankenhausflur und warteten darauf, dass Ella aufwachte. Es war bereits mitten in der Nacht, als ein Arzt ihnen sagte, sie müssten sich keine Gedanken machen und könnten ruhig nach Hause fahren. Ella werde wohl bis morgen früh durchschlafen. Die beiden beschlossen, trotzdem hier zu warten, bis sie aufwachen würde. Ella sollte nicht alleine sein. Nachdem Mimi Miguel alles über die letzten Wochen auf der Saline erzählt hatte, waren die beiden sitzend auf den Stühlen eingeschlafen.

* * *

Es herrschte bereits reger Betrieb auf dem Krankenhausflur, als ein Pfleger Miguel und Mimi vorsichtig weckte.

»Wir dürfen jetzt zu ihr!«, sagte Miguel und lief los.

Aufgeregt öffnete Mimi die Zimmertür.

Ella lag leicht aufgerichtet im Bett und trank durch einen Strohhalm, den ein Pfleger ihr reichte. Überrascht sah sie auf.

»Hallo, Sonnenschein«, flüsterte Mimi und strahlte sie aufmunternd an.

Ella lächelte, soweit es ihr geschwollenes Gesicht zuließ. Als sie Miguel hinter Mimi entdeckte, verschluckte sie sich und blickte Mimi hilfesuchend an. Der Pfleger stellte den Becher ab, verabschiedete sich und ging.

»Hallo, Ella«, sagte Miguel sanft.

»Wie geht's dir, Süße? Kannst du reden?«, fragte Mimi und legte ihre Finger auf Ellas Hand.

»Ja«, antwortete Ella und räusperte sich. »Ich bin okay.« Schüchtern drehte sie sich zu Miguel. »Wie kommst du denn hierher?«

»Miguel war auf der Saline. Er wollte dir etwas Wichtiges sagen«, warf Mimi ein und zwinkerte ihm kurz zu.

»Ähm, ich …«, stotterte Miguel.

»Ich lass euch mal alleine«, sagte Mimi amüsiert und drehte sich zur Tür. »Obwohl ich unendlich froh bin, weil wohl alles glimpflich abgegangen ist, würde ich schon gerne wissen, was dir da passiert ist. Aber ich denke«, sie deutete auf Miguel, »ihr solltet euch erst einmal unterhalten.«

»Wo ist das Buch?«, fragte Ella auf einmal.

Mimi drehte sich erstaunt um. »Welches Buch?«

»Ich hatte es bei mir.«

Mimi ging zurück an das Bett und öffnete die Tüte mit Ellas Sachen.

»Da ist es!«, stieß Ella erleichtert aus, als Mimi den mit Leinen umwickelten Gegenstand aus der Tüte zog.

»Was ist das für ein Buch und warum ist es eingewickelt?«, fragte Mimi.

Ella erzählte Miguel und Mimi von dem seltsamen Treffen mit Barretos Mutter. Davon, dass sie die alte Frau vom Markt gewesen war und Ella schon wieder das Salzmädchen genannt hatte. Sie beschrieb genau, wie sie an das Buch gelangt war und dass sie bisher noch nicht hineingeschaut hatte.

»Oh Mann, Süße, das ist ja schrecklich. Wir hätten dich nicht alleine fahren lassen sollen.«

»Na ja, es ist ja noch mal alles gut gegangen«, versuchte Ella, zu beschwichtigen. »Ich bin froh, dass du … dass ihr hier seid«, sagte sie und betastete verlegen die Falten der Bettdecke.

Miguel lächelte warmherzig.

Die Tür öffnete sich und ein klein gewachsener, fröhlich wirkender Mann im weißen Kittel trat ein. »Oh, Sie bereits haben Besuch, *que bien*«, stellte er erfreut fest. »Iche bin Doktore Fuentes und sprechen *un poco* Deutsch.«

»Hallo«, antwortete Ella und fand diesen Doktor auf Anhieb sympathisch.

Miguel und Mimi lächelten ihn erwartungsvoll an.

»Also, Doktore Garrido Ihnen bereits gesagte, Sie werden okay. Kleine Erschütterung in Gehirn, kleine Wunden. Drei Tage bleiben hier, dann können zu Hause auskurieren«, fasste er kurz zusammen und lächelte.

Ella war erleichtert. Sie fühlte sich zwar, als wäre sie gegen einen geschwungenen Hammer gelaufen, aber sie musste dringend wieder auf die Saline. Auch von Mimi und Miguel schien die Anspannung etwas abzufallen.

»Vielen Dank, Doktor«, sagte Ella und sank zurück in ihr Kopfkissen.

»Aber beste Nachricht kommen zum Schluss«, fuhr Doktor Fuentes fort.

Sein Grinsen war so breit, dass die Mundwinkel beinahe zu den Ohrläppchen reichten.

»Das Baby ist okay!«, rief er nun und strahlte.

Doktor Fuentes blickte in drei fassungslose Gesichter.

Ella wurde plötzlich übel. Miguel hielt sich am Tisch fest und Mimi lehnte sich geschockt nach vorne.

»Baby?«, flüsterte Ella, als sie ihre Sprache wiedergefunden hatte und den Doktor dabei entsetzt ansah.

»Oh«, antwortete dieser unsicher. Sein Grinsen verschwand. »Sie nicht haben gewusst?«, fragte er, offensichtlich peinlich berührt.

Ella schüttelte mit weit aufgerissenen Augen den Kopf. Sie hatte sich in den letzten Wochen so in die Arbeit vertieft, dass ihr nichts aufgefallen war.

»Sie schwanger in zwölfte Woche«, erklärte er. »Okay, ich Sie lassen am besten alleine.«

Der Doktor verschwand durch die Tür.

»Wow«, sagte Mimi, hielt sich erschrocken die Hand vor den Mund und schaute Ella an.

Sie war den Tränen nahe.

Mimi stand hastig auf. »Äh, ich … lasse euch auch kurz alleine«, stammelte sie und verließ das Zimmer.

Vor der Tür drehte sie sich noch einmal zu Ella und formte mit ihren Lippen ein stummes »Waaaah!« und lächelte ihr aufmunternd zu.

Ella lag regungslos im Bett. Oh Gott, sie war schwanger. Schon in der zwölften Woche.

»Wie fühlst du dich?«, fragte Miguel behutsam von der Seite.

Er sah angespannt aus, fasste aber vorsichtig nach Ellas Hand.

»Keine Ahnung«, hauchte Ella und Tränen liefen ihr über die Wangen.

»Bin ich … also«, stammelte Miguel.

»Ja«, sagte Ella und schluckte.

Miguel atmete tief durch und Ella fing an, zu schluchzen. »Aber das funktioniert doch nicht! Wie soll das …«

Sie hatte schon wieder das Bild von Ana und Miguel im Kopf. Ihr Körper zog sich zusammen und es schmerzte überall.

Miguel rutschte etwas näher an Ella heran und drückte sanft ihre Hand. »Es wird alles gut. Es *ist* alles gut«, flüsterte er ihr beruhigend zu.

Ella drehte sich zu ihm und blickte Miguel direkt in die Augen. Wenn er das sagte, hörte es sich so echt an. Als könnte wirklich alles gut werden. Sie sah, dass auch Miguel mit den Tränen kämpfte.

»Ich bin frei, Ella«, wisperte er. »Ich kann Barreto auszahlen.« Miguel legte seine andere Hand sachte auf Ellas Bauch.

»Wir sind frei.«

33

Die ganzen drei Tage hatte Miguel im Krankenhaus verbracht. Er war nur einmal kurz nach Hause gefahren, um frische Kleidung für sich und Ella zu besorgen. Ella war überwältigt gewesen, als der Arzt ihr von der Schwangerschaft erzählt hatte. Nicht nur überwältigt, sondern zunächst entsetzt. Tausend Zweifel hatten ihren Kopf ausgefüllt. Eine ungeplante Schwangerschaft, ein Kind von einem Mann, den sie zwar liebte, wobei diese Liebe aber hoffnungslos zu sein schien. Und dann hatte Miguel ihr gesagt, dass er nun frei war, dass *sie* nun frei waren. Er konnte Barretos Kredit abbezahlen und die Zukunft seiner Familie würde alleine aus den Einnahmen des Verkaufs nach Deutschland gesichert sein. Jetzt war sie überglücklich. Alle Bedenken der letzten Monate schienen beseitigt zu sein. Miguel liebte sie, das konnte Ella sehen. Und sie liebte ihn. Sie liebte ihn so sehr, dass sie sich nichts Schöneres vorstellen konnte, als sein Kind in sich zu tragen.

Miguel hatte stundenlang neben ihr im Krankenhausbett gelegen und sie einfach nur angesehen. Es waren keine Worte notwendig gewesen, um auszudrücken, was sie empfanden. Sie hatten nur sich gebraucht, eng umschlungen und mit der Gewissheit, das nie wieder ändern zu müssen. Mimi hatte einen Luftsprung gemacht, als sie in das Zimmer hereingeplatzt war und den zarten, aber leidenschaftlichen Kuss gesehen hatte. Sie hatte sofort Rosa angerufen, die wenig später ebenfalls gekommen war und erst Ella und anschließend Miguel weinend umarmt hatte. Ihre Tränen hatten nicht mehr aufgehört zu fließen, als Miguel ihr von dem Baby erzählt hatte.

»Es tut mir leid für alles, was ich euch verschwiegen habe«, hatte sie aufrichtig gesagt. »Aber ich wusste, dass eure Liebe stärker ist als alles andere.«

Am heutigen Morgen durfte Miguel Ella endlich nach Hause bringen. Er fuhr viel langsamer als erlaubt, da er sich offensichtlich sehr um Ella und ihr Kind sorgte. Kichernd saß Ella auf dem Beifahrersitz und sah ihn verliebt an.

Auf der Saline wartete schon das ganze Team. Gemeinsam hatten sie einen herzlichen Empfang vorbereitet und sogar alkoholfreien Sekt besorgt, um mit Ella anstoßen zu können.

Ella sah, wie Miguel erst ergriffen von all den netten Menschen war, die Ella um sich hatte, bevor er ihr ins Ohr flüsterte, wie stolz er auf sie sei und wie sehr er es bereue, dass er sie bei all dem bisher nicht habe unterstützen können.

Als die wunderbare mallorquinische Sonne ein weiteres Mal über dem rot gefärbten Horizont lag, saßen nur noch Ella, Miguel, Mimi und Rosa vor dem Haus. Vorsichtig schlug Ella das Leinentuch auf. Ein in glattes Leder gebundenes Notizbuch kam zum Vorschein, das mit einem Lederband lose zugebunden war. Es wirkte stark abgenutzt und bestand aus grobem Papier.

Ella wollte diesen Moment unbedingt mit den Menschen erleben, die ihr auf dem langen Weg hierher beigestanden und ihr so viel Kraft gegeben hatten. Sie wusste nicht, was in diesem Buch stand, aber sie fühlte, dass sie eine Verbindung dazu hatte. Behutsam strich sie über die glatte Oberfläche und löste dann vorsichtig das Lederband.

Gespannt beugten sich Mimi, Rosa und Miguel etwas vor.

»Nun schlag es schon auf!«, forderte Mimi, die fast vor Aufregung platzte.

Ella öffnete den Einband und spürte die Wärme, die in ihre Brust stieg. Vor sich sah Ella die gleiche geschwungene Schrift wie auf der Postkarte. Es war Blancas Schrift. Es war Blancas Buch! Ella strich langsam mit den Fingerspitzen über die Seite. Ihr Blick fiel auf den Ring an ihrer Hand. Würde sie nach all den Höhen und Tiefen der letzten sechs Monate doch noch Antworten auf all ihre Fragen finden? Die Schrift war wunderschön und gut leserlich, allerdings reichten Ellas Spanischkenntnisse noch nicht aus, um die vielen Seiten flüssig lesen zu können. Sie gab Miguel das Buch. »Übersetzt du es bitte für uns?«, fragte sie und er nickte.

> »August 1986
> Ich kann es kaum fassen. Vor fast einem Jahr habe ich Paul das erste Mal getroffen. Ich kann mich noch genau daran erinnern, wie ich auf dem Markt in ihn hineingerannt war. Die Tomaten kullerten auf den Boden und der Käse wurde zertrampelt. Aber es war mir egal. Ich konnte nur noch diese treuen braunen Augen vor mir sehen. Es war Liebe auf den ersten Blick. Nun ist ein Jahr vergangen und Paul ist immer noch bei mir. Er gibt mir jeden Tag das Gefühl, etwas Besonderes zu sein. Wir möchten unsere Zukunft gemeinsam verbringen. Wochenlang haben wir zusammen Pläne geschmiedet, wieder verworfen und schließlich den Entschluss gefasst, es einfach zu wagen. Wir werden die alte Saline meines Vaters wiederaufbauen. Heute haben wir

endlich den Bescheid bekommen, dass die alte Lizenz auf mich übertragen werden kann. Wir können unser Glück kaum fassen. Paul muss noch einige Projekte abschließen, aber dann können wir mit dem Aufbau beginnen. Ich wünschte, meine Eltern könnten noch miterleben, wie ihre Saline wieder zum Leben erweckt wird. Ich vermisse sie sehr.

Februar 1987
Heute haben wir die ersten Arbeiten an unserem zukünftigen Wohnhaus begonnen. Paul hat seine Projekte fertiggestellt und wir konnten etwas Geld sparen, um endlich anzufangen. Es wartet eine Menge Arbeit auf uns, aber zum Glück haben wir treue Freunde, die uns unterstützen. Ich hoffe, dass ich bald Pauls Mutter kennenlernen kann. Sie scheint eine liebevolle Frau zu sein und spätestens Ende des Jahres möchte sie uns besuchen kommen. Ich hoffe, dass sie unsere Insel genauso lieben wird wie wir.

Dezember 1987
Wir hatten ein wunderbares Weihnachtsfest mit Margret. Ich habe sie direkt ins Herz geschlossen und ich glaube, sie mich auch. Wir haben viel gelacht, getrunken und gegessen. Das Spanferkel war für uns drei zwar ein bisschen viel, aber es war köstlich. Unser kleines Haus ist schon fertig, aber zu dritt war es leider doch etwas zu eng, also hat Margret in einer kleinen Pension in der Nähe geschlafen.

Margret hat besonders die Besuche auf den Märkten genossen. Wir haben stundenlang gebraucht, weil sie alles anschauen und probieren wollte. Man kann förmlich sehen, wie ihre Liebe zu dieser Insel von Tag zu Tag wächst. Vielleicht können wir Margret ja noch überreden, nach Mallorca zu ziehen.

März 1988
Margret ist tatsächlich wiedergekommen. Ihr hat es so gut bei uns gefallen, dass sie nicht länger warten wollte. Als ihre geplanten zwei Wochen Urlaub vorbei waren, hat sie ihren Aufenthalt sogar auf unbestimmte Zeit verlängert. Sie ist ständig unterwegs, erkundet die ganze Insel und hat auch bereits einige Bekanntschaften gemacht. Zuletzt hat sie sich mit Carmen Barreto angefreundet, der Frau eines großen Salzhändlers hier auf der Insel. Wir sind schon gespannt darauf, das Paar ebenfalls kennenzulernen. Vielleicht können die beiden uns einige Tipps für unsere Saline geben.«

Ellas Mund klappte nach unten, als Miguel den letzten Absatz vorlas. »Was zum …« Sie konnte es nicht glauben. Ihre Oma war mit Barretos Frau befreundet gewesen! Mit der Frau *des* Barreto, der Ella an der Nase herumgeführt und versucht hatte, ihre Saline schließen zu lassen! Hatte er gewusst, dass Ella Margrets Adoptivenkelin war? Warum hatte er sich also gegen sie verschworen? Warum hatte er so viel Hass in seinem Blick gehabt, als er Ella gesehen hatte?

Miguel sah Ella mitfühlend an und sie erwiderte seinen Blick. Er konnte sich bestimmt vorstellen, wie die Gedanken in ihrem Kopf Achterbahn fuhren, also las er weiter.

Alle lauschten gespannt, als Miguel die seitenlangen Einträge der nächsten vier Jahre vorlas.

Blanca beschrieb detailliert, wie Paul und sie mit vielen Problemen beim Aufbau der Saline gekämpft hatten. Tagelange Stürme hatten die Anlage verwüstet, Handwerker sie betrogen und das Abwasser umliegender Betriebe die Wasserqualität ruiniert. Blanca und Paul waren kurz davor gewesen, aufzugeben. Dennoch entschieden sie sich dafür, alles Notwendige dafür zu tun, um trotzdem eröffnen zu können. Sie wollten es unbedingt schaffen. Ihre Ersparnisse waren aufgebraucht, also hatte sich Paul wieder einen Job gesucht, dem er tagsüber nachging, um Blanca dann in den späten Abendstunden und am frühen Morgen zu unterstützen.

Es musste eine harte Zeit für die beiden gewesen sein, die ihre Liebe allerdings nur noch stärker gemacht hatte. Ella liefen in vielen Passagen die Tränen, als Blanca beschrieb, wie glücklich sie zusammen gewesen waren. Sie war die große Liebe ihres Vaters. Blanca musste Paul das Gleiche bedeutet haben, wie Miguel Ella bedeutete. Es berührte sie auch sehr, zu hören, dass Blanca und ihr Vater ähnlichen Widrigkeiten beim Aufbau der Saline getrotzt hatten. Wie sehr hätte sich Ella gewünscht, mehr über die Erfahrungen zu wissen, die sie geteilt hatten.

Schluchzend musste sie sich von Mimi trösten lassen, als Blanca beschrieb, wie Paul ihr vorne am Strand einen Heiratsantrag gemacht hatte. Zitternd war er auf die Knie gegangen, als die Sonne feuerrot am Horizont leuchtete. Blanca hatte sofort »ja« gesagt und Paul hatte ihr mit einem Kuss den goldenen Ring mit der zarten Schraffur übergestreift. Blanca schrieb, dass Paul diesen Ring so hatte anfertigen lassen, dass er Blancas Wesen entsprach. Eine starke, schöne Persönlichkeit, deren zarte Seiten sie so besonders machten. Dieser Ring war etwas ganz Besonderes und das Symbol für Pauls Liebe zu Blanca.

Ella blickte gerührt auf ihren Ringfinger. Oma Margret hatte Ella den Ring nach dem Tod ihres Vaters geschenkt. Es war nicht nur irgendein Ring. Fast zwanzig Jahre später erfuhr Ella endlich, was er bedeutete. Es war Blancas Verlobungsring. Tränen tropften auf das Ornament, als Ella es vorsichtig betastete. Aber warum hatte Blanca den Ring nicht behalten? Warum? Ella war hilflos.

Gleichzeitig mit der rührenden Nachricht über die Bedeutung des Rings wuchs Ellas Entsetzen darüber, dass Margret tatsächlich mit Barretos Frau befreundet gewesen war. Es stellte sich heraus, dass Margret vier Jahre hier auf der Insel verbracht hatte – vier Jahre, die sie niemals mehr irgendjemandem gegenüber erwähnt hatte. Ella war fassungslos, dass ihre Oma ihr all das verschwiegen hatte. Sie musste es nun über ein Tagebuch erfahren, das unter Umständen noch hundert Jahre unter dem Fußboden von Barretos Mutter gelegen hätte.

Diese liebevoll geschriebenen Zeilen verursachten in Ella ein wildes Durcheinander an Gefühlen. Sie war erleichtert, gerührt, gefesselt, schockiert, fröhlich und enttäuscht zugleich.

* * *

Es war bereits Mitternacht, als Miguel das nächste Kapitel aufschlug. Ella hatte dünne Decken, eine weitere Flasche Wein und Wasser nach draußen gebracht. Sie würde noch Wochen brauchen, um all das zu verarbeiten, was sie bisher erfahren hatte.

Ihr Herz schlug heftig bei dem Gedanken, was in den Tagebucheinträgen der nächsten Jahre stehen würde. Sie setzte sich eng neben Miguel, legte ihre Hand auf seinen Oberschenkel und bedeutete ihm, weiterzulesen.

»Dezember 1992
Oh Gott, was ist nur alles passiert in den letzten Monaten. Ich weiß nicht, wie ich meine Gefühle einordnen soll. Paul und ich hatten es endlich geschafft, die Saline in Betrieb zu nehmen. Mit unseren letzten Mitteln konnten wir alles fertigstellen und die erste Ernte einfahren. Wir hatten es sogar geschafft, Geschäfte auf der ganzen Insel von unserem Salz zu überzeugen, sodass sie es in ihr Sortiment aufgenommen hatten. Da ereilte uns die Nachricht von Margrets schrecklichem Autounfall. Margret war gemeinsam mit Francisco Barretos Frau Carmen unterwegs gewesen. Sie waren wirklich gute Freundinnen geworden. Eines Tages machten sie einen gemeinsamen Ausflug in den Norden der Insel. Sie wollten einen Tag in Cala Sant Vicenç am Strand verbringen, als in einer Kurve ein Reifen platzte und Margret die Kontrolle über den Wagen verlor. Drei Tage kämpfte Carmen im Krankenhaus, bevor sie ihren Verletzungen erlag. Es war so furchtbar. Auf Carmens Beerdigung hat Francisco uns alle aus der Kirche geworfen. Er war voller Hass und machte Margret für Carmens Tod verantwortlich. Er hat uns angeschrien und geschworen, dass Margret dafür büßen werde. Margret war am Boden zerstört. Sie war völlig aufgelöst und ist drei Tage später wieder nach Heidelberg geflogen. Sie hat sich geschworen, nie wieder einen Fuß auf Mallorca zu setzen.

Ich war so traurig über die Ereignisse. Die arme Margret. Das hatte sie nicht verdient. Es war doch ein tragischer Unfall gewesen. Paul und ich hatten tagelang an nichts anderes denken können. Wir wollten uns mit der Arbeit ablenken, bis wir erfuhren, dass plötzlich keiner der Läden mehr unser Salz verkaufen wollte. Wir konnten uns nicht erklären, was passiert war. Erst der furchtbare Unfall, dann Margrets Abreise und jetzt das. Wir waren am Ende.

In der letzten Woche ist schließlich etwas geschehen, was uns nicht für alles, was passiert war, aber für einiges entschädigt hat. Ich bin schwanger. Ich trage Pauls Kind in mir. So schwierig die Umstände auch sein mögen, wir werden dieses Kind lieben und in Sicherheit großziehen.

Mai 1992

Ich bin im siebten Monat schwanger mit unserem geliebten Kind und leider bin ich Paul keine große Hilfe mehr. Wir mussten den Betrieb der Saline vor einigen Monaten einstellen. Wir haben über mehrere Freunde erfahren, dass Francisco Barreto unter Mitwirken seines Vaters alle Händler eingeschüchtert hat, sodass sich niemand mehr traut, unser Salz zu verkaufen. Wir konnten nicht verstehen, warum er das getan hat. Wir waren verzweifelt, also hat ihn Paul zur Rede gestellt. Es muss ein schreckliches Treffen gewesen sein. Francisco hat Paul angeschrien und ist beinahe handgreiflich geworden. Er hat ihm hinterhergerufen, dass Paul und ich von hier verschwinden sollen. Solange ein Wagner auf dieser Insel sei, werde er alles Nötige tun, um diese Familie zu zerstören. Ich habe Angst. Wir können nur hoffen, dass die Liebe zu unserem Kind Franciscos Hass besiegen wird.«

Ella war aufgestanden und ging auf und ab. Sie konnte nicht mehr still sitzen, so intensiv durchlebte sie diese Geschichte. Barreto hatte Margret für den Tod seiner Frau verantwortlich gemacht. Daher rührte der Hass gegenüber ihrem Vater, der sich wohl auch nach siebenundzwanzig Jahren nicht gelegt hatte. Deshalb sollte Ella nie von Margrets und Pauls Vergangenheit auf Mallorca erfahren. Sie wollten Ella schützen. Aber warum hatte Oma Margret dann trotzdem noch versucht, Ella von Mallorca zu erzählen? Und warum hatte sie Ella die Angebote des Maklers mit der Botschaft *»Ich bin mir sicher, dass du das Richtige tun wirst, meine Ella«* zukommen lassen? Ellas Wangen glühten vor Schmerz, vor Trauer und vor Aufregung.

»Wann ist noch mal dein Geburtstag, Ella?«, fragte Mimi vorsichtig. Auch ihr stand die Entrüstung wegen der Erzählung des Tagebuchs ins Gesicht geschrieben.

»Nächste Woche«, stammelte Ella. »Am 29. Juli.«

»Oh Gott, das passt ja genau mit Blancas Schwangerschaft zusammen!«, entfuhr es Mimi.

Ella hatte die Rechnung ebenfalls schon gemacht. Sie hatte das Gefühl, dass ihr Atem jeden Moment ausbleiben konnte, so aufgeregt war sie. Blanca hatte nicht geschrieben, ob sie ein Mädchen oder einen Jungen bekommen würde. War Ella wirklich Blancas Tochter? Das hätte ja bedeutet, dass Paul ihr richtiger Vater und Oma Margret ihre richtige Oma gewesen waren.

Aber, wie konnte das sein? War sie nicht adoptiert worden? Und was war mit Blanca passiert?

Auch Miguel sah mitgenommen aus von der bewegenden Geschichte um Blanca und Paul. Seine Wut auf Barreto, die mit jeder Zeile gewachsen war, zeigte sich in seiner verkniffenen Mimik. Nachdem er nun die Seite umgeblättert hatte, blickte er allerdings irritiert auf die geschriebenen Zeilen.

»Ella, schau mal«, sagte er.

Alle reckten ihre Köpfe über das Buch. Miguel blätterte weiter.

»Oh nein! Das kann doch nicht ...«, rief Ella ängstlich. Die Schrift war eine andere. Es schien, als hätte nicht Blanca, sondern jemand anderes das Buch weitergeführt.

»Ist das vielleicht die Schrift von deinem Vater?«, fragte Mimi, aber Ella schüttelte verzweifelt den Kopf. Die bisherigen Einträge hatten zwar einige von Margrets Rätseln gelöst, es gab jedoch noch keinen Beweis dafür, dass Blanca Ellas Mutter war und auch keinen Hinweis darauf, was nach der Geburt passiert war.

»Es gibt nur noch zwei Einträge«, stellte Miguel besorgt fest und blätterte durch die folgenden leeren Seiten.

Ella atmete tief durch. »Okay, bitte lies sie uns vor.« Sie setzte sich noch einmal und drehte hoffnungsvoll ihren Ring, während sie zu dem wunderbar klaren Sternenhimmel hinaufblickte.

> »November 1992
> Ich kann nicht länger schweigen. Wenn ich schon nicht darüber reden darf, muss ich es wenigstens niederschreiben. Es ist einfach furchtbar, was der tragische Unfall von Carmen mit meinem Sohn gemacht hat. Er war immer ein aufrichtiger junger Mann gewesen, aber seit diesem Tag im August 92

wird er von bösen Gedanken und einem sich stetig steigernden Hass bestimmt. Niemand hatte Schuld an diesem Autounfall. Das Schicksal hat uns Carmen genommen, nicht Margret Wagner. Francisco hat es sich jedoch zum Lebensziel gemacht, Rache an dieser Familie zu üben. Er hat Carmen sehr geliebt. Kann er sie nicht ehren, anstatt sie rächen zu wollen? Ich habe so oft versucht, ihn eines Besseren zu lehren, aber sein Hass dominiert jede Vernunft.

In Trauer schreibe ich diese Zeilen, in Trauer über den Verlust des Salzmädchens und in Scham über mein Schweigen. Ich konnte hören, wie Francisco mit Pablo gesprochen hat. Unter dem Vorwand, dass Pablo Blanca Wagner helfen wolle, sollte er sich heimlich mit ihr treffen, um sie einzuschüchtern. Einschüchtern, damit sie die Insel verlässt. Es war ein nebliger Abend und das Treffen fand an der Steilküste Cala Figueras statt. Ich konnte hören, wie Pablo meinem Sohn von dem Treffen berichtete. Pablo hatte die junge Frau gepackt und ihr gedroht, ihr gesagt, dass Francisco alles dafür tun werde, um ihr Leben hier zur Hölle zu machen, dass sie, ihr Mann und ihr Kind ihre Sachen packen und die Insel verlassen sollten. Die junge Mutter hat sich losgerissen und ist weggerannt. Pablo hat nur noch einen dumpfen Aufprall gehört. Blanca war von den Klippen gestürzt. Sie war tot. Oh Herr, mein Francisco ist für den Tod einer jungen Frau verantwortlich. Ich schäme mich für meinen

Sohn. Anstatt die Verantwortung für diese grausame Tat zu übernehmen, hat Francisco Pablo angewiesen, einen Abschiedsbrief zu fälschen und zusammen mit Blancas Verlobungsring im Haus des jungen Paares zu hinterlegen. Es sollte ein Abschiedsbrief sein, in dem Blanca Wagner ausdrückte, dass sie nicht mit ihrer Lebenssituation zurechtkam und sich für Paul Wagner und ihr Kind wünsche, dass sie ein neues Leben in Deutschland anfingen. Ich weiß, dass Paul Wagner nie an die Echtheit des Briefes geglaubt hat. Aber nachdem man seine Frau tot an den Klippen aufgefunden hatte, hat er die Insel verlassen.

März 2017
Vor zwei Monaten habe ich einen Geist gesehen. Den Geist des Salzmädchens. Auf dem Markt habe ich ihn gesehen, bevor Francisco mich weggezerrt und zum Schweigen verdonnert hat. Heute weiß ich, dass es nicht der Geist, sondern die Tochter des Salzmädchens war. Ella. Sie ist ihrer Mutter Blanca wie aus dem Gesicht geschnitten. Sie ist sehr hübsch und trägt die gleiche Stärke in sich, die einst Blanca trug. Ich weiß, dass Francisco alles versuchen wird, um ihr das Leben schwer zu machen. Ich werde das aber kein zweites Mal zulassen. Mein letzter Wille wird sein, dass Francisco sie in Ruhe lässt. Wenn ich zu feige war, um es zu meinen Lebzeiten auszusprechen, so werden meine Worte wenigstens nach meinem Tod Gehör finden.«

In dieser Nacht hielt Miguel Ella fest in seinen Armen. Nach vierundzwanzig Jahren hatte Ella die Wahrheit über ihre Mutter erfahren. Sie hatte erfahren, dass sie aus wahrer Liebe entstanden, Paul ihr leiblicher Vater und Margret ihre richtige Oma gewesen war. Paul und Margret hatten Ella beschützen wollen und daher nie wieder über Mallorca gesprochen. Sie hatten vorgetäuscht, Ella von einer unbekannten Verstorbenen adoptiert zu haben. Wahrscheinlich, um die Herkunft ihrer Mutter zu verheimlichen, um Ella davor zu schützen, zu tief in der Vergangenheit zu graben. Sie mussten wirklich große Angst um sie gehabt haben.

Warum Margret am Ende doch wollte, dass Ella nach Mallorca ging, würde auf immer ein Rätsel bleiben. Dachte sie, Ella sei nun stark genug, um das Erbe ihrer Eltern weiterführen und Barreto entgegentreten zu können? Dachte sie, Barretos Hass sei zusammen mit Paul und Margret gestorben?

Ella sah Miguel an und küsste ihn. Auch er war die Liebe ihres Lebens. Genau wie Ellas Eltern würden auch sie für ihr gemeinsames Glück hier auf Mallorca kämpfen und das Erbe ihrer Eltern weiterführen.

Epilog

Miguel rannte zum Regal und konnte gerade noch verhindern, dass der Dosenstapel umfiel.

»Hey, Prinzessin. Wir wollen doch keinen Ärger mit Tante Mimi bekommen, oder?« Miguel nahm Blanca auf den Arm und legte ihren Kopf behutsam auf seiner Schulter ab.

»Hallo, meine Hübsche«, rief Ella, wedelte mit den Armen und gab Blanca einen Kuss auf die Stirn, bevor die Kleine anfing, zu lachen und zu quieken. »Okay, du kriegst auch einen«, sagte sie zu Miguel und küsste ihn leidenschaftlich.

Die drei standen im mittlerweile dritten *Flor de Sal Mallorca*-Laden und fieberten auf die heutige Eröffnungsfeier hin.

Ella und Mimi hatten ihre Pläne umgesetzt und nachdem eine passende Immobilie in Santanyí gefunden war, hatte es nicht lange gedauert, bis sie die Tür zu ihrem ersten Geschäft geöffnet hatten. Der Laden war ein voller Erfolg gewesen. Im Erdgeschoss eines traditionell mallorquinischen Steinhauses in der Innenstadt hatten sie bodentiefe Fensterfronten eingelassen und im Inneren den alten Kachelboden sowie das alte Mauerwerk restauriert. Natürlich war Michele für die Umbauarbeiten zuständig gewesen. Er hatte für sie auch eine Verkaufstheke, einige Regale und ein langes Sideboard aus weiß lasiertem Holz angefertigt. Die Regale waren prall gefüllt mit ihren Salzdosen in unterschiedlichen Geschmacksrichtungen.

Nachdem Herr Hüttler immer mehr Lieferanten von Ellas Salz hatte überzeugen können, gab es mittlerweile zwölf Salzmischungen, von Olivensalz bis Hibiskussalz. Besonders bei den Touristen kamen die Produkte prima an, sodass Ella sogar gerade mit verschiedenen Geschäften direkt am Flughafen verhandelte.

Mimi war die Geschäftsführerin des ersten sowie aller weiteren Läden. Sie hatte den Überblick über Warenein- und -ausgänge, schulte das freundliche Personal und arbeitete neue Marketingstrategien aus. Sie war eine tolle Verkäuferin und die perfekte Wahl für diesen Job. Nachdem sie sich mit Carlo ein kleines Haus im Nachbarort gemietet hatte, war Miguel bei Ella eingezogen. Morgens fuhr er zu seinen Eltern und leitete den Hof, abends kehrte er zurück nach Hause zu Ella und Blanca. Während der Schwangerschaft war Miguel zwei Tage pro Woche ganz auf der Saline geblieben, um Ella die schweren Arbeiten abzunehmen. Trotzdem hatte Ella es sich nicht nehmen lassen, bis zur Geburt ihrer Tochter Blanca auf der Saline mitzuwirken. Sie liebte die Arbeit dort und egal, ob sie Salz erntete, die Wasserstände prüfte oder bei der Verpackung half, bei jeder der Arbeiten hatte sie das Gefühl, ihren Eltern ein Stückchen näher zu sein.

»Oh, schau mal Blanca, da sind Oma und Opa«, flüsterte Ella ihrer Tochter ins Ohr, die dabei kicherte und sich hinter Miguels Hals versteckte.

»*¡Oh mi belleza!*«, rief José und zog wilde Grimassen, als er seine Enkeltochter begrüßte. Obwohl José nie viel geredet hatte und sehr in sich gekehrt gewesen war seit Blancas Geburt, war er immer offener geworden und mittlerweile der Familienkasper. Selbst Emilia war fassungslos über die Entwicklung ihres

Mannes, genoss es jedoch sehr, ihn so mit ihrer Enkelin zu sehen.

Rosa hatte ihre große Liebe noch nicht gefunden, war aber auch gar nicht zum Suchen gekommen, da sie immer mehr in der Arbeit auf der Casa Emilia aufging. Seit Rosa und Ella das Casa-Emilia-Öl entworfen und auf den Markt gebracht hatten, hatte sie immer mehr von Miguel über die Geschäftsführung wissen wollen und konnte mittlerweile viele seiner Aufgaben übernehmen. Nach Ellas Vorbild der Salzmischungen hatte Rosa nun auch verschiedene Ölmischungen kreiert, die besonders auf dem deutschen Markt wunderbar angenommen wurden. Mittlerweile sprach sie außerdem so gut Deutsch, dass sie fließend mit den Abnehmern verhandeln konnte. Nicht nur, um ihre Nichte zu sehen, war Rosa oft auf der Saline. Gemeinsam mit Ella und Mimi hatte sie einen regelmäßigen Mädelsabend etabliert, bei dem die drei immer neue schöne Orte der Insel erkundeten.

Von Señor Barreto hatte Ella keine Angebote, Drohungen oder Nachrichten mehr erhalten. Offenbar hatte der geschriebene letzte Wille seiner Mutter Gewicht und Barreto ließ Ella und ihre neue Familie nun endlich in Ruhe. Ella und Miguel erhielten nach und nach Anrufe von Geschäften, die sich entschuldigten, dass sie sich hatten unter Druck setzen lassen und nun doch Salz und Öl in ihr Sortiment aufnehmen wollten.

Ana war mit einem Popsänger vom spanischen Festland durchgebrannt und nie wieder nach Hause zurückgekehrt. Kurz darauf starb Barreto alleine in seiner großen Villa an einem Herzinfarkt. Gerüchte besagten, dass der Zorn und die Einsamkeit sein Leben genommen hatten. Ana hatte somit zwar die Saline geerbt, ließ sie aber wenig später schließen. Niemand wusste, ob dort jemals wieder Salz geerntet werden würde. Auch Pablo war verschwunden, hatte jedoch Ella einen Brief zukommen lassen, in dem er beteuerte, es sei damals ein Unfall gewesen und er müsse weiterhin mit einem Gefühl der Schuld leben.

Als Mimi die Eröffnungsrede für den Laden hielt, blickte sich Ella in Ruhe um und sah viele vertraute Gesichter. Sie erinnerte sich an ihren ersten Abend auf Mallorca. Ella hatte sich einsam gefühlt, leer und verlassen. Sie hatte in der Dunkelheit an einem Strand gesessen und auf das weite Meer geblickt. Sie hatte nichts gesehen, außer Wasser. Keine Hoffnung, keine Träume, keine Zukunft. Es war eine lange Reise bis zum heutigen Tag gewesen, an dem sie schließlich glücklich und ausgeglichen war. Eine Reise voller Abenteuer, voller Spannung, Verzweiflung, Mut, Liebe und Wahrheit. Die letzten Worte ihrer Oma hatten ihr die Chance auf einen neuen Anfang gegeben, die Chance, sich der Vergangenheit zu stellen, um eine wunderbare Zukunft erleben zu können.

»Danke, Oma«, flüsterte Ella und lächelte zum Himmel.

41387714R00179

Printed in Poland
by Amazon Fulfillment
Poland Sp. z o.o., Wrocław